ハヤカワ・ミステリ文庫
〈HM(425)-1〉

天国でまた会おう
〔上〕

ピエール・ルメートル
平岡　敦訳

早川書房
7659

AU REVOIR LÀ-HAUT
by
Pierre Lemaitre

Translated by
Atsushi Hiraoka
First published 2015 in Japan by
HAYAKAWA PUBLISHING, INC.
This book is published in Japan by
arrangement with
ÉDITIONS ALBIN MICHEL – PARIS
through JAPAN UNI AGENCY, INC., TOKYO.

パスカリーヌに

息子ヴィクトールに、愛をこめて

「あの空で待ち合わせだ。神がぼくらを結びつけてくれる。
妻よ、天国でまた会おう……」
ジャン・ブランシャールが最後に記した言葉　一九一四年十二月四日

目次

天国でまた会おう

〔上〕

登場人物

アルベール・マイヤール
エドゥアール・ペリクール ｝……………兵士

アンリ・ドルネー＝プラデル…………アルベールとエドゥアールの上官。後に実業家、プラデル社の社長

マドレーヌ・ペリクール………………エドゥアールの姉

マルセル・ペリクール…………………富裕な実業家。マドレーヌとエドゥアールの父親

セシル………………………………………アルベールの恋人

モリウー将軍……………………………軍の大物

フェルディナン・モリウー……………プラデル社の出資者。モリウー将軍の孫

レオン・ジャルダン＝ボーリュー……プラデル社の出資者。代議士の息子

ラブルダン………………………………区長

リュシアン・デュプレ…………………プラデルの部下

アントナプロス…………………………密売人。通称「プロス」

ベルモン夫人……………………………アルベールとエドゥアールの大家

ルイーズ・ベルモン……………………その娘

ウジェーヌ・ラリヴィエール
ルイ・エヴァール ｝………戦死した兵士

一九一八年十一月

1

この戦争はすぐに終わるだろうと高をくくっていた者たちは、とっくの昔に死んでいた。そういうものだ、戦争というやつは。だからアルベールは休戦が近いという噂が十月に流れても、安易に信じまいとしていた。戦争が始まるころにも、ふざけた謳い文句《プロパガンダ》を聞かされた。例えば、ドイツ軍の銃弾はふにゃふにゃだから、軍服にあたっても熟《う》れすぎた梨みたいに潰れてしまい、フランス軍連隊を大笑いさせるだけだなんて。休戦の噂も似たようなものだと、アルベールは耳を傾けなかった。この四年間、ドイツ軍の弾を受けて笑い死にした連中を、山ほど見てきたじゃないか。

彼にはよくわかっていた。休戦を信じようとしないのは、験《げん》をかつぐようなものだと。和平を望む気持ちが強いほど、休戦の噂には用心する。不運を呼び寄せないためのお呪《まじな》いだ。それでも噂は日々、波のように、ますます頻繁に押しよせ、本当に戦争は終わりそうだと、いたるところで繰り返されるようになった。ほとんど信じがたいことだが、何年も前線に這いつくばっている最古参兵から復員させるべきだという論説すらあらわれた。いよいよ休戦の見とおしが現実味をおびてくると、もっとも悲観的な者たちのなかにも、生還の期待が芽ばえ始めた。すると戦う意欲も冷めてくる。第百六十三歩兵師団は、ムーズ川の反対側に全力で渡ろうとしているらしい。断固、敵と戦おうと、いまだ声高に語る者もいるが、フランドルで連合国側が勝利し、リールが解放され、オーストリア軍が敗走してトルコが降伏して以来、アルベールや彼の仲間のような下級兵士の目から見ると、みんな将校ほど戦闘に熱が入っていなかった。イタリア軍の見事な攻勢、トゥルネーのイギリス軍、シャティヨンのアメリカ軍……みんな有利に戦いを進めているようだ。兵士の大多数は時間かせぎをし始めた。アルベールのように装具一式を抱えて静かに腰をおろし、煙草を吸ったり手紙を書いたりして戦争が終わるのを待とうという者たちと、残された日々であともう少しドイツ野郎と殺し合いをしようといきり立っている連中とのあいだには、はっきりとした一線が引かれるようになった。

それは将校とそれ以外の兵士たちを分かつ境界線に、ぴったり符合していた。何も目新しいことじゃないさ、とアルベールは思った。お偉方はできるだけ多くの陣地を確保しようとする。そうすれば、交渉の席で優位に立てるから。あと三十メートル征服すれば、紛争解決の結果にも違いが出る。今日死ぬほうが昨日死ぬよりもずっと有益だなんて、彼らは本気で言い出しかねなかった。

ドルネー＝プラデル中尉も、そうした連中のひとりだった。彼のことを話すとき、みんな

〝プラデル〟とだけ言う。名前も、貴族の出身を示す〝ド〟という小辞も、〝オルネー〟もなしだ。そんなふうに呼ばれるのを本人は、とても嫌がっているとわかっていながら、わざとしているのだ。どうせ彼が怒りを爆発させることはない。腹を立てるのは体面に関わると思っているような男だから。上流階級の慎みってやつだ。アルベールはプラデルが好きではなかった。たぶん、彼がハンサムだからだろう。すらりと背が高く、上品そうだ。ふさふさと波打つ濃褐色の髪、すっととおった鼻筋、形のいい薄い唇。おまけに目は深いブルーときている。アルベールにすりゃ、いけ好かない面《つら》だ。それにプラデルは、いつでもむすっとしていた。気が短いタイプなんだろう。平常心が保てない。アクセルを踏むか、ブレーキをかけるかのどっちかで、その中間がないのだ。家具を押しのけようとするみたいに肩から前に突進し、あっという間に近づいてきたかと思うと、いきなり腰をおろす。やつにとっては、それが普通のテンポなのだ。恐ろしく洗練された貴族的なものごしのなかに、驚くほど粗暴な一面が混じっているさまは、なんとも奇妙だった。まるでこの戦争の写し絵のようだ。たぶんそのせいで、彼は戦場に馴染んでいるのだろう。それにあのがっちりとした肩。ボートかテニスで鍛えたんだな、あれは。

　もうひとつ、アルベールが不快だったのは、プラデルの体毛だった。黒い毛が指にまで生えている。襟元からもじゃもじゃとはみ出した胸毛は、喉仏の下に達していた。平和なときには胡散臭《うさんくさ》げに見えないよう、日に何度もひげを剃っていたに違いない。男っぽくて野性的な、どことなくスペイン風の体毛に、魅力を感じる女もいるだろう。でも、セシルに限って……まあ、セシルのことは別にして、アルベールはプラデル中尉が嫌いだった。やつは信用ならない。喜々として突撃を始めるような男だから。がんがん攻めて征服するのが、心底好きなやつなのだ。

けれどもここしばらく、やつはいつもより元気がなかった。休戦が近いと聞いて意気消沈し、愛国心の昂《たか》ぶりに水をさされているのだろう。戦争が終わると思っただけで、プラデル中尉は気力を失っていた。

彼の苛立ちぶりには、どこか不穏なものがあった。部隊の戦意が下がっているのが、我慢ならないのだ。塹壕《ざんごう》を歩きまわって部下たちにせっせと発破をかけ、最後の突撃でどれほど敵に痛手を負わせることができるかを滔々《とうとう》と語っても、不満げな反応が返ってくるだけだった。みんな用心深く、軍靴に顔がぶつかるほど大きくうなずいて見せている。単に死ぬのが怖いんじゃない。今になって死ぬのがやりきれないのだ。最後に死ぬなら、最初に死んだって同じことだ、とアルベールは思った。どっちみち、こんなに馬鹿馬鹿しいことはない。

ところが、まさしくそうなろうとしていた。

ここしばらく休戦の期待を抱きながら、穏やかな日々を送っていたのに、突然すべてがばたばたと動き始めた。ドイツ軍が何をしているか、近くから偵察して来いという命令がうえから下ったのだ。そんなこと、将軍じゃなくたってわかるだろうに。やつらもフランス軍と同じように、戦争が終わるのを待っているはずだ。とはいえ、偵察に出かけないわけにはいかなかった。そのあと事態がどう推移したのか、もはや誰にも正確に跡づけることはできない。

この任務を果たすのに、プラデル中尉はルイ・テリウーとガストン・グリゾニエの二人を選んだ。理由はわからないがひとりは若者で、もうひとりは年寄りだった。元気がいいのと経験豊かなのを組み合わせたのかもしれない。いずれにせよ、そんな工夫が生かされることはなかった。指名を受けてから三十分と、二人は生きていなかったのだから。普通なら、さほど遠くまで行く必要がなかった。北東ラインに沿って進んだあと、二百メートルほど先で鉄条網《てつじょうもう》を大型ペンチで切り、次の鉄条網まで這っていってちらりと敵に目をやる。そうしたらさっさと引きかえし、異常なしと報告すればいいだけだ。どうせ見るべきものは何もないと、みんなわかっているのだから。二人の兵士はこんなふうに敵に近づくのを、不安に思ってもいなかった。ここ数日の状況からして、ドイツ兵は彼らを見つけても放っておくだろう。勝手に偵察させて、勝手に帰らせる。なに、ちょっとした気晴らしみたいなものだ。ところが二人の偵察者は、思いきり体を低くして進み始めるや、兎《うさぎ》みたいに撃たれたのだった。銃声が三発鳴り響いたあと、あたりは静まりかえった。敵にとっては、それで一件落着だった。すぐにみんな、二人のようすをたしかめようとした。けれどもすでに北側にむかっていたので、彼らがどこで倒れたのかはわからなかった。

アルベールのまわりで、兵士たちが一瞬息を呑んだ。それから叫び声があがった。ドイツ軍のクソ野郎はいつだってそうだ。薄汚いやつらめ！　野蛮人め！　おまけに相手は、若者と年寄りじゃないか。それで何が変わるわけでもないが、兵士たちはこう考えていた。ドイツ野郎どもは二人のフランス兵を殺しただけじゃない、彼らとともに二つの象徴《エンブレム》を打ち壊したのだと。要するに、みんないきり立っていた。

それから数分のうちに、砲兵隊が後方から思いがけず素早く、ドイツ軍の戦列にむかって七十五ミリ砲の一斉射撃を始めた。仲間が撃たれたことをどうして知ったのか、不思議なくらいの迅速さだった。

あとはもう、混戦の始まりだ。

ドイツ軍が応戦する。フランス側もすぐに全員が集まった。あんちくしょうどもに、仕返しだとばかりに。それが一九一八年十一月二日。それから十日とたたずして戦争が終わることを、まだみんな知らなかった。

しかも死者の日の攻撃とは（十一月二日はキリスト教で、すべての死者に祈りを捧げる日とされている）。何か象徴的なものを、感じずにはおれないだろう……

またしても重装備で、死刑台によじのぼるのか、とアルベールは思った（死刑台というのは、塹壕から出るのに使う梯子《はしご》のことだった。その先に待っているものは、死刑台と同じってわけだ）。そして敵の戦列に、頭から突っ込んでいくのだ。兵士たちは皆、縦列を組んだ。体をぴんと緊張させ、唾を飲むのも苦しそうだ。アルベールは三番目で、ベリーのうしろだった。全員そろっているかたしかめるかのように、若いペリクールがふり返った。目と目が合うと、ペリクールはにっこりした。愉快ないたずらをたくらんでいる子供みたいな笑顔だった。アルベールも笑い返そうとしたけれど、顔がこわばってうまくいかなかった。ペリクールは自分の位置に戻った。あとは突撃命令を待つだけだ。興奮の高まりは、肌で感じられるほどだった。フランス兵たちはドイツ野郎のふるまいに激高し、いまや一丸となって怒りをたぎらせている。頭上には砲弾が飛び交い、地面の揺れが腸《はらわた》まで伝わった。

アルベールはベリーの肩越しに前を見た。プラデル中尉が前哨《ぜんしょう》のなかに立ち、双眼鏡で敵の戦列を探っている。アルベールは列に戻った。あたりがこれほど騒がしくなければ、やつが何を心配しているのか考えてみたかもしれない。しかしひゅうひゅうという砲弾の音は絶え間なく続き、爆発の振動が足の先から頭まで震わせている。こんな状態で、集中なんかできるはずがなかった。

今はまだ、兵士たちは突撃命令を待っているところだ。そのあいだにここで、アルベールを観察しておくのも悪くないだろう。

アルベール・マイヤールはほっそりした、控え目な青年で、少しぐずなところがある。とても無口だが、数字には強い。戦争の前はパリ共同銀行の支店で経理係をしていた。仕事はつまらなかったけれど、母親のせいで辞められなかった。彼はひとり息子で、母親のマイヤール夫人は〝長〟と名のつく役職が大好きだった。だからアルベールも銀行の〝長〟になると信じていた。あの子はあんなに頭がいいのだから、遠からずトップにのぼりつめるわ。そう思うと、たちまち胸が熱くなった。権威を愛してやまないこの性向は、父親ゆずりだった。マイヤール夫人の父親は郵政省の課長補佐代理で、役所の階級《ヒエラルキー》こそが世界の隠喩《メタファー》だと思っていた。〝長〟と呼ばれる人ならば、マイヤール夫人は例外なく誰でも好きだった。それがどんな人物なのか、どういう出身の者なのかは、さして気にしていなかった。だから彼女はクレマンソーからモーラス、ポワンカレ、ジョレス、ジョッフル、ブリアンの写真まで持っていた……ルーヴル美術館で制服警備員の班長をしていた夫を亡くしてからというもの、彼女に大きな興奮をもたらすのはそうした偉人たちだった。アルベールは銀行の仕事にあまり興味がなかったが、マイヤール夫人には勝手に言わせておいた。あの母親が相手では、そうするのがいちばんだ。それでも彼には、自分なりに考えている計画があった。ここを出て、トンキンに行きたい。たしかにまだ、漠然とした希望にすぎなかったけれど。ともかく経理係を辞めて、ほかのことをするんだ。けれどもアルベールは、決断の速いほうではなかった。何をするにも時間がかかる。それにほどなくセシルがあらわれ、たちまち彼は夢中になった。セシルの目、セシルの口、セシルの微笑み。それから当然のことながら、セシルの胸とお尻も。ほかのことなど、考えられやしない。

今日、われわれの目から見ると、アルベール・マイヤールは特に背が高いほうではないだろう。けれども一メートル七十三という身長は、当時としてはまずまずだった。かつては女の子たちに見つめられたものだ。そしてようやく、セシルにも……初めはアルベールのほうが、せっせとセシルを見つめた。あんまりいつもじっと見ていたものだから、しばらくするとむこうもアルベールの存在に気づいた。そして今度はセシルのほうから、彼を見つめるようになった。アルベールは人好きのする顔をしていた。ソンムの戦いで、銃弾が右のこめかみをかすった。ひやりとしたけれど、丸括弧《まるかっこ》の形をした傷が残っただけですんだ。そのせいで目が少し脇に引っぱられ、かえって風采があがったくらいだ。次の休暇のとき、セシルは人さし指の先でうっとりとしたように傷痕を撫でた。けれどもアルベールは、気落ちしたままだった。彼は子供のころ、丸い青白い顔をしていた。瞼《まぶた》が重く垂れているせいで、悲しげなピエロのような表情だった。母親は自分の食費を削って、息子に赤身の肉を食べさせた。彼の顔色が悪いのは、血の気が少ないせいだと思いこんでいたから。そんなことは関係ないと、アルベールが口を酸っぱくして説明しても無駄だった。マイヤール夫人は、それで意見を変えるような人ではない。いつでもいろんな例や理由を見つけてくる。自分が間違っていると思うのが怖いのだ。手紙のなかでさえ、何年も前に遡ることを持ち出してくるのだから、まったくうんざりだ。戦争が始まるとすぐにアルベールが軍隊に志願したのも、母親が鬱陶《うっとう》しかったせいではないかと思うほどだ。息子の志願を知ったとき、マイヤール夫人は大きな叫び声をあげた。けれども彼女の感情表現はいつでもやたらに大袈裟《おおげさ》だったので、本当に恐ろしがっているのか芝居がかっているだけなのかを見分けるのは難しかった。マイヤール夫人はうめきながら髪の毛をむしったが、すぐにまた落ち着きを取り戻した。彼女は戦争について昔ながらのイメージを抱いていたので、たちまちこう確信したのだ。アルベールは〝あんなに頭がいいのだから〟、さっそく手柄をあげて昇進するに違いないと。そして彼が最前列に立ち、突撃する姿を思い浮かべるのだった。アルベールが英雄的な行為をなしとげるさまを、彼女は想像した。少尉、中尉、大尉と位をあげ、司令官か将軍になることさえも。それが人々の思う戦争だった。アルベールは母親の話を聞き流しながら、荷物の準備をした。

セシルの反応は、まったく違っていた。戦争と聞いても、彼女は怖がらなかった。だってそれは、〝愛国者の義務〟だもの（彼女の口からこんな言葉を聞くのは初めてだったので、アルベールはびっくりした）。それに怖がる理由などない。戦争なんて、どうせほとんど形だけなんだから。たしかにみんなもそう言っていた。

アルベールは少し疑っていたけれど、結局セシルもマイヤール夫人と同じように、先入観にとらわれていた。彼女の話を聞いていると、戦争はすぐにでも終わるかのようだ。彼女の言うとおりかもしれない、とアルベールも思った。セシルはことが何であれ、手から口から総動員してアルベールに熱弁を振るった。彼女のことを知らなければ、あの勢いは理解できないだろうな、とアルベールは思った。われわれからすれば、セシルはきれいな女の子のひとりにすぎない。けれどもアルベールにとって、ことはまるっきり違っていた。肌の毛穴のひとつひとつが、まるで特別な分子でできているかのようだ。息には特別な香りがする。セシルは青い目をしていた。だから何だと思うだろうが、アルベールにはその目が深淵のように感じられるのだった。例えば彼女の口を想像し、いっときわれらがアルベールの立場になってみて欲しい。彼はその口から、やさしく熱烈なキスを受けた。興奮のあまり、もう爆発しそうだった。自分の口にセシルの唾液が流れこむのを感じ、彼は熱っぽくそれをすすった。彼女は奇跡を起こすことができる。セシルがただのセシルでないような、そんな気持ちにさせる奇跡を。まさしく、あれは……そう、彼女に言わせれば、戦争なんてすぐに片がつく。チョコレートボンボンを、ぱくりとひと口で食べるようなものだった。アルベールはセシルのためのチョコレートボンボンになりたかった。

もちろん今ではアルベールも、違った見方をしている。戦争とは本物の銃弾を使った途方もない宝くじ抽選会みたいなもので、そこで四年間を生きのびるのは奇跡に近いのだと。終戦まであと一歩というところまできて、生き埋めになって果てるなんて、本当に不運としか言いようがないだろう。

けれどもそんなことが、まさに起きようとしていたのだった。

アルベールが生き埋めに。

〝不運なことだわ〟と母親なら言うだろう。

プラデル中尉は部隊をふり返った。そして左右の最前列にいる兵士たちと目を合わせ、救《メ》世主《シア》然とした物腰でじっと見つめた。彼はうなずくと、深呼吸をした。

数分後、アルベールはわずかに背中を丸めて首をすくめ、砲弾や銃弾が音を立てて行き交う下を、力いっぱい銃を握りしめ、どたどたと走っていた。あたりのさまは、まるでこの世の終わりだった。軍靴が踏みしめる土は、ここ数日の大雨でぬかるんでいた。気力を奮い立たせようというのだろう、脇を走る男たちは気がふれたかのように大声を張りあげている。逆にアルベールのように腹がしめつけられ、喉をからからにさせながら必死に走っている者もいた。抑えかねた怒りと復讐心を武器に、みんな敵にむかって突進した。もしかしたらそこには、休戦が近いことを知った影響が倒錯的にあらわれたのかもしれない。今までさんざん苦しんできたんだ。それなのにたくさんの仲間が死に、たくさんの敵が生き残ったまま、こんなふうに戦争が終わるなんて。ならばいっそ大殺戮《さつりく》を繰り広げ、きっぱり片をつけようじゃないか。相手かまわず血祭りにあげてやる。

アルベールでさえも、死の恐怖に怯えながら、手あたりしだい敵を殺すつもりでいた。ところが、行く手を阻む障害が次々とあらわれる。彼は走りながら、右に逸れねばならなかった。初めは中尉が定めたラインに沿っていたが、銃弾や砲弾が降り注ぐせいで、ジグザグに進まざるをえなかった。すぐ前を走っていたペリクールが弾を受け、いきなり脚のあいだに倒れこんだ。アルベールは踏みつけそうになり、あわてて飛び越えた。彼はバランスを失ったまま、勢いで何メートルも走り続け、グリゾニエの死体に行き当たった。この老兵が思いがけず殺されたせいで、最後の大殺戮が始まったのだ。

まわりでは銃弾がうなり声をあげている。それでも仲間の死体を見て、アルベールはぴたりと立ちどまった。

グリゾニエの軍用コートだ、とアルベールはひと目でわかった。彼はいつでも、赤いボタンホールのついたコートを着ていたから。〝おれのレジオンドヌール勲章さ〟と彼は言っていた。彼だ、グリゾニエは頭の冴えているほうじゃない。粗雑な男だが善人で、みんなに好かれていた。彼だ、間違いない。大きな頭は泥に埋まっている。もがき苦しんで倒れたみたいに、体はおかしなかっこうをしていた。そのすぐ脇には、若いルイ・テリウーの死体もあった。彼も泥にまみれ、胎児みたいに体を丸めていた。なんて痛ましいのだろう。この歳で、こんな死にざまを見せるなんて……

どうしてそんな気になったのか、アルベールは自分でもわからなかった。直感というやつだろうか。ともかく彼は老兵の肩に手をかけ、ぐっと押した。死体が傾き、うつぶせになった。アルベールが気づくまでに、数秒かかった。そして彼ははっと真実に思いあたった。敵にむかって進んでいるとき、背中に二発の銃弾を受けて死ぬわけないと。

アルベールは死体をまたぎ、腰をかがめたまま数歩進んだ。体を曲げようが伸ばそうが、弾が当たる確率はなぜか変わらない。それでもみな反射的に、なるべく弾を受けまいとする。常に神を恐れながら、戦争をしているかのように。今、ルイの死体が目の前にある。アルベールは口もとで、思わず両の拳を握った。ひどい話だ。こんなに若いのに。まだ二十二じゃないか。アルベールは泥にまみれた顔は見なかった。目は一心に、背中に注がれている。弾の跡がひとつ。グリゾニエの背中にあった二発と合わせ、全部で三発。数は合っている。

アルベールは立ちあがったとき、まだこの発見に茫然自失していた。そして、それが意味するものにも。休戦がすぐそこまで近づいている。今さらここでドイツ軍と一戦交えようとは、誰も思っていなかった。そんな兵士たちを突撃に駆り立てる唯一の方法は、彼らの怒りに火をつけることだ。それじゃあ二人が背中を撃たれたとき、プラデルはどこにいただろう？

おい、冗談じゃないぞ……

アルベールは驚きのあまり、思わずうしろをふり返った。すると数メートルむこうから、プラデル中尉がこちらにむかって突進してくるではないか。重装備で足をもたつかせながらも、必死の速さで走っている。

プラデルは顔をあげ、決然と体を動かしていた。とりわけアルベールが注視したのは、まっすぐ前を見つめる中尉の青い目だった。きっぱりと心を決めている目だ。すべてが、すべてのいきさつが、いっきに明らかになった。

その瞬間、アルベールにはわかった。自分は死ぬのだと。

彼は数歩歩きかけたが、もう頭も働かなければ、足も動かなかった。何もかもが、あまりにすばやく展開している。前にもお話ししたように、アルベールはてきぱきした男ではない。プラデルはもうあと三歩のところまで迫っていた。アルベールのすぐ脇には、砲弾が爆発した跡の穴が、大きく口をあけている。中尉が肩からぶつかってきた。アルベールは胸を直撃され、息が詰まった。あわてて体勢を立て直そうとしたけれど、彼は両腕を左右に広げたまま背中から穴に落っこちた。

滑り落ちるアルベールの目に映ったのは、スローモーション映像のように遠ざかるプラデルの顔だった。その視線には、いまやはっきりと挑戦と自信が見てとれた。

穴の底に着くと、さらにごろごろと転がった。体にまとった装具も、ほとんどブレーキの役目は果たさなかった。銃に脚を絡めてどうにか起きあがると、傾いた穴の内壁にすばやく体を寄せる。誰かに見られるか聞かれるかするのを恐れ、ドアに背中を押しつけるように。足をふんばってまっすぐに立つと（粘土質の土は、石鹸みたいにつるつると滑った）、彼は息をととのえた。乱れた頭のなかで、プラデル中尉の冷たい視線を何度も切れ切れに思い返した。うえでは戦闘がさらに広がっているらしい。乳白色の空はまるで花飾りを散りばめたように、青やオレンジ色に輝いている。味方側からも敵陣からも砲弾が雨あられと降り注ぎ、ひゅうひゅうと弾が宙を切る音や、爆発の大音響が絶え間なく続いた。アルベールは顔をあげた。穴の端から身を乗り出す、背の高いプラデル中尉の姿が、死の天使のようにくっきりと浮かんでいた。

アルベールは長いあいだ滑り落ちていたような気がしたが、実際のところ二人を隔てるのはせいぜい二メートルほどの距離だった。いや、もっと少ないかもしれない。けれどもそのあいだには、厳然たる違いがあった。プラデル中尉はうえで脚を広げ、両手をベルトにあててしっかりと立っている。その背後では、戦闘の閃光が断続的に続いていた。彼は悠然と穴の底を眺めた。微動だにせず、アルベールを見つめた。口もとにうっすらと笑みを浮かべながら。彼を穴から引きあげようというそぶりはまったくない。アルベールは息苦しかった。気が動転して、顔から血の気が失せた。彼は銃を取って肩にあてた。足が滑りそうになるのを、かろうじて持ちこたえた。ようやく銃を穴の縁にむけたとき、そこにはもう誰もいなかった。プラデルは姿を消してしまった。

アルベールはひとりだった。

彼は銃をおいて、気力を奮い起こそうとした。ここでぐずぐずしているわけにはいかない。すぐさま穴の斜面をよじのぼり、プラデルのあとを追いかけねば。背中に銃弾を喰らわせ、喉もとに飛びかかるんだ。さもなければ仲間のところへ行き、わけを話そう。大声で訴えよう。ともかく、何かしなければ。けれどもどうしたらいいのか、彼にもよくわからなかった。とても疲れている。もうへとへとだ。だって何もかも、馬鹿げたことばかりじゃないか。まるで目的地に着いて、荷物を置いたみたいだ。あのうえまで、のぼりたいのにのぼれない。もうすぐ戦争にもけりがつきそうだったのに、気がつけばこんな穴の底にいる。彼は崩れるようにへたりこみ、両手で頭を抱えた。状況を正確に分析しようとしたけれど、心がいっきに砕けてしまった。シャーベットが溶けるみたいに。セシルが大好きなレモンシャーベット。彼女は食べると歯にしみると言って、子猫みたいな身ぶりをした。それがあんまりかわいらしいので、アルベールは抱きしめたくなったものだ。そういやセシルから最後の手紙が来たのは、いつのことだったろう？　それも彼が落ちこんでいる理由だった。誰にも話したことはないが、セシルの手紙は前よりそっけなくなっていた。たしかに戦争は、もうすぐ終わろうとしている。けれども彼女が書く手紙は、まるで戦争がすっかり終わったかのようだった。だからもう、励まし合う必要もないかのような。家族がそろっている者たちはそうじゃない。あいかわらず手紙は届いている。アルベールには、セシルしかいないのに……いや、たしかに母親もいる。けれどもマイヤール夫人の手紙には、もっとうんざりさせられるだけだった。いつもの口ぶりそのままだ。息子の代わりに、何でも自分が決められると思っている……そんなこんなでアルベールは、すっかり心をすり減らしていた。死んでいった仲間たちのこともあるけれど、それはあまり考えたくなかった。ただでさえ、失意の日々をすごしてきたというのに、ここでまたこんな目に遭うなんて。まさに気力をふり絞らねばならないときに。

どうしてかはわからないが、彼のなかで突然何かが切れてしまった。腹のあたりだろうか。それは果てしない疲労感にも似て、石のようにずっしりと重かった。頑とした拒絶。どこまでも無抵抗で穏やかなもの。彼は何かが終わったような気がした。アルベールは軍に志願したとき、皆と同じように戦争とはどんなものかと想像してみた。そして密かにこう思った。いざとなったら、死んだふりをするまでさ。ばったりと倒れこむんだ。何なら本当らしく見せるため、心臓のど真ん中を撃ち抜かれたみたいな身ぶりをして、うめき声をあげよう。そのまましばらく横たわって、戦闘が収まるのを待てばいい。夜になったら、本当に死んでいる仲間のところへ這っていき、身分証を盗む。それからまた何時間も、ひたすら這い続ける。闇から声が聞こえたら、止まって息をひそめる。こうして注意深く進んでいけば、いつか北にむかう街道に（場合によっては南へむかう街道に）出るだろう。道々、あたらしい身元についてを頭にたたきこんでおかなければ。やがて道に迷った部隊と出会い、その兵長は背の高い男で……もうおわかりだろう。要するにアルベールは銀行の経理係にしては、空想力豊かな男だった。たぶんマイヤール夫人の妄想癖が影響したのだろう。戦争がまだ始まったばかりのころ、彼はほかの多くの兵士たち同様、こんな感傷的なイメージを抱いていた。赤と青のきれいな軍服に身を包んだ部隊が、恐慌をきたした敵軍に列を組んで立ちむかっていく。きらめく銃剣を突き出す兵士たち。いたるところで立ちのぼる砲弾の煙は、敵軍が敗走を始めた証《あかし》だ。結局のところアルベールが志願したのは、スタンダールが描く戦争だった。しかし気がつけば、そこはもっと即物的で野蛮な殺戮の場だった。何しろ毎日千人の人間が、五十カ月にわたって殺され続けたのだ。それがどんなものかを知るためには、ちょっと体を起こして、塹壕のまわりの光景を眺めてみるだけでいい。草木が根こそぎなくなり、砲弾の穴が無数に口をあけている大地。そこに腐りかけた何百もの死体が転がっている。悪臭は一日中、胸にこびりついているだろう。戦闘がいったん止むと、野兎のように太ったネズミが、すでに蛆《うじ》のわいた死体から死体へと走りまわり、蠅《はえ》と残骸を奪い合う。アルベールはそんな光景を嫌というほど見てきた。エーヌ県では担架《たんか》係だった。うめいたり、わめいたりする怪我人が見つからないときは、腐り具合もさまざまなあらゆる死体を集めていた。だからその手のことには詳しいのだ。彼のような鋭敏な心の持ち主には、耐えがたい仕事だ。

もうすぐ生き埋めになるという男にとってはなんとも不運なことながら、彼には閉所恐怖症の気《け》まであった。

アルベールは子供のころ、母親が部屋のドアに鍵をかけたまま出かけるかもしれないと思っただけで、吐き気がするほど胸が苦しくなった。けれども彼は黙って、じっと横になっていた。母親を苦しませたくなかった。つらいことばかりだと、いつも愚痴を言っていたから。しかし真っ暗な夜は、耐えがたいほどの恐ろしさだった。のちにも同じようなことがあった。そんなに昔ではない。セシルといっしょに、毛布にもぐったときだ。すっぽり体がくるまれたとき、呼吸ができなくなってパニックに襲われた。ときおりセシルが脚で挟んで、彼を押さえつけるものだから、なおさら恐怖は高まった。試してみたのよ、と彼女は笑って言った。つまりは彼にとって窒息死こそ、もっとも恐ろしい死に方というわけだ。まさかそんなことになるとは、さいわい彼は思っていなかった。彼に待ちうけていることに比べたら、たとえ毛布に顔が埋まっていようと、セシルのすべすべした太腿に挟まれて身動き取れなくなるなんて、天にも昇る心地よさだ。窒息死するかもしれないと考えただけで、アルベールはさっさと死にたくなっただろう。

いや、そのほうがよかったのかもしれない。今すぐにではないけれど、どのみち窒息死する運命だったのだから。この隠れ家から数メートルのところで、やがて砲弾が炸裂し、土を高く撥《は》ね上げるだろう。そしてアルベールを埋めつくすだろう。もう長くは生きられない。けれども、自分に何が起きたのかを理解するには充分な間がある。彼は必死に生きのびようとするだろう。実験用のマウスがうしろ脚をつかまれたとき、豚や牛が屠《ほふ》られようとしたときに感じる本能的な欲求に駆られ、無我夢中で抵抗をするだろう……しかし、それにはもう少し待たねばならない。肺が空気を求めてあえぎ、体が土から抜け出そうともがいて疲れはてるのを、頭が爆発しかけ、気がおかしくなるのを待たねば……いや、先取りはやめよう。

アルベールはふり返り、最後にもう一度うえを見あげた。結局のところ、さほど遠くはなさそうだ。ただ、彼にとってあまりに遠かった。彼は力を奮い起こし、ひたすらそれだけを考えようとした。うえまでのぼって、この穴から出るんだ。彼は装具と銃を取ると、疲れを押して斜面をよじのぼり始めたが、それは容易なことではなかった。どろどろになった粘土は滑りやすく、足をかけるところもない。何とか体を支えようと、指を土につっこみ、爪先で思いきり斜面を蹴ってみるものの、どうにもならなかった。体はまたずるずると落ちてしまう。彼は銃と背嚢《はいのう》をおろした。すっ裸にならねばならないとしたら、ためらわずにそうしただろう。彼は斜面にへばりつき、腹ばいになってまたのぼり始めた。その動作は、檻のなかのリスそっくりだった。虚空でもがいては、また同じ場所に落ちてしまう。彼はうなり、うめき、とうとう大声でわめき始めた。パニックに襲われた。涙がこみあげてくる。拳で粘土の内壁をたたいた。穴の縁はすぐそこなのに、くそったれめ、手を伸ばせばもう少しで届きそうなのに、数センチのぼるごとに靴底が滑って、またすぐ数センチさがってしまう。この忌々しい穴から抜け出すんだ、と彼は叫んだ。必ず抜け出てやる。そりゃ誰だって、いつかは死ぬさ。でも、今はごめんだ。これじゃあ、あまりに馬鹿みたいじゃないか。この穴を抜け出し、プラデル中尉を見つけ出すんだ。必要とあらばドイツ野郎のなかまでだって、追いかけていくからな。見つけ出して、ぶっ殺してやる。あの卑劣漢を殺すと思うと、気力が湧いてきた。

彼はそこではっと、忌まわしい事実に思いあたった。この四年数カ月、ドイツ兵どもの銃弾をかわし続けてきたっていうのに、まさかフランス軍将校に殺されるとは。

ふざけやがって。

アルベールはひざまずいて背嚢をあけ、中身をすべて取り出した。ブリキのカップを脚のあいだに置く。滑る内壁にコートを広げ、持ち物をみんな土に押しこんでいけば、足場代わりになるんじゃないか。アルベールはふり返った。ちょうどそのときだった、頭上数十メートルのところから砲弾の音が聞こえたのは。彼は不安になって、顔をあげた。四年にわたる戦場暮らしで、七十五ミリ砲と九十五ミリ砲、百五ミリ砲と百二十ミリ砲を聞き分けられるようになっていた……でも、これがどの砲弾なのか、よくわからなかった。きっと穴の底にいるからだろう。離れていたせいかもしれない。ともかくその砲弾は、今まで聞いたことのないような、奇妙な音を発していた。他の弾よりにぶい、こもったような音。ブーンという唸り声が響いたかと思ったら、いきなり耳をつんざく大音響が炸裂した。アルベールの頭が、一瞬いぶかった。何ごとだ。ものすごい爆発音じゃないか。地面がぐらぐらと揺れている。耳を聾する不気味な轟きが聞こえたあと、大地がいきなり持ちあがった。まるで火山の噴火だ。アルベールは体を揺さぶられ、びっくりして足もとをふらつかせながら宙を見あげた。あたりがいきなり暗くなったから。するとそこには空の代わりに、茶色い土の大波が頭上十メートルほどの高さまで、スローモーションのように広がった。うねる波頭はゆっくりとこちらにむかい、今にも彼を呑みこもうとしている。小石や土くれ、ありとあらゆるかけらがぱらぱらと降り注いでくるのは、波がすぐそこまで迫っているからだ。アルベールは思わず体を縮こまらせ、息をとめた。本当は、そんなことをすべきではなかったのに。反対に、手足は伸ばさねばならない。生き埋めになって死んだ者たちは、口をそろえてそう言うだろう。まだ二、三秒、間があった。アルベールはそのあいだ、空にたなびく土のカーテンを見つめていた。それはまるでいつ、どこになだれ落ちようか、タイミングをはかっているかのようだった。

と、そのとたん、土の波はアルベールのうえに押しよせ、彼を埋めつくした。

普段ならアルベールの外見を説明するには、ティントレットの描く肖像画に似ていると言えばことたりる。いつも悲しげな表情をし、口もとはきゅっと結ばれている。あごはしゃくれ気味で、黒々とした弓形の眉が大きな隈《くま》を際立たせている。しかし今、空を見あげ、迫りくる死を眺めている彼は、むしろ聖セバスチャンのようだった。引きつった顔には、恐怖と苦悩の表情がくっきりと刻まれている。いくら赦しを乞い願おうとも、それは無駄なことだろう。もともとアルベールには信仰心など、かけらもなかったのだから。それにこんな不運に見舞われたからといって、彼は神だのみなどしはしない。たとえその暇があったとしても。ものすごい轟音とともに、土の山が彼に襲いかかった。あんな衝撃を喰らったら即死に違いないと、誰しも思ったはずだ。アルベールは死んだ。それで終わりだと。ところが実際に起きたのは、もっと悲惨なことだった。まずは砂利や小石が雨あられと彼のうえに降りかかり、それから土が押しよせて、体を覆い始めた。土はどんどんと重くなり、アルベールは地面に張りついた。

土が積みあがるにつれ、彼は身動き取れないまま埋まっていった。

やがて光が途絶えた。

すべてが動きをとめた。

ここにあるのは、まったく別の世界だ。もう、セシルの存在しない世界。

パニックに襲われる前に、まずアルベールを驚かせたのは、戦闘の騒音がやんだことだった。まるですべてが突然、静まったかのように。ゲームセットの警笛を、神様が鳴らしたかのように。もちろん、少し耳を澄ませたならば、何も終わっていないと気づいたことだろう。まわりを覆いつくす土塊のせいで、音はくぐもっている。それでほとんど聞こえないのだと。しかし今のアルベールには、外の騒音に耳を傾け、戦闘が続いているかをたしかめるより、もっと別の気がかりがあった。なぜなら彼にとって重要なのは、戦争が終わろうとしていることだったから。

轟音がかすむや、アルベールははっとした。ぼくは土に埋まっていると思ったけれど、それはまだ抽象的な概念にすぎなかった。生き埋めになったんだと思ったとたん、事態が恐ろしく具体的に迫ってきた。

今、どれほど悲惨な状況にあるのか、彼を待ちかまえている死がどういうものなのかを考えたとき、自分は窒息死するのだとわかったとき、アルベールは理性を失った。一瞬にして、すべての理性が吹き飛んだ。頭のなかは、混乱の極みだった。意味もなくわめいて、残されたなけなしの空気を浪費した。生き埋めだ、生き埋めだと何度も繰り返した。この恐ろしい事実に気を取られるあまり、まだ目をあけることさえ思いつかなかった。彼がしたのは、ばたばたとでたらめな方向に体を動かすことだけだった。残っていた力のすべて、パニックのなかからこみあげてくるものすべてが、筋肉の動きへと変わった。そんなふうにもがいたせいで、膨大なエネルギーを使ったが、すべては無駄な努力だった。

突然、彼はもがくのをやめた。

手を動かせるのに気づいたからだ。ほんの少しだが、手を動かせる。彼は息をとめた。水を含んだ粘土質の土はうえから落ちてきたとき、腕や肩、うなじのあたりで殻のような形になったのだろう。彼が囚われているこの世界は、あちこちに数センチの空間を残してくれた。実際のところ、うえに積もっている土は大した量ではない。それはアルベールにもわかっていた。たぶん、四十センチくらいだろう。しかし、彼はその下に横たわっている。身動き取れなくなるには、充分な厚みだ。あとは死を待つしかない。

あたりの地面が揺れた。うえではまだ、戦闘が続いている。砲弾が大地を震わせた。アルベールは目をあけた。まずは、そろそろと。暗闇だった。でも、真っ暗というわけではない。白っぽい、微かな日の光が入ってくる。ほとんど感じとれないくらいの光が。

彼は小刻みに息をしなければならなかった。肘を数センチ広げ、土をぐっと押しこめて脚を少し伸ばした。ひたすらパニックと闘いながら、注意深く顔を土から離し、息がつけるようにした。泡が弾けるように、土の塊がさっと遠のいた。彼はすばやく反応した。全身の筋肉がぴんと張って、体が縮みあがった。けれども、ほかには何も起きなかった。どれくらい、そうしていただろう？　とりあえずひと息ついたものの、空気は徐々になくなっていく。そのあいだにも、彼は迫りくる死がどんなものか想像していた。わかっていながら酸素が断たれるのが、どういうことなのか。ゴムの薄膜が破れるみたいに、小さな空間がひとつ、またひとつと潰れていくこと。そして不足する空気を追うかのように、むなしく目を見ひらくのがどういうことなのかを想像していた。彼はできるだけ息を詰め、何も考えまいとしながら、自分が今、どんな状況にあるかを頭からふり払いながら、一ミリ一ミリ手を伸ばし、前を探った。そのとき、指先に何かを感じた。青白い光は前より少し強くなったものの、まわりを見分けるには足りなかった。指がやわらかなものに触れている。土や粘土ではない。絹のような手触りで、少しざらりとしている。

その正体がわかるまでには、しばらく時間がかかった。

じっと焦点を合わせると、目の前にあるものが像を結んだ。巨大な口。唇の隙間から、どろりとした液体が流れ出ている。黄色い大きな歯、溶けかけた青っぽい目もある……胸が悪くなるような、気味の悪い馬の首だ。

アルベールは思わずぐいっとうしろにさがった。頭が粘土の殻にぶつかり、土が崩れ落ちて首にかかる。彼は身を守ろうと肩をそびやかした。動きをとめて息をつき、数秒がすぎた。

戦場には、朽ち果てた痩せ馬の死骸が無数に転がっている。砲弾が地面を穿《うが》ったとき、そのうちのひとつが埋まって、今アルベールの前に頭を突き出したというわけだ。青年と死んだ馬は、ほとんどキスをしそうなほど顔と顔を近づけていた。土が崩れたおかげで、アルベールは手が動かせるようになった。けれどもずっしりと重い土が、胸郭を圧迫していた。彼はそっと小刻みに息を継いだが、もはや肺も限界に来ていた。涙がこみあげるのを、彼は必死にこらえた。泣くなんて死を受け入れることだ、と彼は思った。

いっそのこと、あきらめてしまうほうがいいのかもしれない。どうせ長くはもたないのだから。

死の瞬間、これまでの人生がすべて、走馬灯のようによみがえるというのは間違いだ。それでも、いくつかの思い出が呼びさまされた。とても古い思い出が。父親の顔がくっきりと目に浮かぶ。今、父親といっしょに、土に埋もれているのだと言ってもいいくらいに。きっともうすぐ、むこうで再会するからだろう。父親は若かった。今のアルベールとほぼ同じ歳だ。三十歳と少し。もちろん、その少しが大事なところなのだけれど。美術館の制服を着て、口ひげをぴんと油で固めている。食器棚に飾った写真のとおり、真面目くさった顔だった。

空気がなくなってきた。肺がきりきりし、体が痙攣《けいれん》し始めた。頭を働かせねば。でも、もうどうしようもない。彼はただ、狼狽するばかりだった。死の恐怖が、腸《はらわた》の奥からわきあがってくる。こらえていた涙があふれ出た。マイヤール夫人が非難のこもった目で彼を見つめた。アルベールにだって、どうにもしようがないんだ。穴に落っこちて、戦争が終わる直前に死ぬのはしかたない。馬鹿げているが、そういうこともある。けれども生き埋めになるなんて、言ってみれば初めから埋葬されたかっこうで死ぬようなものじゃないか。でもまあ、本当に彼らしい。いつだってみんなからはずれているのだから。いつだってちょっとばかりついてない。結局のところ戦死でもしなければ、どうなってしまうんだ、この男は？ マイヤール夫人がようやく微笑んだ。アルベールは死んだけれど、おかげでわが家にもひとり英雄ができた。それも悪くないわね。

アルベールの顔は真っ青だった。こめかみが恐ろしい勢いで脈打っている。全身の血管がいまにも爆発しそうなほど。彼はセシルを呼んだ。もう一度、身動きできないくらいぎゅっと彼女の脚に挟まれたかった。けれどもセシルの顔は、目の前によみがえらなかった。あまりに遠く離れているので、彼のもとまでやって来られないかのように。それがアルベールには、いちばんつらいことだった。今この瞬間、彼女に会えないこと、彼女がいっしょにいてくれないことが。ここにあるのは、セシルという名前だけ。彼が落ちこもうとしている世界には、肉体も言葉もないのだから。いっしょに来てくれと、彼女に懇願したかった。死ぬのが恐ろしくてたまらなかった。でも、どうしようもない。彼はセシルに会うこともなく、たったひとりで死んでいくのだ。

それじゃあ、さよなら、天国でまた会おう、セシル。ずっとあとで。

やがてセシルという名前も消え去ると、そこにプラデル中尉の顔が浮かんだ。嫌ったらしい笑みを浮かべた顔が。

アルベールは手足をばたつかせた。肺を満たす空気は、どんどん少なくなっていく。力をこめると、ひゅうひゅうという音がした。彼は咳きこみ、腹をぐっと締めた。もう空気はない。

彼は馬の頭をつかみ、べとべとする口に手を入れた。指の下で肉が崩れ落ちる。それから大きな黄色い歯を握ると、超人的な力をこめて口をこじあけた。なかから吹き出た腐った息を、アルベールは肺いっぱい吸いこんだ。こうして彼は、数秒間生きのびた。胃が引きつって、嘔吐した。あたりが震動し、再び全身が揺さぶられる。もう一度空気を求めて体をうえにむけようにも、それは望めなかった。

のしかかる土はとても重く、ほとんど光も見えない。戦場に降りそそぎ、炸裂する砲弾で、大地が揺れるだけだ。そのあとはもう、何も聞こえなくなった。もう、何も。ぜいぜいという喘ぎ声のほかは。

やがて大きな安らぎが彼を包んだ。彼は目を閉じた。

いきなり、苦しみがこみあげた。心臓が止まろうとしている。意識が遠のき、彼はがっくりと沈みこんだ。

兵士アルベール・マイヤールは息絶えた。

2

ドルネー＝プラデル中尉は猪突猛進する、決然とした人物だった。戦場では敵の戦列にむかい、まっしぐらに走っていく。何ものも恐れないその態度は印象的だったが、実際のところ彼はあまり勇敢な男ではない。少なくとも人が思うほど、勇気にあふれてはいなかった。ことさら英雄的なわけではないが、自分は戦争で死なないと彼はすぐに確信した。そう、彼には自信があった。この戦争はおれを殺すためのものではない、おれにチャンスを与えてくれるものだと。

彼が百十三高地の奇襲という残酷な決断を下したのは、もちろんドイツ人を並みはずれて憎んでいるからだった。それはほとんど精神的な次元での憎悪だった。しかし奇襲決断の裏には、戦争がいよいよ終結にむかっているという事情もあった。こんな願ってもない戦争が、おれのような男に与えてくれるチャンスを利用する時間は、もうあまり残っていない。彼はそう考えたのだ。

アルベールやほかの兵士たちも、薄々それは感じていた。あいつはどこから見ても、金を使い果たした田舎貴族だと。ドルネー＝プラデル家は過去三世代のあいだに、証券取引の失敗や倒産やらで、文字どおり破産に追いこまれた。先祖から伝わる過去の栄光のうち、いまだに残っているのは、荒れ果てたサルヴィエールの屋敷と名前の威光、一、二の遠縁、あまりあてにならない縁故、不穏なこの世界でもう一度地位を築こうという貪欲なまでの意志だった。彼は今の不安定な立場を、不当なものだと思っていた。貴族としての確固たる地位を回復しようという野望に、彼はまさしくとり憑《つ》かれていた。そのためには、すべてを犠牲にしてもいいと思うほどに。父親は残された財産を使い果たしたあと、田舎の屋敷で心臓を撃ち抜き、みずから命を絶った。本当かどうかはわからないが、その一年後に亡くなった母親は、悲しみのあまりに果てたのだと言われている。ひとりっ子だった中尉は、ドルネー＝プラデル家最後の人間だった。〝名門の末裔《まつえい》〟だという思いが、彼の気を急《せ》かせた。おれが死んだら、もう誰もいないんだ。父親がどこまでも落ちぶれきっただけに、一家の再興は自分の双肩にかかっているのだと彼は早くから覚悟を決めた。そのために必要な意志と才能があると、確信もしていた。

かててくわえて、彼はなかなかのハンサムだった。もちろんそれは想像力を欠いた、退屈な美しさだろうが、ともかく女たちは彼に惹かれ、男たちは彼を嫉妬した。結局のところ、それは間違いのないことだ。だから誰でもこう言うだろう。あんなに美男子で名前もあるのだから、欠けているのは財産だけだと。本人もそのとおりだと思い、財産を築くことだけを目ざしていた。

モリウー将軍肝入りの任務完遂のため、中尉がさんざん苦労を重ねたわけも、これでよくわかろうというものだ。参謀部にとって百十三高地は癪《しゃく》の種だった。地図のうえの小さな点が、日々あざ笑っている。どうにも目障りで、しようがなかった。

プラデル中尉はそんなことに固執するタイプではなかったが、彼にも百十三高地を手に入れたい理由があった。彼は今、司令部という山のすそ野にいる。もうすぐ戦争は終わるだろう。あと数週間で、戦功をあげるには間に合わなくなる。三年間で中尉になれたのだって悪くはないが、ここで一発手柄をあげればもう確実だ。大尉として復員できる。

プラデルは自己満足に浸っていた。兵士たちを百十三高地征服に駆り立てるには、仲間の二人がドイツ軍によって平然と殺されたと思いこませればいい。そうすれば兵士たちは、怒りと復讐心に燃えあがる。なんと天才的な作戦だろう。

突撃命令を出したあと、彼は攻撃の指揮を曹長にまかせ、少しうしろに控えていた。ちょっとばかり後始末をしておかねばならない。それがすんだら部隊を追いかけ、いっきに敵の戦列へむかえばいい。駿足で皆を追い越し先陣に加わって、ドイツ兵どもを思う存分血祭りにあげてやる。

合図の警笛を吹き鳴らし、兵士たちが銃の装塡を始めると、突撃の流れがまずい方向に逸れないよう、彼は離れて右側に立った。その男を見たとき、彼は気が動転した。あいつ、何ていう名前だったろう。いつも悲しげな顔をしている。それにあの目、今にも泣き出しそうだ。マイヤール。そう、アルベール・マイヤールだ。右側で立ちどまり、きょとんとしている。塹壕から出たあと、どうしてこんなところに来てしまったのかと考えているのだ。馬鹿者め。

プラデルはアルベールが立ちどまり、引き返すのを見た。不審げにひざまずいて、老兵グリゾニエの死体を押している。

プラデルは攻撃が始まったときからずっと、あの死体を監視していた。目を離してはならない。できるだけ早く、始末しなくては。そのためにずっと死体の左側で、隊列監督をしていたのだ。あとで面倒なことにならないように。

なのにあの馬鹿野郎ときたら、走っている最中に立ちどまり、二つの死体を眺めていやがる。老人と若者の死体を。

プラデルはすぐさま、雄牛のように猛進した。アルベール・マイヤールはもう立ちあがっている。いま目にしたものに、ショックを受けているようだ。プラデルが自分に襲いかかろうとしているのを見て事態を察したのだろう、アルベールは逃げようとした。しかし彼の恐怖心よりも、中尉の怒りのほうが敏捷だった。あっと思ったときにはもう、プラデルの肩が胸にあたり、アルベールは砲弾の穴に転落して、底まで転がっていった。よし、穴はせいぜい二メートルほどの深さだが、抜け出すのは容易じゃない。体力も要るだろう。そのあいだにプラデルは、後始末を済ませることにした。

それさえ終われば、もう何も問題はない。

プラデルは穴の縁に立って、底にいる兵士を見つめた。こっちはどう始末をつけようか。しばらくためらったものの、ほっとひと息ついた。必要な時間は取れそうだ。またあとで戻ってくればいい。彼は横をむいて、数メートル後退した。

グリゾニエはいこじそうな死に顔で横たわっていた。とんだ邪魔者が入ったけれど、悪いことばかりじゃない。マイヤールが死体をひっくり返したおかげでルイ・テリウーの死体に近づき、仕事がやりやすくなった。プラデルはさっとあたりに目をやり、誰も見ていないかたしかめた。大丈夫。それにしても、なんという大殺戮だ！　この攻撃で、味方の兵員にも被害者がでるだろう。しかし、それが戦争だ。そもそもここは、哲学的考察をする場じゃない。プラデル中尉は手榴弾のとめピンをはずし、二つの死体のあいだに悠々と置いた。三十メートルほど離れて物陰に隠れ、両手を耳にあてる。手榴弾が爆発し、二人の兵士の死体が吹き飛ぶのを彼は眺めた。

こうして大戦の戦死者が二名増え、二名減った。

そして行方不明者が二名増えた。

さて、次は穴に落ちたあの馬鹿者の始末をつけなければ。プラデルはもうひとつ、手榴弾を取り出した。手榴弾の扱いには慣れている。二カ月前にも、彼は投降してきた十五、六名のドイツ兵を集め、ぐるりと丸く並ばせた。どういうつもりなんだろうと、捕虜たちは目でたずね合い、首をかしげていた。プラデルは捕虜たちの真ん中に、手榴弾を投げこんだ。爆発まであと二秒。慣れた手つきだった。この四年間、フリースローの経験を積んできたのだから、正確なことこのうえない。自分たちの足もとで、何が起きようとしているのかわかったときにはもう、やつらは戦士たちの魂が集うという伝説のヴァルハラへ直行だ。ワルキューレ相手にせいぜい楽しむがいいさ、馬鹿どもめ。

プラデルが取り出したのは、最後の手榴弾だった。これを使ってしまったら、ドイツ軍の塹壕を吹き飛ばせなくなってしまう。残念だが、まあ仕方ない。

ちょうどそのとき砲弾が爆発し、土が大きく舞いあがってあたりに散らばった。プラデルはもっとよく見ようと体を起こした。穴は完全に埋まっていた。

土が山積みになっている。あいつはあの下ってわけか。ドジなやつだ。

プラデルにとってはもっけのさいわいだった。攻撃用の手榴弾を、ひとつ節約できたのだから。

彼はまたしてもせかせかと、前線へむかって走り始めた。さあ、ドイツ兵どもと急いで一戦交えるんだ。すばらしい別れのプレゼントをくれてやるからな。

3

ペリクールは走っている真っ最中になぎ倒された。銃弾が片脚にあたったのだ。彼は獣のようなうめき声をあげ、泥のなかに倒れた。耐えがたいほどの痛みだ。彼は大声で叫びながら、転げまわった。両手で太腿のあたりを握りしめたけれど、その下まで目が届かない。砲弾の破片で、脚がすっぱり切断されたのではないか？　必死に体を起こした。激痛は続いていたが、彼はほっとした。脚はちゃんとついていた。つま先までしっかり続いている。やられたのは膝の下あたりらしい。血が流れていた。足の先に力を入れると激痛が走ったけれど、大丈夫、足は動く。銃弾や榴散弾が飛び交う喧騒のなかで、彼はただ〝脚はあるぞ〟とだけ考えていた。安心感でいっぱいだった。片脚になるなんて、ぞっとしないからな。

　昔はよくふざけて、〝ちびっちょペリクール〟なんて言われた。言葉遊び《パラドックス》みたいなものだ。というのも一八九五年生まれの少年にしては、とびぬけて背が高かったから。一メートル八十三もあるのだから、かなりのものだ。そんなに背丈があると痩せて見える。彼は十五歳のときからすでにそうだった。学校では同級生から〝のっぽ〟と呼ばれていた。それは必ずしも親しみをこめたあだ名ではなかった。彼はあまり好かれていなかったから。

エドゥアール・ペリクールは、つきに恵まれた男だった。

彼が通った学校では、みんなが同じように裕福な家庭の子供たちだった。何ひとつ不自由なく、満ち足りた人生を送ろうとしている。何世代にも遡る先祖たちにつちかわれた自信が、そこには息づいていた。しかしエドゥアールの場合、事情はいささか微妙だった。なぜならそれらすべてに加え、彼はつきにも恵まれていたから。お金や才能だけなら、誰しもしかたないと思うだろうが、運がいいのは許せない。それじゃあ、あんまり不公平じゃないか。

たしかに彼は幸運なことに、自己防御の感覚にとりわけ秀でていた。危険が度を越えて大きくなったり、先の雲行きが怪しくなり始めると、虫の知らせを感じるのだ。彼にはそういうアンテナがある。そしてあまり被害を受けずにすむよう、必要な処置を講じるのだった。もちろん、一九一八年十一月二日、片脚を砕かれて泥のなかに横たわるエドゥアール・ペリクールを見たら、つきは離れた、風むきは変わったのではないかと思うだろう。でも、実はそうとも言いきれない。ともかく脚はなくならなかったのだから。この先ずっと、脚を引きずることにはなるだろうが、二本の脚で歩き続けられる。

エドゥアールは急いでベルトをはずすと、それを止血帯代わりにして思いきり強く脚にまいた。それだけですっかり疲れはて、ぐったりと横になった。痛みは少し治まった。もうしばらくそうしているべきだろうが、ここはどうも危なそうだ。砲弾を喰らって、ばらばらにされてしまうかもしれない。あるいは、もっと悪いことに……そう、当時こんな噂が流れていた。夜中にドイツ兵が塹壕から出てきて、負傷したフランス兵に剣やナイフでとどめを刺すと。

エドゥアールは筋肉の緊張を緩めようと、うなじを泥に押し当てた。少しひんやりして気持ちがいい。背後にあるものが、逆さまに見えた。なんだか野原の、木の下にいるみたいだ。女の子といっしょに。でも女の子といっしょなんて、そんな経験は一度もなかった。顔見知りの女はといえば、美術学校の付近にある売春宿の娼婦たちくらいなものだ。

けれども思い出にふけっている間はなかった。おかしなふるまいをしているプラデル中尉の姿が、突然目に入ったからだ。脚を撃たれて地面に倒れ、痛みのあまり転げまわったり、血止めをしたりしているあいだに、ほかのみんなはドイツ軍の戦列めがけて走っていってしまった。ところが十メートルほどうしろに、プラデル中尉がじっと立っているではないか。まるで戦闘は終わったかのように。

エドゥアールは遠くから、中尉の横顔を逆さまに眺めた。両手をベルトにあて、昆虫学者が蟻《あり》の巣を覗きこむみたいに、足もとをじっと見つめている。喧騒のなかでも落ち着き払い、悠然としたものだ。やがて一件落着したか、心配いらなくなったかのように、中尉は姿を消した。どうして将校が突撃の途中で立ちどまり、足もとを見つめているんだ？　エドゥアールは唖然とするあまり、脚の痛みも一瞬忘れたほどだった。どうも怪しいぞ。このおれが、脚を撃ち抜かれたことだけでも驚きなのに。これまでずっとかすり傷ひとつ負わずに、戦場を走りまわってきた。それが今、脚を粉々にされて地面に横たわっているなんておかしいじゃないか。でもまあ、おれは兵士だし、ここは殺し合いの場なんだから、怪我をするくらいいたしかたない。しかし将校が砲弾の下で立ちどまり、じっと足もとを見ているのは……

エドゥアール・ペリクールは体から力を抜き、また仰むけに横たわった。膝のまわり、止血帯代わりに巻いたベルトのすぐうえあたりを両手で締めつけ、深呼吸をした。数分後、彼は体を曲げ、さっきプラデル中尉が立っていた場所に、再び目をむけずにはいられなかった……何もない。中尉はどこかへ行ってしまった。突撃の戦列はさらに前進し、爆発の轟音も何十メートルか遠ざかった。まだしばらくここで、傷の具合をたしかめていられそうだ。助けが来るのを待ったほうがいいか、這って後方へ避難したほうがいいか、ゆっくり思案していてもよかったろう。けれども彼は腰を曲げ、水から跳びあがった鯉みたいに身を反らせて、あの場所を凝視した。

とうとう彼は心を決めた。もちろん、容易なことではない。彼は仰むけのまま肘をついて上半身を起こすと、あとずさりし始めた。左脚を支えにして前腕に力をこめ、死体のようにぐったりとした右脚を、泥のなかにずるずると引きずりながら。一メートル進むにもひと苦労だった。どうしてこんなことをしているんだろう？　うまく説明はできなかった。ともかく、あのプラデルは油断ならない男だ。誰にもやつをとめられない。こんな格言もあるじゃないか。軍隊にとって真に危険なのは敵ではなく、階級《ヒエラルキー》だと。まったくそのとおりだ。政治に無関心なエドゥアールだったから、それが組織《システム》の特性だとまでは思わなかったが、考え方は同じだった。

彼は突然、動きをとめた。七、八メートルほど進んだところで大口径の砲弾が爆発し、その場に釘づけにされた。横たわっていたせいだろうか、爆発音がやけに大きく響いた。彼は棒を呑んだみたいに体を強ばらせたが、右脚はそれでも無反応だった。発作に襲われた癲癇《てんかん》患者のように、全身が硬直している。彼はさっきプラデル中尉が立っていた場所を、じっと見つめていた。と、そのとき、荒れ狂う波のように大量の土が宙に噴きあがった。今にも埋めつくされるのではないかと思うほど、すぐ近くに大きく広がって見えた。人喰い鬼のため息のような、こもった音をあげながら、土はあたりに降りそそいだ。爆発やうなる弾丸、空に散る照明弾も、間近に崩れ落ちる土の壁に比べれば、もはや物の数ではなかった。エドゥアールは身をすくませ、目を閉じた。体の下で大地が揺れている。彼はちぢこまって息をとめた。ああ、まだ死んでいなかったと気づいてほっとした。命拾いをしたようだ。

噴きあがった土はすべて下に落ちた。エドゥアールは塹壕に棲みつく太ったネズミのように、仰むけのまますぐにまたうしろむきに進み始めた。どこにそんなエネルギーがあったのか、自分でもよくわからない。ともかく彼は心の呼ぶ声に導かれるがまま、ずるずると這い進んだ。そして気づいたのだった。そこは土の波が崩れ落ちた場所だった。見ると鉄の先端が、粉のように降り積もった土の下から突き出ている。数センチくらいだろうか。あれは銃剣の先だ。その意味は明らかだった。あの下に兵士が埋まっているんだ。

生き埋めは昔からよく聞く話のひとつだが、実際目の前で見たことはなかった。そんな憂き目を見た兵士を救い出すため、エドゥアールがこれまで所属したほとんどの部隊には、シャベルやつるはしを備えた工兵がいた。しかしたいていは間に合わず、土のなかから掘りおこしたときにはもう、顔は紫色に変色し、目が飛び出しているという。さっき見かけたプラデルの姿が、一瞬エドゥアールの脳裏によみがえったが、ぐずぐず考えている間はない。

急いで行動しなければ。

エドゥアールは体をまわして、腹ばいになった。脚にずきんと激痛が走り、彼は思わずうめいた。ひらいた傷口が地面にこすれたのだ。しゃがれた叫び声をあげながら、彼は鉤爪のように曲げた指で地面を掻き始めた。これじゃあ間に合わない。下に埋まっている兵士は、とっくに窒息しかけているぞ……エドゥアールはすぐにそう気づいた。どれくらいの深さだろう？ せめて、何か掘るものがあれば。彼は右側に目をやった。死体が散らばっているだけだ。ほかには何もない。役に立ちそうな道具は、ひとつも落ちていなかった。地面から突き出ている銃剣を引き抜くことができたら、それを使って穴を掘れるのに。ほかに方法はなさそうだが、何時間もかかりそうだ。土の下から、助けを求める声が聞こえたような気がした。もちろん空耳だろう。たとえ深く埋まっていなかったとしても、こんな喧騒のなかでうめき声が聞こえるわけがない。エドゥアールはそれほど焦っていた。どんなに急を要するかと思うと、頭が沸騰しそうだった。生き埋めになった人間は、すぐに助け出さねば。さもないと、土のなかから引っぱり出したときにはとっくに死んでいる。突き出た銃剣のまわりを指で掘りながら、彼は思っていた。知っている男だろうか？ 同じ部隊の仲間たちの名前、顔が次々と頭に浮かんだ。本当なら、そんなことを考えている場合ではないだろう。でも助ける相手が戦友ならいい、誰か話をしたことのある仲間、好感を抱いていた男ならいい。そう思えば、土を掘る手にもいっそう熱がこもる。彼は絶えず左右を見て、役立ちそうなものを探したけれど、やはり何も見あたらなかった。指が痛くてたまらない。ようやく十センチほど土を取り除いたが、銃剣はいくら揺すってもびくともしなかった。頑丈な歯みたいに、しっかり根を張っている。エドゥアールは落胆した。作業を始めてどれくらいたったろうか？　二分？　それとも三分？　地中の男はとっくに死んでいるだろう。不自然なかっこうをしているせいで、肩がまた痛み出した。こんな状態じゃ、おれだって長くは持たないぞ。あきらめが胸に広がる。もうくたくただ。息が切れる。腕の筋肉が張って、体が痙攣し始めた。彼は拳で地面をたたいた。そのとき、はっと気づいた。間違いない。動いたぞ。たちまち涙があふれ出した。彼は泣きながら両手で銃剣の先をつかみ、力いっぱい押したり引いたりを繰り返した。涙でぐしょぐしょの顔を、ときおり腕の外側でぬぐった。銃剣の動きが急に軽くなった。彼は揺さぶるのをやめ、再び土を掘り返し始めた。そして地中に手を突っこみ、力いっぱい銃剣を引っぱった。勝利の雄叫びがあがる。ついに抜けたぞ。彼は一瞬、銃剣を凝視した。初めて見るものであるかのように、自分の目がまだ信じられないかのように。それから荒々しい手つきで、銃剣を地面に突き立てた。うなるような怒声をあげながら、土に刺しこむ。なまった切っ先で大きな円を描くと、刃を平らにしてシャベルで搔くように地面を掘り返し、出た土は手で取りのけた。どれくらい、時間がかかるだろう？　脚の痛みはますます激しくなる。やっと何かが見え始めた。手さぐりでたしかめると、それは布地だった。ボタンもついている。彼は無我夢中で土を搔いた。まるで猟犬だ。今度は上着が手に触れた。彼は両手、両腕を突っこんだ。土ががさっと穴のなかに崩れ落ち、奇妙なものが手に触れた。何だろう？　目を凝らすと、ヘルメットが光っている。彼は指先で丸いカーブをたどった。仲間の兵士に違いない。〝やったぞ！〟エドゥアールはまだ泣いていた。同時に叫んでいた。それでも腕だけは抑えようのない力に突き動かされ、猛然と土を掻き出している。ようやく兵士の頭が見えてきた。三十センチも下ではない。まるで眠っているかのようだ。知っている男だった。名前は何だったろう？　もう死んでいる。そう思うとエドゥアールはつらくてたまらず、手をとめて戦友をじっと見おろした。おれも死んでいるんだ。彼は一瞬、そんな気がした。おれもこの男と同じように死んでいる。今、見ているのはおれ自身の死なんだ。するととてつもない苦しみが、彼の胸をふさいだ……

エドゥアールは泣きながら、体の残りを掘り出し続けた。たちまち肩から胸、腰まで露《あら》わになった。兵士の顔の前には、なんと死んだ馬の首があった！　こんなふうに人と馬が、顔を突き合わせて埋まっているなんて、とても奇妙な図じゃないか。エドゥアールは涙にかすむ目で眺めながら、絵に描いたらどうなるだろうと想像した。そうせずにはいられなかった。立って別の姿勢を取ることができたなら、もっとすばやくすませられたろう。それでも、ともかくやり遂げた。彼は大声で、とても馬鹿げたことを言った。まるで相手に聞こえているかのように、「安心しろ」と慟哭《どうこく》しながら言ったのだ。この兵士を抱きしめたかった。ほかの誰かに聞かれたら恥ずかしいようなことを言った。結局のところ、彼が嘆いているのは自分自身の死だったのだから。これまで感じ続けていた恐怖を思いかえし、彼は涙した。今なら認めることができる。この二年間、どんなに恐ろしかったことか。いつかただの負傷兵から、戦死者のひとりになるのではないか。もうすぐ戦争も終わる。戦友のために流すこの涙は、若さの涙、生命の涙だ。やはりおれはついていた。これから一生、片脚を引きずることになるかもしれない。けっこうじゃないか。命拾いをしたのだから。彼は兵士の全身をせっせと掘り返した。

名字を思い出した。マイヤールだ。名前は聞いたことがない。みんな、ただマイヤールとだけ呼んでいた。

そのとき、ふと疑念が脳裏をよぎり、彼はマイヤールの顔に耳を近づけた。あたりには爆発の音が続いている。静まれ、よく聞こえないじゃないか。本当に死んでいるのだろうか。そう思って、彼はマイヤールの顔を平手打ちした。すぐ脇に横たわっていたし、体勢も悪くてうまく叩けなかったけれど。マイヤールの頭は衝撃でがくっと動いた。こんなこと、何の意味もない。この兵士はまだ完全に死んでいないかもしれないなんて、ろくでもないことを考えたものだ、エドゥアールは。しかし、もう遅い。いちど疑いが芽ばえたら、たしかめずにはおれない。そんなものを目のあたりにするのは、われわれにとって恐ろしいことだ。大声で彼を呼びとめたいと、誰しも思うことだろう。もう放っておけ、おまえは最善を尽くしたんだと。やさしく彼の手を取って握りしめ、興奮が静まるまでじっとさせておこうとするだろう。ひきつけを起こした子供をなだめるみたいに何か言葉をかけてやり、涙がとまるまで抱きしめてあげたいと思うだろう。そうやって、気持ちを落ち着かせようとするだろう。

ただそのとき、エドゥアールのまわりには誰もいなかった。彼に正しい道を示してあげられる者は、あなたもわたしも、誰ひとり。こうして彼の胸に、むくむくと疑念が湧いてきた。マイヤールはまだ完全に死んではいないのではという疑念が。エドゥアールは前にも一度、目にしたことがある。いや、話に聞いただけかもしれない。前線に流布する伝説のようなものだ。誰も証人はいない噂話のひとつ。てっきり死んだと思われた兵士が息を吹き返し、止まっていた心臓がまた動き出したのだという。

エドゥアールはそんなことを考えながら、痛みを押して使えるほうの脚を曲げ、なんとか体を起こしたのだった。首を伸ばすと、背後にだらりと伸びる右脚が見えた。けれどもそこには、恐怖と疲労、痛みと絶望が混じり合う靄《もや》がかかっていた。

彼は一瞬、はずみをつけた。

そしてほんの数秒、鷺《さぎ》のように片脚で立った。どうにかバランスがたもてればいい。彼は下に目をやると、すっと大きく息を吸って、そのまま全体重をかけてマイヤールの胸のうえに倒れこんだ。

肋骨《ろっこつ》の折れる、嫌な音がした。ぜいぜいとあえぐような声が聞こえる。エドゥアールは体の下で地面がせりあがったような気がした。そして椅子から転げ落ちるように、ごろりと下に滑った。けれども、隆起したのは地面ではなかった。マイヤールが寝返りを打つみたいに体をまわしたのだ。彼は腹の中身をすべて吐き出し、咳きこみ始めた。エドゥアールはわが目が信じられなかった。涙がまたこみあげてくる。たしかについている男だ、このエドゥアールは。みなさんもそう、お認めになるだろう。マイヤールはまだ吐き続けている。エドゥアールはその背中を、陽気にたたいた。泣き笑いがとまらなかった。こうして彼は今、荒れ果てた戦場に腰をおろした。かたわらには、死んだ馬の首。血まみれの片脚は、おかしなむきに曲がっている。疲労のあまり、今にも気絶しそうだった。いっしょにいるのは、死者たちのなかから生還し、ひたすらげえげえと吐き続ける男……

戦争のしめくくりとしては、こんなひと幕も悪くない。いや、すばらしい光景だ。けれども、これが最後ではなかった。ぼんやりと意識を取り戻したアルベール・マイヤールが、息を切らしながら体を横むきにしたとき、エドゥアールは上半身をぴんと伸ばして、煙草代わりにダイナマイトでも吸ったみたいに、天にむかって咆哮した。

まさにその瞬間、スープ皿ほどもある分厚い砲弾の破片が、彼に激突した。目もくらむようなスピードで。

それが神々からの返答だったのだろう、きっと。

二人の男は異なったやり方で、現世に浮上することとなった。

4

アルベールは嘔吐を続けながら、死者たちのなかから生還した。意識がぼんやりと戻りかけたとき、空には砲弾が筋を引いていた。この世に生き返ったという、何よりものしるしだ。彼にはまだよく理解できなかったが、プラデル中尉が始めた突撃は、すでに終わりかけていた。百十三高地は簡単に手に入った。敵は猛然と反撃したものの、長くはもたずに降伏した。死者三十八名、負傷者二十七名、行方不明者二名。それがこの突撃に関し、所定の手続きで確認されたことのすべてだ（ドイツ兵は計算に入っていない）。けっこうな効率ではないか。

アルベールは戦場で担架係に助けられたとき、エドゥアール・ペリクールの頭を膝にのせ、ハミングしながら静かに揺すっていたという。〝幻覚を見てるんだな〟と担架係は思った。肋骨はすべて折れるかひびが入るかしていたけれど、肺は無傷だった。痛みは耐えがたいほどだったが、結局のところそれもいいしるしだった。痛みを感じるのは、生きている証なのだから。とはいえ、元気いっぱいとは言いがたい。いったい何がどうしたのかたしかめたくても、そんなことはこの際、あとまわしにせざるを得なかったろう。

例えばの話、ペリクールがいささか乱暴な独自の蘇生術にとりかかるまで、アルベールの心臓はほんの数秒間とまっていただけだった。いかなる奇跡かありえない偶然、あるいは大いなる意志がそこには働いていたのだろう？　彼にわかったのはただ、機械はぶるぶると痙攣してまた動き始めたが、大事なところは何も壊れていなかったということだけだった。

医者はしっかり包帯を巻いたあと、医学でできるのはここまでだと言って、彼を大部屋の病室に送った。そこには死にかけている兵士や大怪我を負った者たち、ありとあらゆる障害者たちが詰めこまれていた。添え木こそあてているが傷の軽い者は、包帯を巻いた手でカードゲームに興じていた。


百十三高地の急襲により、休戦待ちでここ数週間のんびりしていた野戦病院に活気が戻った。とはいえ今回の突撃で、それほど大きな被害があったわけではない。だからほぼ四年間、てんやわんやだった野戦病院が、正常なリズムを取り戻したというところだろう。看護師を務めるシスターたちは、喉がかわいて死にそうな怪我人たちの世話にも少しはあたれるし、医者たちは負傷兵をいつまでもほっぽらかしにして、本当に死なせてしまわずにすむ。三日三晩一睡もしていない外科医が、大腿骨や脛骨《けいこつ》、上腕骨をのこぎりで切り続けるうちに、痙攣を起こしてのたうちまわることもない。

エドゥアールは病院に担ぎこまれるなり、二つの応急処置を受けた。右脚は何カ所にもわたって骨折しており、靭帯《じんたい》や筋も切れていた。一生、脚を引きずることになるだろう。けれども、もっと大きな手術が待っていた。顔に食いこんだ異物を取り除くため（前線の病院に備わった機材で出来る範囲だが）、傷口を調べる手術だ。まずはワクチンを接種し、気体の抜け道を確保してガス壊疽《えそ》を食い止めるのに必要な処置を施す。外傷創は大きく切り取って、化膿が広がらないようにした。あとのことは、つまりもっとも重要な処置は、設備の整った後方の病院にまかせねばならない。そのあとまだ患者が死亡していなければ、専門の病院に移すか検討することになる。

エドゥアールの緊急搬送命令が出されたが、それまでアルベールは戦友の枕もとに留まることが許された。彼の話は何度も語るたびに尾ひれがつき、たちまち病院中をめぐった。さいわい、エドゥアールは個室に入ることができた。建物の南端に位置する恵まれた一画だ。ここからは、瀕死の怪我人が発するうめき声が絶えず聞こえてくることもなかった。

エドゥアールはだんだんと目をあけているようになった。アルベールはそれに、ただそっと付き添った。どうしてあげられるわけでもないが、ともかく気の滅入る、つらい仕事だった。ときおりエドゥアールは、何か言いたげな表情や身ぶりをした。しかし一瞬のことだったので、アルベールにはそれがどんな意味なのかとらえようがなかった。前にも言ったように、アルベールは頭の回転があまり速いほうではない。あんな出来事があったあとでも、その点は変わらなかった。

エドゥアールは傷の痛みに悶え苦しんだ。あんまり暴れるので、ベッドに縛りつけねばならないほどだった。そこでようやくアルベールは気づいた。いちばん端の病室が割りあてられたのは、何もエドゥアールが静かにすごせるようにではなく、ほかの患者たちが彼のうめき声を一日中聞かされずにすむようにだ。四年間も戦場で辛酸をなめたというのに、アルベールはどこまでも世間知らずだった。

アルベールは戦友がのたうちまわる物音を、身もだえする思いで何時間もずっと聞いていた。わめいたり、うめいたり、すすり泣いたりと、苦痛と狂気の限界に絶え間なく置かれた男が発しうるありとあらゆる声が続いた。

銀行勤めのころは課長の前でろくすっぽ言いわけもできなかったアルベールだが、一生懸命弁護に励んだ。友が砲弾の破片を喰らったのは、目にゴミが入ったせいなんかじゃないんです、とかなんとか。彼にしては見事なものだった。ぼくもなかなかやるじゃないか、とアルベールは思った。実際には皆の哀れを掻き立てただけだったけれど、それで充分だ。移送されるまでできるだけのことをしようと、若い外科医はエドゥアールにモルヒネを投与することを認めた。最小限の量にとどめ、少しずつ減らしていくことを条件にして。エドゥアールをこれ以上、ここに置いておくなんて考えられない。彼には今すぐ、専門的な処置が必要なのに。移送は緊急を要した。

エドゥアールはモルヒネのせいで、目を覚ましてもぼんやりしていた。初めは感覚もはっきりせず、暑いのかも寒いのかもよく区別がつかなかった。知らない声が聞こえる。いちばんつらいのは、心臓の鼓動に合わせて胸から上半身に広がる、疼くような痛みだった。モルヒネの効果が薄れるにつれ、それは絶え間なく押しよせる苦しみの大波となった。頭はまるで共鳴箱だ。港に着いた船の浮き袋が岸壁にあたるみたいに、大波は轟くような鈍い響きを残した。

脚も痛んだ。忌まわしい銃弾によって砕かれた右脚。アルベール・マイヤールを助けるため、さらにみずからぼろぼろにしてしまった。しかしその痛みも、モルヒネのおかげで薄らいでいた。ああ、まだ脚はあるんだな。エドゥアールはただ漠然と、そんなふうに感じていた。たしかにひどい状態ではあったけれど、大戦から帰還した片脚に人々が求める役目を多少なりとも果たせるだろう。朦朧《もうろう》とした意識のなかに、さまざまな心像があふれた。彼はとぎれなく続く、混沌とした夢のなかにいた。今まで見聞きしたこと、感じたことがすべて凝縮され、そこに脈絡《みゃくらく》もなく浮かんでは消えていった。

現実もデッサンも油絵も、頭のなかでごちゃごちゃになっていた。想像の美術館では、人生もまたさまざまに形を変えるもうひとつの作品にすぎないかのように。ボッティチェリが描く繊細な美女たち。トカゲに嚙まれた少年が驚愕の表情を浮かべるカラヴァッジオの絵。ところがそのあとには、マルティル通りの露店で野菜を売っている女の顔や（彼女の重々しい表情には、いつもはっとさせられた）、どういうわけか父親の襟元のカラーが思い浮かんだ。うっすらとピンク色に染まったカラーが。

そんなありふれた日常の光景、ボッシュの描く奇怪な人物、裸の人々、激高した戦士たちのなかに、『世界の起源』（女性の生殖器と腹部を大きく描いたギュスターヴ・クールベの作品）が繰り返しあらわれた。もっとも彼がこの絵を見たのは一度だけ、一家の友人宅でこっそり目にしたのだけれど。少しその話をしよう。戦争が始まるずっと前のことで、エドゥアールはまだ十一、二歳だったはずだ。彼は当時、サント＝クロティルド学院に通っていた。サント＝クロティルド——キルペリクとカレタナの娘、聖女クロティルダ。あいつは腐れ売女《ばいた》だとばかりに、エドゥアールはありとあらゆるかっこうで描いた。伯父のゴディギセルに縛りつけられているところ、夫のクロヴィスと背後位で交わっているところ、そしてこれは四九三年ごろだろうか、ブルグント族の王にフェラチオをしているところ。そのクロティルダを、ランス司教レミギウスが背後から犯している。こうしてエドゥアールは三度目の放校処分を受けた。それにしても、実に細かく描かれてるというのは、衆目一致して認めるところだった。あの歳で、何をモデルにしたのだろうかと思うほどだ……エドゥアールの父親は、芸術なんて梅毒患者の頽廃《たいはい》趣味だと思っていたので、苦々しげに口を結んだ。聖女クロティルダの一件がある前からエドゥアールは問題児で、とりわけ父親にとっては悩みの種だった。エドゥアールはいつでも絵を描くことによって、自己主張をしてきた。どの学校でもすべての教師が、いつかは黒板に高さ一メートルほどの戯画《カリカチユア》を描かれるはめになった。ペリクールとサインされているも同然だ。父親はつてをたよって、息子を受け入れてくれる学校を探した。エドゥアールはそうした学校の生活からインスピレーションを受けながら、何年かのうちに少しずつ新たなテーマを発展させていった。彼の〝聖なる時代〟と呼んでもいいだろう。その最高傑作が、音楽の女性教師のジュスト先生扮するユダヤの女ユディットが、アッシリアの将軍ホロフェルネスの切り落とした首を貪欲そうな表情で高く掲げる絵だった。ホロフェルネスの顔はといえば、数学教師のラピュルス先生にそっくりだ。二人ができているのは皆も知っている。この斬首の場面には、やがて彼らが別れることも象徴的に表現されていた。それまでのいきさつは、エドゥアールが黒板や壁、紙切れに逐一描くきわどいエピソードの数々で知られるところとなった。いたずら書きを没収した教師たちでさえ、校長にわたす前に回覧していた。授業中、このさえない数学教師を見ると、誰もが精力絶倫の卑猥な半獣神《サチュロス》を思い浮かべずにはおれなかった。エドゥアールは当時、八歳。旧約聖書の場面を描いた絵のせいで、呼び出しを喰らった。面談でも問題は片づかなかった。校長はデッサンをふりかざし、ユディットの絵なんか、と憤慨したような口吻《こうふん》で言った。するとエドゥアールはこう答えたのだった。たしかにこの女は、切り落とした首の髪をつかんでいます。でもこの首をお盆のうえに置いたなら、ユディットではなくサロメだと解釈すべきでしょうね。だったら首はホロフェルネスではなく、洗礼者聖ヨハネですけどと。エドゥアールには、こんなふうに知識をひけらかすようなところもあった。多くの見物人を驚かせる学者犬みたいに。

エドゥアールのインスピレーションが開花した時期は、マスターベーションをおぼえるのとともに始まったのは間違いないだろう。そこには創造性とイマジネーションにあふれるさまざまなテーマが見られる。彼の一大絵巻には、使用人たちも登場した。召使いまでが威厳をもって描かれ、学校のお偉方が眉をひそめるほどだった。広大な構図のなかで、多種多様な人物たちが奇怪な性の人間模様を繰り広げている。みんな大笑いしたけれど、そんなエロティックな空想の産物を目の当たりにして、誰しもわが身を少しは顧《かえり》みずにはおれなかった。思慮深い人たちは、気をつけねばいけないと思った。そこには何か、いかがわしい人間関係への嗜好がある。

エドゥアールは年中、絵ばかり描いていた。不良呼ばわりされたのは、わざと顰蹙《ひんしゅく》を買うようなことをするからだ。たいていは大目に見られていたが、ランス司教が聖女クロティルダの肛門を犯す絵には、さすがに学校も黙ってはいられなかった。それに両親もかんかんだ。父親は例によって、お金でスキャンダルをもみ消そうとしたが、ことが肛門性交《ソドミー》とあって学校側も折れなかった。みんながエドゥアールを非難したが、何人かの級友たち、とりわけ彼の絵に興奮していた連中と、姉のマドレーヌは別だった。マドレーヌはいつも面白がっていた。何といっても傑作は、司教がクロティルダに一発かます絵だ。もう昔の話だけれど、校長先生の顔やユベール神父のことを想像すると、本当に……彼女もサント＝クロティルド学院の女子部に通っていたので、騒動のことはよく知っていた。エドゥアールがいつもやりたい放題をしているのを笑っていた。彼女は弟の髪をくしゃくしゃと掻き乱すのが好きだった。それにはエドゥアールのほうから、やらせてあげねばならない。歳は下だったけれど、背は高かったから……彼が体を屈めると、マドレーヌはもじゃもじゃの髪に手を入れ、頭皮を力いっぱいこするのだった。エドゥアールがついには音をあげて、もうやめてくれと笑ってたのむまで。そんなところは、父親に見られないようにせねばならなかった。

エドゥアールに話を戻すなら、学校ではいつも問題児だったけれど、結局すべてけりがついた。両親が大金持ちだったからだ。ペリクール氏は戦争が始まる前から、すでに巨万の富を築いていた。不況で焼け太りするタイプだ。そういう者たちのために、不況はあるのではないかと思うくらいに。母親の財産が人々の話題にあがることは決してなかった。取り沙汰するまでもない。海水はいつから塩辛いのかとたずねるようなものだ。けれども母親は若くして、心臓の病で亡くなったので、父親がひとりですべての采配を振るった。彼は仕事で忙しく、子供の教育は学校や先生、家庭教師にまかせきりだった。それが担当のスタッフというわけだ。エドゥアールが並はずれて頭がいいのは、誰もが認めるところだった。持って生まれた画才も、美術学校の教師たちが驚くほどで、おまけにつきにも恵まれている。これ以上、何を望めるだろう。だからこそ彼は、ずっと挑発的な態度を取り続けたのだ。どんなにはめをはずそうと、最後には丸く収まるとわかっていればこそ、自由奔放にふるまえる。言いたい放題、言えばいい。しかもそれで安心できた。危険を冒せば冒すほど、どれだけ自分が守られているかわかるのだ。事実、ペリクール氏はどんな状況からも息子を救い出した。結局は自分のため、家名を傷つけたくないがためにしたのだけれど。しかし、容易なことではなかった。エドゥアールは次々に問題をおこし、皆が大騒ぎするのを楽しんでいた。とうとう父親も、息子の将来をあきらめた。エドゥアールのほうはそれをいいことに、美術学校に入った。やさしく見守ってくれる姉、決して彼を認めようとしない保守的な父親、たしかな才能。エドゥアールには芸術家として成功するために必要な条件が、ほとんどすべてそろっていた。いやまあ、ことはそううまくは運ばないだろう。しかしそれが客観的に見て、戦争が終わろうとしていたときの状況だった。ぐちゃぐちゃに砕けた、あの片脚を別にすれば。もちろん、エドゥアールの枕もとで看病したり、下着を取りかえてあげたりしていたとき、アルベールはそんなことを、何も知らなかった。しかし彼は、ひとつだけ確信していた。一九一八年十一月二日を境に、エドゥアール・ペリクールの人生は突然その軌道を変えてしまったと。

それに比べれば怪我をした右脚も、たちまちものの数ではなくなるだろうと。

だからアルベールはいつも戦友に付き添い、みずから進んで看護師の助手役を務めた。看護師たちは感染症の予防対策や、ゾンデによる食べ物（牛乳とときどき卵か肉汁を混ぜたもの）の注入を担当し、アルベールは残りすべてを引き受けた。濡らしたぼろきれで額を拭ったり、金銀細工でもするみたいに注意深く水を飲ませたり、あるいはシーツを替えたり。そんなとき彼は鼻をつまんで口を結び、顔をそむけてよそを見た。こんなふうに細々と世話をすることが、友のこれからに大事なのだと自分に言い聞かせながら。

彼は二つのことに、ひたすら注意を集中させた。折れた肋骨を動かさずに息をする方法を、むなしく求めること。搬送車の到着をまちわびながら、友に付き添うこと。

そうこうしながらも、アルベールは死者たちのなかからこの世に戻ったときのことを絶えず思い返していた。気がつくと、エドゥアール・ペリクールがうえに覆いかぶさっていた。

けれどもその背景には、憎々しいプラデル中尉の姿が焼きついている。あいつを見つけたらどうしてやろうかと考えて、埒《らち》もなく何時間もすごした。プラデルが飛びかかってくるのが目に浮かぶ。穴に呑みこまれる感覚も、ほとんど身体的によみがえった。まだ平常心が戻っていないのだろうか、長いあいだ気持ちを集中させるのは難しかった。

それでも九死に一生を得たとき、アルベールの頭にははっきりとこんな言葉が浮かんだ。ぼくは殺されかけたんだ。

何を今さらと思われるかもしれないが、たわごとだとは言えないだろう。結局のところ世界大戦とは、ひとつの大陸をいっきに押しつぶそうとすることだ。しかし今回のことは、アルベールが個人的に狙われたのだから。エドゥアール・ペリクールを見ていると、窒息しかけた瞬間がまざまざとよみがえり、怒りが沸騰した。二日後、アルベールも殺人者になる心の準備ができた。四年間も戦場暮らしをしたのだ。潮時じゃないか。

ひとりのときは、セシルのことを想った。なんて遠く離れているんだろう。彼女が恋しくてたまらなかった。あんな出来事があったあとでは、今までと同じようには生きていけないが、セシルがいなければどんな人生も意味がない。アルベールはセシルの写真を見ながら思い出にふけり、数ある彼女の美点をひとつひとつあげていった。眉から鼻、唇、あごまで。ああ、あんな素敵な口が、よくもまあこの世にありえたものだ。でも、いつかそれを奪われるかもしれない。ある日、誰かがやって来て、彼女を奪いとってしまう。あるいは、セシルが自分から去っていくかも。結局アルベールなんて、大した男じゃないと気づいて。それに比べて彼女のほうは、あのすらりとした肩だけでも……そう考えるとアルベールは絶望的な気持ちになり、何時間も悲しみに暮れるのだった。くよくよしたってしかたないさ、と彼は思った。そして紙を取り出し、セシルに手紙を書こうとした。すべてを語るべきだろうか？でも彼女が期待しているのはただひとつ。そんな話はもうやめにし、戦争にけりをつけることだった。

セシルや母親に（まずはセシル、時間があれば母親だ）なんて手紙を書こうか考えていないとき、看護師役に忙殺されていないとき、アルベールはあれこれと反芻《はんすう》した。

例えば、土のなかで顔を突き合わせた馬の首がふと脳裏によみがえった。不思議なことに、時がたつにつれ、怪物のような印象は薄れていった。馬の口に溜まった空気を死にものぐるいで吸いこんだときの腐臭も、吐き気を催すほどではなかったような気がしてきた。穴の縁に立つプラデルの姿が、写真みたいにくっきりとよみがえる一方で、馬の首は細かなところまで覚えていたいのに、色も形もぼやけてしまう。いくら必死に思い返しても、馬の像《イメージ》は記憶から薄れていった。アルベールは喪失感を掻き立てられ、漠然とした不安に駆られた。

戦争は終わろうとしている。まだ総括のときではないが、今、こうして失ったものの大きさをたしかめると恐ろしくなった。四年間、一斉射撃の下で身をかがめ、文字どおりこれからもずっと体を起こすことなく、肩に見えない重みを感じながら歩き続ける人々。彼らと同じようにアルベールも、もう決して戻ってこないものがあると確信していた。それは心の平穏だ。何カ月も前から、ずっと感じていた。ソンムで初めて負傷したときから、流れ弾を恐れながら、担架係として戦場を駆けまわり怪我人を探した長い夜から、危うく一命を取りとめたあのときからも、言葉では言いあらわせない、ぴりぴりと肌で感じるような恐怖が、少しずつ自分に憑りつくのがわかった。生き埋めにされた恐ろしさは極めつきだった。彼の一部は、まだ土に埋まっている。体は外に出ることができたが、土のなかでもがき苦しんだ忌まわしい記憶は、あそこに埋まったままなのだ。この体験は彼の皮膚、身ぶり、視線に刻みこまれた。部屋を出るとたちまち不安でたまらなくなり、ちょっとした足音にも耳をそばだてる。ドアはまず細めにあけて注意深く外をたしかめ、つねに壁際を歩いた。背後に誰かいるような気がして、はっとすることも珍しくなかった。話す相手の表情をうかがい、もしものときに備えていつも出口の近くにいた。どんな状況でも、目はすばやく周囲をうかがっている。エドゥアールの枕もとにすわっていても、彼は窓から外を眺めずにはいられなかった。病室の重苦しい雰囲気に押し潰されそうになるから。いつも警戒を怠らず、何を見ても用心した。こんなことが一生続くのだ、と彼にはわかっていた。獣のような不安を抱えて生きていかねばならない。自分が妬みを感じていることに、ふと気づいてしまった男のように。ああ、これからは新たな病とつき合っていかねばならないのか。そう思って、アルベールはとても悲しくなった。

モルヒネの効果はてきめんだった。量は少しずつ減らされたものの、今のところ五、六時間に一本の割で投与が続いていた。おかげでエドゥアールの苦悶はおさまり、血も凍る絶叫混じりのうめき声が絶えず聞こえることもなくなった。眠っていないときでもぼんやりしていたが、ひらいた傷口を掻きむしらないよう、拘束したままにしておかねばならなかった。

　あんな出来事がある前、アルベールとエドゥアールは特に親しいわけではなかった。顔を合わせることもあればすれ違うことも、ときどき遠くから微笑み合うこともあったが、せいぜいその程度だ。エドゥアール・ペリクールは数いる仲間のひとり、身近ではあるが目立たない仲間のひとりだった。けれども今、アルベールにとって彼は不思議な、謎の人物となった。

　二人が病院に到着した翌日、アルベールはエドゥアールの荷物が戸棚の下に置かれているのに気づいた。がたがたの扉は、ちょっとすきま風が吹いただけでもあいてしまった。これじゃあ誰かが入ってきて、盗んでいかないとも限らない。アルベールは荷物を隠すことにした。エドゥアールの私物が入った布のカバンをつかんだときは気が咎《とが》めた。できればこんなことはしたくなかったと心から思った。カバンのなかをたしかめずにはいられないだろうから。今までじっと我慢していたのは、エドゥアールに対する敬意からだった。しかし、もうひとつ理由があった。それが母親を思い出させるからだ。マイヤール夫人は子供の持ち物を勝手に見る母親だった。アルベールは子供のころから、ささいな秘密を隠すためにあれこれ工夫を凝らしてきたが、マイヤール夫人はいつも最後にはそれを見つけだし、目の前に並べて息子を責め立てるのだった。《イリュストラシオン》誌から切り抜いた自転車競技選手の写真であれ、アンソロジーから書き写した詩の一節であれ、スービーズの小学校で休み時間に勝ち取ったビー玉であれ、マイヤール夫人はどんな秘密も裏切りと見なした。隣人からもらったトンキンの絵葉書をふりかざしながら、思いつくままにえんえんとひとりで熱弁を振るい続けた。恩知らずな子供の話を次々と引き合いに出し、自分勝手なわが子のことを嘆き、死んだ夫のもとに早く行きたい、そうすればほっとできるなどといつまでもくどくどとこぼし続けるのだった。あとのことは推して知るべしだ。

エドゥアールのカバンをあけたとたん、そんなつらい思い出もすぐに吹き飛んでしまった。ゴムひもできっちり表紙を閉じた手帳が、目に入ったからだ。ずいぶんあちこちに、持ち歩いたのだろう。手帳の中身はすべて、青い色鉛筆で描かれたデッサンだった。アルベールはぎしぎしきしむ戸棚の前で馬鹿みたいにあぐらをかき、デッサン帳を眺めた。そして描かれた場面に、たちまち魅了された。鉛筆でさっと素描されただけの絵もあれば、豪雨みたいに細かな線で丹念に陰影をつけた絵もある。百枚ほどもあるだろうか、デッサンはすべてこの戦場、前線の塹壕で描かれたものだった。そこには日常のあらゆる一瞬が切り取られていた。手紙を書く兵士たち。パイプをふかしたり、冗談に笑い興じたり、突撃に備えたり、飲んだり食べたりする兵士たち。さっと引いただけの輪郭が、疲れきった若い兵士の横顔になり、たった三本の線が、怯えた目をした顔を浮かびあがらせている。それは胃の腑を掻きむしられるような絵だった。何かのついでにちょっと鉛筆を走らせただけみたいなのに、それが本質を見事にとらえている。恐怖、悲惨、期待、絶望、疲労。このデッサン帳はいわば運命の宣言《マニフェスト》だった。

アルベールはページをめくりながら、胸がしめつけられた。そこにはひとりの死者もいなかったから。ひとりの負傷者も、ひとつの死体もない。みんな生きた兵士たちばかりだ。それがいっそう恐ろしかった。なぜならこれらの絵はすべて、同じひとつのことを訴えかけてきたから。この男たちは、もうすぐ死ぬのだと。

彼は感動に浸りながら、エドゥアールの荷物を片づけた。

5

モルヒネに頼ることに関して、若い医師は断固たる立場を取り続けた。いつまでもこんなふうに続けてはいられない。この種の麻薬に慣れてしまうと、深刻な後遺症が残る。ずっと服用はしていられない、いずれやめなければならないと。手術の翌日から、医者は投与の量を減らした。

エドゥアールはときおりゆっくりと目覚めた。意識が戻るにつれ、彼は再び苦痛に喘ぎ始めた。パリへの移送はいっこうに行われる気配がない。アルベールは若い医者に問い合わせた。

おれもお手あげなんだという身ぶりをして、医者は声をひそめた。

「三十六時間以内には、何とか……本当ならとっくに移送されているはずなんだが、わけがわからないよ。ともかく、次から次へと問題が出てくるからな。でもまあ、いつまでもここに置いておくのはよくないんだが……」

医者はとても心配そうな顔をしていた。アルベールはぞっとした。そしてひとつ、しっかりと心に決めた。ともかくできるだけ早く、友人を移送させなければと。

アルベールはあちこち奔走し、看護師のシスターたちにたずねた。病院は前より落ち着きを取り戻していたけれど、シスターたちはあいかわらず屋根裏のネズミみたいに駆けまわっていた。そんな彼の努力も、功を奏さなかった。ここは軍隊病院だ。誰が責任者なのかをはじめとして、何をたずねても答えが返ってくることはない。

アルベールはエドゥアールの枕もとに付き添い、彼が眠りこむのを待った。残りの時間は事務室をめぐったり、主な病棟への行き来ですごした。役所へ出むいたこともあった。

そんなある日、いつものように孤軍奮闘を終えて戻ってくると、廊下で二人の兵士が待っていた。ぴしっとした軍服、きれいにひげを剃った顔、自信に満ちた物腰。どこから見ても、司令部に所属する兵士なのは明らかだ。ひとりがアルベールに封印した書類を手渡した。もうひとりは気を落ち着けようとしてか、銃に手をかけている。ぼくが年中警戒してるのも故なしとはしないさ、とアルベールは思った。

「一度なかに入ったんだが」とひとり目の兵士が、弁解するような顔で言った。

そして親指で病室をさした。

「結局、外で待っているほうがいいかと思って。何しろ、臭いが……」

アルベールは部屋に入ると、封をあけかけた手紙を放り出し、エドゥアールのそばに駆け寄った。入院してから初めて、エドゥアールは目をしっかりとあけていた。シスターが立ち寄ったのだろう、枕が二つ、背中の下に押しこめられている。つながれた両手は、シーツに隠れて見えなかった。彼が頭を軽く揺すりながらあげるしゃがれたうめき声は、最後にごぼごぼという音に変わった。こんなふうに言うと、少しもよくなっていないように聞こえるかもしれない。しかしこれまでアルベールが目にしていたのは、ただわめいたり、激しく痙攣したり、ほとんど昏睡状態で眠っているだけの肉体だった。それに比べれば、今、見ているものはずっとましだ。

この数日、アルベールは怪我人に付き添い、椅子で眠った。その間、二人がどんなふうに心を通わせたのかはわからないが、アルベールがベッドの端に手を置くなり、エドゥアールは突然いましめの紐を引っぱって彼の手首をつかみ、必死の力で握りしめたのだった。そこにどんな気持ちがこめられているのか、ひと言では言いあらわせないだろう。戦争で傷つき、自分がどんな状態に置かれているのかもわからず、あまりの苦痛にどこが痛むのかさえ判然としない二十三歳の青年が抱く、ありとあらゆる恐怖、安心、期待、疑問がそこには凝縮されていた。

「おや、目を覚ましたのか」アルベールはできるだけ力強い口調でそう言った。

すると背後から声がして、彼は飛びあがった。

「出頭してもらわないといけないので……」

アルベールはふり返った。

兵士が床から拾った手紙を、彼に差し出していた。

アルベールは椅子に腰かけたまま、四時間近くも待っていた。彼のようなしがない一兵卒が、いったい何の理由でモリウー将軍のもとに呼ばれたのか、ありとあらゆる可能性を検討するのに充分な時間だ。軍功が認められて勲章がもらえるのか、それともエドゥアールのことで何か訊かれるのか？　すべて逐一、並べあげるのはやめにしよう。人それぞれに、想像して欲しい。

そんなふうに何時間も考えた結果も、廊下の端にプラデル中尉のひょろりとした人影が見えたとき、一瞬にして無に帰した。中尉はしばらくじっとこちらを見ていたが、やがて肩で風を切るようにすたすたと近づいてきた。アルベールは喉にものが詰まったような感じがした。それが胃のほうまで降りてくる。吐き気を抑えるのにひと苦労だった。スピードこそ違え、それは彼がアルベールを砲弾の穴に突き落とそうとしたときとまったく同じ動きだった。中尉はアルベールのそばまで来ると、さっと目をそらして体ごとむきを変え、将軍の部屋をノックした。そしてドアのむこうに、たちまち姿を消した。

この出来事を受け入れ平常心に戻るには、時間がかかりそうだ。けれどもアルベールには、その暇がなかった。再びドアがあいて、彼の名前が大声で呼ばれた。彼はよろめきながら、神聖なるその部屋の奥へとむかった。コニャックと葉巻の香りが立ちこめているのは、間近に迫った勝利の前祝いだろう。

モリウー将軍はとても年老いて見えた。自分の子供や孫の世代をそっくり死へと送り出した老人たちは、みんな同じような顔をしている。ジョフルやペタンの肖像と、ニヴェルやリューダンドルフの肖像を混ぜ合わせれば、モリウーの出来上がりだ。目やにが出て充血した目、アザラシのような口ひげ、深く刻まれたしわ。自分の重要性を誇示する、天性の感覚を備えている。

アルベールは身がすくんだ。将軍は何かじっと考えこんでいるのか、ただぼんやりしているだけなのか、よくわからなかった。ナポレオン軍を破ったクトゥーゾフ的な側面だ。彼は机にむかい、書類に没頭していた。その背後、アルベールの正面にはプラデル中尉が立っている。そして表情ひとつ変えずに、アルベールを頭のてっぺんから爪先までじろりとねめつけた。脚を広げて両手をうしろにまわし、まるで見張るような姿勢で体をかすかに揺らせている。アルベールは言わんとする意味を理解し、姿勢を正した。体をしゃちほこばらせてうしろに反らすと、腰が痛くなった。重苦しい沈黙が続いた。ようやく将軍がアザラシのような顔をあげた。アルベールは自分がいっそう反《そ》り身になるのを感じた。このままいったら、サーカスのアクロバットみたいに一回転してしまうのではないか。普通なら将軍のほうから、もっと楽にするように声をかけてくれそうなものなのに、そんな気づかいはなかった。彼はアルベールをじっと見つめると、書類に目を落とした。

「兵士マイヤール」と将軍は大きな声で言った。

〝はい、将軍閣下〟とでも答えるべきだったろう。しかし将軍がどんなにゆっくりことを進めようとも、アルベールにはやはり追いつけそうにない。将軍は彼に目をやった。

「ここに書類があるのだが……」と彼は続けた。「十一月二日、きみたちの部隊が突撃を行ったとき、きみはわざと義務をまぬがれようとしたそうじゃないか」

まさかこんな話だとは、思ってもみなかった。いろいろな可能性を想像したけれど、これだけは予想外だ。

「きみは〝義務を逃れるために、砲弾の穴に逃げこんだ〟そうじゃないか……あの突撃では三十八名の勇敢な仲間が命を落としている。祖国のためにね。なのにきみは、なんと情けない男なんだ、兵士マイヤール。わたしが腹の底で何と思っているか、はっきり言ってやろう。きみは卑怯者だ！」

アルベールはショックのあまり、涙がこみあげてきた。何週間もずっと、戦争にけりをつけたいとひたすら望んできたのに、それがこんな形で終わるとは……

モリウー将軍はまだアルベールを見つめている。哀れなやつだ、臆病風に吹かれおって、と将軍は思った。こんなみじめったらしい腰抜けを見ていると、心底気が滅入った。

「だが敵前逃亡をどう裁くかは、わたしの領分ではない。わたしはただ戦うだけだからな、そうだろ？　だからきみのことは、軍法会議に委ねることにしよう、兵士マイヤール」

ぴんと伸ばしていたアルベールの体から力が抜けた。ズボンに添えた両手が震え始める。それは死を意味していた。逃亡兵の話や、前線から逃れるためにわざと怪我をする兵士の話は誰もが知っていて、目新しいものは何もない。軍法会議についても、さんざん聞かされた。とりわけ一九一七年、ペタン将軍が混乱を収めに戻ってきたときに。何名もの者たちが銃殺された。こと逃亡に関して、軍法会議は決して大目に見ることはなかった。数は多くないものの、全員がきっぱりと銃殺刑に処された。それに、とても迅速に。すばやい処刑も刑のうちというわけだ。アルベールに残された命は、せいぜい三日というところだろう。

説明しなければ、それは誤解なんだと。けれども、じっとこちらを見つめるプラデルの顔が、弁解の余地を与えてくれなかった。

これで二度目だ、やつがぼくを死に追いやるのは。多くの幸運が積み重なって、生き埋めからはからくも逃れることができた。けれども軍法会議にかけられたら……

肩甲骨のあいだや額から止めどもなく汗が流れ、目が曇った。震えが激しくなり、アルベールは立ったまま小便を漏らした。股間のあたりに広がった染みが脚のほうへとおりていくのを、将軍と中尉は眺めていた。

何か言わなくては。アルベールは言葉を探したけれど、見つからなかった。将軍が再び攻勢をかけた。将軍だから得意なのだろう、攻勢をかけるのは。

「ドルネー＝プラデル中尉がはっきりと証言している。きみが泥の穴に飛びこむのを目撃したと。そうだな、プラデル？」

「そのとおりです、将軍閣下。この目で見ました」

「で、兵士マイヤール？」

アルベールはひと言も発することができなかったにせよ、言葉を探したのは間違いではなかった。彼は口ごもった。

「違うんです……」

将軍は眉をひそめた。

「どういうことかね、違うというのは？　きみは最後まで突撃に参加したのか？」

「いえ、そういうわけでは……」

本当なら、〝いえ、将軍閣下〟と答えるべきだったろうが、こんな状況ではすべてに気を配るなど無理というものだ。

「きみは突撃に加わらなかった」と将軍は叫ぶと、拳でどんとテーブルをたたいた。「砲弾の穴に逃げこんだのだから。そうだな？　違うのか？」

いくら弁解をしてみても、これでは無理そうだ。将軍がまた拳でテーブルをたたくからなおさらだ。

「どっちなんだ？　兵士マイヤール」

電気スタンド、インク壺、デスクパッドがいっせいに跳ねあがった。プラデルの視線はアルベールの足もとにじっと注がれたままだった。執務室のすり切れたカーペットに、小便の染みが広がっていた。

「そうですが……」

「もちろんそうだろうとも。プラデル中尉がしっかり見ているんだから。そうだな、プラデル？」

「はい、見ました、将軍閣下」

「そんな卑怯な真似をしても、得るところなどなかったな、兵士マイヤール」

将軍は罰するかのように人さし指を突きつけた。

「そのせいで、きさまは死にかけたのだから。いずれは罰を受けることになるんだ」

人生にはつねに、真実の瞬間がある。たしかに、稀にではあるけれど。兵士アルベール・マイヤールの人生では、このあとに訪れたのがまさに真実の瞬間だった。彼の思いを凝縮させたひと言のなかに、それはあらわれていた。

「間違いなんです」

何とか説明しようという必死のひと言を、モリウー将軍は苛立たしげに手の甲で払いのけることもできたろう。しかし、それでは……彼はうつむいた。何か考えているらしい。アルベールは直立した姿勢のまま凍りついて、鼻先にたまった涙の滴を拭うこともできなかった。アルベールはそれをじっと眺めている。滴は膨らみ、みじめったらしく揺れたけれど、なかなか落ちようとしなかった。アルベールは音を立てて洟《はな》をすすった。滴は震えながら、まだ鼻先にくっついている。しかしその音で、将軍ははっとわれに返った。

「だがきみの場合、これまでの働きは悪くない……わけがわからんね」将軍は困り果てたように肩をすくめた。

たった今、何かが起きたのだ。でも何が？

「マイイのキャンプ」と将軍は読みあげ始めた。「それにマルヌか……なるほど……」

将軍は書類に身を乗り出した。アルベールにはもう、まばらな白髪しか見えなかった。その隙間にピンク色の地肌がのぞいている。

「ソンムで負傷……なるほど……ああ、エーヌでもか。担架係になって……」

将軍は水に濡れたオウムみたいに頭を揺すった。

ようやくアルベールの鼻先から涙の滴が落ち、床にはじけたところで彼ははっと気づいた。出まかせを言ってるな。

将軍ははったりをかましてるんだ。

アルベールはすばやく頭を働かせ、過去の経緯や現在の状況を検討した。将軍が目をあげてアルベールを見たとき、彼にはもうわかっていた。将軍の口から出た言葉は、驚くものではなかった。

「きみの働きを考慮しようじゃないか、マイヤール」

アルベールは洟をすすった。プラデルはじっと堪《こら》えている。やつは将軍に対し、一か八かの賭けに出たんだ。結果はわからない。うまく行けば、邪魔な証人のアルベールをやっかい払いできる。しかしタイミングが悪かった。銃殺はもうなしだ。プラデルは潔く負けを認めた。ただ黙って、うつむいている。

「一九一七年は、がんばったじゃないか」と将軍は続けた。「なのに……」

彼は悲しげに肩をすくめた。心のなかでは、もうどうでもいいと思っているのだろう。軍人にとって、戦争が終わるのは最悪の出来事だ。どう対処しようかと、モリウー将軍は考えあぐねたに違いない。しかし、事実はありのままに受け入れねば。敵前逃亡など、とんでもないことだが、休戦間近とあっては銃殺を正当化できないだろう。前とは状況が違うのだ。誰も認めやしないし、かえって逆効果になるかも。

アルベールは危うく命拾いした。銃殺はまぬがれたのだ。一九一八年の十一月、それはもう時代遅れだったから。

「ありがとうございます、将軍閣下」とアルベールは言った。

モリウーはあきらめ顔でこの言葉を受け入れた。ほかのときだったら、将軍にお礼を言うなんて、ほとんど侮辱しているようなものだろうが、今の場合……

この件は、もう終わりだとばかりに、モリウーは疲れはてた手で宙を払った。とんだ敗北を喫してしまった。さがってよろしい。

そのとき、アルベールに何が起きたのだろう？　たしかなことはわからない。危うく銃殺されかけたというのに、それだけではまだ足りないかのように、彼はこう言ったのだった。

「聞いていただきたい要望があります、将軍閣下」

「ほう、何かね？」

奇妙なことだが、要望と聞いて将軍は嬉しくなった。頼みごとをされるのは、自分がまだ何かの役に立てるということだから。彼は先をうながすように片方の眉をきゅっとあげ、続きを待った。アルベールの前に立つプラデルは緊張したのか、体を強ばらせている。まるでさっきまでとは別人のようだ。

「調査をお願いしたいのです、将軍閣下」とアルベールは言った。

「おいおい、調査だと？　それで、どんな？」

将軍は要望を受けるのが好きだったが、それと同じくらい調査を毛嫌いしていた。軍人とはそういうものだ。

「二名の兵士に関することです」

「その二名が、どうしたというんだ？」

「死亡しました、将軍閣下。どのようにして死んだのかを、たしかめたほうがいいかと思います」

モリウーは眉をひそめた。気に入らないな。死に方に、何か不審なところでもあるというのか？　戦争では、きっぱりとしてわかりやすい、ヒロイックな死が求められる。だから負傷者も、しかたないとは言いながら、実はこころよく思われていなかった。

「ちょっと待ちたまえ……」モリウーは声を震わせた。「何者なんだね、その二名というのは？」

「兵士ガストン・グリゾニエとルイ・テリウーです、将軍閣下。彼らがどのようにして死んだのかを、調べていただきたいのです」

〝いただきたい〟という言い方はずいぶんとあつかましく聞こえたが、自然に口から出てしまったのだ。いざとなれば、彼にも底力はあった。

モリウーは目でプラデルにたずねた。

「百十三高地で行方不明になった二名です、将軍閣下」と中尉は答えた。

アルベールは呆気にとられた。

戦場に横たわった二人を、この目ではっきり見たじゃないか。たしかに死んでいたけれど、遺体はちゃんと残っていた。老人の遺体を、ひっくり返してみたくらいだ。二つの銃弾の痕は、今でも瞼に焼きついている。

「まさか、そんな……」

「おい、その二名は行方不明だと報告されているぞ。そうだろ、プラデル？」

「行方不明です、将軍閣下。間違いありません」

「だったら、きみは」老将軍はぴしゃりと言った。「行方不明者のことでわれわれを煩《わずら》わせるつもりか？」

それは質問ではなく、命令だった。将軍は怒っていた。

「まったく、何のたわごとだ？」彼はひとり言のようにぶつぶつと言った。けれどもあと押しが欲しくなったのか、いきなりこうたずねた。

「どうなんだ、プラデル？」

彼を証人にしようというわけだ。

「はい、将軍閣下。行方不明者のことで、われわれが煩わされるには及びません」

「そういうことだ」と将軍は言って、アルベールのほうを見た。

プラデルも彼に目をむけた。そのとき卑劣漢の顔に浮かんだのは、かすかな笑みではなかったろうか？

アルベールはあきらめた。今、望むのはただ戦争が終わること、そして無事パリに戻ることだけだ。できれば、五体満足で。そう思ったら、エドゥアールのことが脳裏によみがえった。彼は老いぼれ将軍に一礼すると（踵をかちっと鳴らしたりはしなかった。仕事を終えて帰宅する労働者みたいに、じゃあなと人さし指を立てなかっただけでも立派なものだ）、中尉の視線を避けながらさっさと廊下に出た。身内だけが抱くような胸騒ぎがしていた。彼は息を切らせ、すばやく病室のドアをあけた。

エドゥアールの姿勢は変わっていなかったが、アルベールの足音を聞くなり目を覚ました。そしてベッドの脇の窓を指さした。たしかに、めまいがするほどの悪臭が部屋に立ちこめている。アルベールが窓を少しあけると、エドゥアールはそれを目で追った。若い負傷兵は〝もっと大きく〟とか、〝いや、もっと狭く〟、〝もう少しだけ〟とか指で指示をした。アルベールは言われるがままに窓をひらいた。はっと気づいたときには、もう遅かった。舌がどうなっているのかを探ったり、何を言っているのかわからない自分の話し声を聞いて、エドゥアールはたしかめようとしたのだ。そして今、窓ガラスに映った自分の顔を見た。

砲弾の破片は、彼の下あごをそっくり吹き飛ばしてしまった。鼻の下はからっぽで、喉の奥や口蓋が丸見えだった。歯は上側しか残っていない。下にはぐちゃぐちゃになった深紅の肉塊があるだけ。その奥に何か見えるのは声門だろう。舌はちぎれ、気管が湿った赤い穴になって続いている……

エドゥアール・ペリクール、二十三歳。

彼は気を失った。

6

翌日、朝の四時ごろ、アルベールはシーツを替えるため、エドゥアールを拘束していた紐をほどいた。エドゥアールは、いきなりベッドを降りた。窓から身投げするつもりだったが右脚に力が入らず、たちまちバランスを崩して床に倒れこんだ。彼は墓場からよみがえる亡霊のように必死の力で体を起こすと、目を見ひらき、両手を広げ、悲痛な叫び声をあげながら窓まで脚を引きずっていった。アルベールはすすり泣きながら彼を抱きかかえ、うなじをさすった。アルベールは友に対して、母親のようなやさしさを感じていた。手すきの時間はずっと話しかけて移送を待った。

「モリウー将軍なんて、ただのでぶ野郎さ」と彼はエドゥアールに語った。「そうだろ？　将軍だから何だって言うんだ。ぼくを軍法会議にかけようとしたんだぜ。それというのも、プラデルの馬鹿が……」

アルベールはひたすら話し続けた。しかしエドゥアールの目はとても虚ろだったので、話がわかっているのかどうか判断できなかった。モルヒネを減らしたせいで目覚めていることが多くなり、そのぶんアルベールはなかなか始まらない移送について問い合わせをする暇がなくなった。エドゥアールはいったんうめき始めると、もう止めどがなかった。声はどんどんと大きくなり、しまいには看護師が駆けつけて次のモルヒネを投与するのだった。

翌日の昼すぎ、アルベールがまたしても何の収穫もなく戻ってくると――移送の準備が進んでいるのかどうかもわからなかった――エドゥアールが激痛に耐えかね、ひときわ大きなうめき声をあげていた。ひらいた喉は真っ赤にただれ、ところどころ粘り気のある膿《うみ》が出ているのがわかる。悪臭もますますひどくなっていた。

アルベールはすぐに病室を出て、看護師の控室に駆けつけたが、あいにくみんな出払っていた。「誰かいませんか？」と廊下で叫んだが、応答はなしだった。彼は病室に戻りかけてはっと足をとめ、また控室のほうへむかった。だめだ。そんなことはできない。いや、やってみなければ。右、左とあたりをうかがう。友のうめき声が、まだ耳に残っていた。彼はそれに背中を押され、部屋に入った。どこにあるのかは、わかっている。右の引き出しから鍵を取り出し、ガラスの戸棚をあけた。注射器、消毒用アルコール、モルヒネのアンプル。見つかったらおしまいだ。軍の備品を盗むのだから。モリウー将軍の赤ら顔が、見る見る目の前に近づいてくる。そのうしろから、プラデル中尉の忌まわしい姿も……ぼくがいなくなったら、エドゥアールの世話はどうなる？　アルベールはそう思って不安にかられた。結局、誰もやって来なかった。アルベールは戦利品を抱え、汗びっしょりで控室を出た。こんなことをしてよかったのか、それは自分でもわからなかった。しかしエドゥアールの苦痛は、すでに限界を超えていた。

初めて注射をするのだから、勇気が要った。シスターたちの手伝いはよくしていたが、自分でやるとなると……悪臭に耐えながら防水シーツを替え、そして今度は注射だ……窓から飛びおりさせないよう、押さえつけるだけでもひと苦労なのに、と彼は注射器の準備をしながら思った。体を拭いたり、臭いをたしかめたり、注射をしたり。どこまでやらねばならないんだ？

アルベールはドアの前に椅子を置いて、誰かが突然入ってこないようにした。こうして、何とか事なきを得た。モルヒネの量には充分注意した。次にシスターが投与するときまで、ちょうど持つくらいに留めておかないと。

「これでぴったりだ。さあ、ずっとよくなるからな」

たしかに痛みは治まった。エドゥアールはぐったりして眠りこんだ。アルベールは友が眠っているあいだも話しかけ続けた。そして埒のあかない移送の問題について、じっくりと考えてみた。ここはひとつ、そもそものところに遡って調べてみたほうがいい。彼はそういう結論に達し、人事部へ行ってみることにした。

「きみが落ち着いているときにね」と彼は説明した。「わかるだろ。こんなことはしたくないけれど、きみがおとなしくしててくれるか、わからないからな……」

アルベールは申し訳なさそうにエドゥアールをベッドに縛りつけると、部屋をあとにした。

廊下に出るなり、彼は背後に気を配りながら壁際を進んだ。けれどもできるだけ留守をしなくていいよう、駆け足で目的地へと急いだ。

「そりゃ、今年一番の驚きだな」と男は言った。

名前はグロジャンという。人事部のオフィスはちっぽけな窓がひとつあるだけの、狭い部屋だった。ベルトで縛った書類を積みあげた棚は、今にも崩れ落ちそうだ。二つある机も、書類やリスト、報告書でいっぱいだった。グロジャン上等兵は疲れはてたような顔で、机についていた。

彼は大きな帳簿をひらくと、ニコチンで茶色く染まった人さし指で欄を追いながら不平たらしくこう言った。

「何しろ負傷者はたくさんいるからな。きみにはわからんだろうが……」

「いえ」

「いえって、何が？」

「いえ、わかりますよ」

グロジャンは帳簿から顔をあげ、アルベールをじっと見つめた。

失言だったな、とアルベールは思った。どうやって取り繕おうか。けれどもグロジャンはもう、調べに没頭していた。

「その名前には、聞き覚えがあるんだが……」

「もちろんですよ」とアルベールは言った。

「ああ、もちろんさ。えい、くそ。でも、どこに書いたのか……」

突然、彼は叫んだ。

「あったぞ」

グロジャンは勝ち誇ったような顔を見せた。

「ペリクール、エドゥアール。そうそう、これだ。覚えている」

彼は帳簿をくるりとまわしてアルベールのほうにむけると、太い人さし指でページの下を示した。自分の正しさを、認めさせようというのだろう。

「それで？」とアルベールはたずねた。

「つまりきみの友達は、登録されているってことだ」

グロジャンは〝登録〟という言葉を強調した。彼の口から発せられると、それは重々しい判定のように聞こえた。

「ほら、言ったとおりだろ。ちゃんと覚えていたんだ。まだまだ、耄碌《もうろく》しちゃいないさ」

「それで？」

グロジャンは嬉しそうに目を閉じ、しばらくしてからまたひらいた。

「ここに登録されれば（彼は人さし指で帳簿をたたいた）、移送許可証が発行される」

「どこへ持っていくんですか、その移送許可証を？」

「兵站部《へいたんぶ》さ。車の手配をするのは彼らだからな……」

また兵站部へ行かねばならないのか。アルベールはすでに二度、問い合わせに出かけている。しかしエドゥアールの名前を記した書類は、証明書も許可証も何もなかった。まったくもう、頭がおかしくなりそうだ。彼は時間をたしかめた。続きはまたあとだ。戻ってエドゥアールのようすを見なければ。飲み物もあげねばならないし。水分をたくさん摂《と》らせるようにと、医者にも言われている。アルベールは戻りかけて、はっと思いなおした。おいおい、もしかして……

「移送許可証は、あなたがご自分で兵站部に届けるんですか？」

「ああ」とグロジャンは答えた。「誰かが取りに来ることもあるがね。ときによりけりさ」

「ペリクールの書類は、誰が届けたのか覚えていますか？」

答えは聞かずともわかっていた。

「もちろん。中尉だ。名前は知らんがね」

「痩せて背が高く……」

「そのとおり」

「……青い目をした」

「そうそう」

「間抜け野郎の……」

「そこまでは、なんとも……」

「もう一通、移送許可証を作るのには、時間がかかりますか？」

「副本というんだ、それは」

「なるほど。それじゃあ副本を作るのに、時間がかかりますか？」

グロジャンは本当にこの仕事がむいているのだろう。彼はインク壺を取り出し、ペン軸をつかんでさっと宙にかかげた。

「一筆書けば、それで完成さ」


病室には腐肉の臭いが立ちこめていた。エドゥアールを早急に移送させないと。プラデルの作戦は成功しかけていた。邪魔者は消せというわけだ。おかげでアルベールは、危うく軍法会議にかけられるところだった。エドゥアールには、墓場がすぐそこまで迫っている。このまま放っておいたら、朽ち果てるだけだ。プラデル中尉は、偉業の証人があまりいて欲しくないのだろう。

アルベールは副本を自分の手で兵站部に届けた。早くても明日になるな、という答えだった。それまでが、アルベールにはとてつもなく長く思われた。

若い医者は病院を去ったばかりだった。後任が誰なのかはまだわからない。外科医はたくさんいるし、ほかにもアルベールが知らない医者もいる。そのうちのひとりが病室に寄ったけれど、長居は無用といわんばかりだった。

「移送はいつ？」と医者はたずねた。

「今、調整中です。移送許可証がありますから。実は帳簿に登録されていたんですが……」

医者はすぐにさえぎった。

「それで、いつになりそうなんだ？　このぶんだと……」

「明日だということです……」

医者は疑わしそうに天井を見あげた。仕事柄、この手の患者は山ほど見ているのだろう。彼はうなずいた。まあ、いいだろう。そう、あとひとつ。医者はふり返ってアルベールの肩をたたいた。

「換気したほうがいいな」と彼は部屋を出ながら言った。「かなり臭うぞ、ここは」


翌日、夜が明けると、アルベールはすぐさま兵站部にむかった。途中、プラデル中尉に会わないかと、それだけが心配だった。あいつはエドゥアールの移送を巧みに妨げた。何だってやりかねない男だ。目立たないようにすることが、アルベールにとってとりわけ重要だった。それにエドゥアールを、できるだけ早く出発させなくては。

「今日ですよね？」と彼はたずねた。

担当官はアルベールに好感を持っていた。そんなふうに友達の世話をするなんて、すばらしいことだ。仲間を見捨て、自分のことしか考えないやつはたくさんいるのに。どうなんです？　いや、悪いが今日は無理だ。でも、明日なら。

「何時ごろかわかりますか？」

担当官は手もとの書類を、しばらくあれこれ検討していた。

「わたしが思うに」と彼は目をあげずに言った。「ほかの収集場所から見て——いや、失礼。

それがわれわれの言い方なんでね——搬送車がここに着くのは午後の初めってところだろうな」

「たしかですね？」

アルベールは藁をもつかむ思いだった。わかった、ともかく明日だ。けれどもこんなに遅くなったこと、もっと早く気づかなかったことで自分を責めた。何をまごまごしていたんだ。エドゥアールももっと気のきいた友達にあたっていれば、今ごろとっくに移送されていたのに。


ともかく明日だ。


エドゥアールはもう眠ろうとしなかった。ベッドにすわって、アルベールがほかの病室から集めてきた枕で体を安定させ、途切れなくうめきながら何時間もずっと体を揺すっている。

「痛むのか？」とアルベールはたずねた。

けれどもエドゥアールは、決して答えなかった。話せないのだからしかたがない。

窓は常に少しあけてあった。エドゥアールはその前で椅子に腰かけ、もうひとつの椅子に足をのせて眠った。エドゥアールを見張っているあいだの眠気覚ましに、ずいぶん煙草も吸った。それに、悪臭をごまかすためもあった。

「きみはもう、臭いも感じないんだよな。ついてるぞ……」

くそ、エドゥアールは笑いたくなったら、どうするんだろう？　あごをなくしたら、大笑いしたくなっちゃいけないんだ。それでもアルベールは、気になってしかたなかった。

「医者の話では……」アルベールは言ってみた。

夜中の二時か三時ごろだったろう。移送は今日の予定だ。

「医者の話では、むこうに着いたら人工の補綴《ほてつ》器具をつけてくれるそうだ……」

下あごの補綴器具というのがどういうものなのか、アルベールにはよくわからなかった。

今、そんな話をすべきだったのかも自信がない。

けれどもエドゥアールは、それを聞いてはっと目覚めたらしい。頭を少し揺すり、叫び声をあげた。ごぼごぼと水が流れるような音だった。それから何か合図をした。彼が左利きだったのに、アルベールは今まで気づかなかった。そういえばあの手帳、あんなすばらしいデッサンをどうやって左手で描いたのだろうかと彼は素直に思った。

もっと早く彼に、絵を描くよう勧めてみるべきだった。

「きみのデッサン帳、持ってこようか？」

エドゥアールはアルベールを見つめた。そう、彼はデッサン帳を欲しがっている。けれどもそれは、絵を描くためではなかった。

なんとも奇妙な、真夜中の一場面だった。大きくえぐれて腫れあがったエドゥアールの顔。そのなかで目だけが、生き生きと表情豊かに輝いている。恐ろしいくらいに。アルベールにとっては、それがとても印象的だった。

エドゥアールはデッサン帳をベッドのうえにそっと広げると、読みにくい大きな文字を書いた。手に力が入らないのだろう、まるで鉛筆が勝手に動いているみたいだ。アルベールは端がページからはみ出た文字に目を凝らした。眠くてたまらなかった。いつまでこんなことしているんだ。エドゥアールは必死の努力で、一、二文字を書いた。何という単語なのか、アルベールは精いっぱい考えた。さらにひとつ、またひとつと文字が続き、ようやく単語が完成しても、意味がさっぱりわからない。言わんとすることを推測するのに、また時間がかかった。エドゥアールはすぐにぐったりしたけれど、一時間もしないうちにまた体を起こしてデッサン帳をひらいた。急いでどうしても伝えたいことがあって、焦っているかのように。アルベールはぶるっと体を震わせ、すぐに椅子からおりた。そして眠気ざましの煙草に火をつけ、なぞなぞ遊びの続きにかかった。徐々に文字が連なり、単語が並んだ。

　朝の四時ごろ、アルベールにもようやくわかってきた。

「それじゃあ、パリには帰りたくないってわけか？　だったら、どこへ行きたいんだ？」

するとまた、筆談が始まった。エドゥアールはますます熱をこめてデッサン帳にむかった。紙に書きなぐられた文字は大きすぎて、うまく判読できないくらいだった。

「まあ、落ち着けよ」とアルベールは言った。「心配するな、ちゃんとわかるから」

けれども本当は、自信がなかった。話が込み入っているらしいから。アルベールはあれこれ考えたあげく、夜明けの光が射し始めるころになってようやく理解した。エドゥアールは家に帰りたくないらしい。そうなんだな？　エドゥアールはデッサン帳に〝そうだ《ウィ》〟と書いた。

「あたりまえだよな」とアルベールは言った。「こんな状態、最初は見られたくないさ。誰だってちょっと恥ずかしいって思うだろう。そういうものだ。ほら、ぼくにしたって、ソンムで弾にあたったときは、セシルに捨てられちまうんじゃないかって、正直一瞬思ったものさ。でも、両親はきみを愛してるはずだ。きみが戦争で負傷したからって、見捨てたりしないさ。心配するな」

こんな的外れな慰めに、エドゥアールは落ち着くどころかますますいきり立った。そして喉の奥から、泡立つ滝のようなうめき声をあげた。彼があんまり体を揺するものだから、アルベールは縛りつけるぞと脅さねばならなかった。エドゥアールは自分を抑えようとしたが、それでも興奮と怒りがこみあげた。言い争いの最中にテーブルクロスを引っぱるみたいに、彼はアルベールの手からデッサン帳をむしり取った。そしてまた、ぐちゃぐちゃの文字を書き始めた。そのあいだにアルベールは煙草を一服し、友人の願いについて考えた。

エドゥアールが親しい人たちにこの状態を見られたくないのは、セシルのような恋人がいるからかもしれない。恋人をあきらめるなんて耐えがたい。それはアルベールにもよくわかった。彼は慎重に探りを入れてみた。

文字を書くのに集中していたエドゥアールは、首を大きく横にふった。恋人なんかいない。けれども彼には姉がいた。姉のことがわかるまでにも、ずいぶんと時間がかかった。名前は判読できなかったが、それはまあどうでもいい。

しかし、姉が問題なのでもなかった。

どうしてエドゥアールは家族のもとに帰りたくないのか、その理由が何であれ、まずは彼を説得しなければ。

「きみの気持ちはわかる」とアルベールは続けた。「でもほら、補綴器具をつければ、だいぶ違ってくるだろうから……」

エドゥアールはかっとなった。痛みがぶりかえしたのか、文字を書くのはあきらめて、大声でうめき出した。精いっぱい我慢していたアルベールも、もう気力の限界だった。彼はあきらめて、またモルヒネを打った。エドゥアールはまどろみ始めた。数日間のうちに、ずいぶんたくさん与えてしまった。どうにか持ちこたえたのは、彼の体が頑健だったからだ。

午前中、着がえをさせて、食べ物をあげていると（アルベールは教えられたとおり、食道に挿しこんだゴムのチューブと小さな漏斗を使い、胃が拒絶反応を起こさないようゆっくりと食べ物を流しこんだ）、エドゥアールはまた興奮し始めた。体を起こそうとして、じっとしていない。アルベールはもう、どうしていいかわからなかった。エドゥアールはデッサン帳をつかむと、前と同じようにぐちゃぐちゃな文字をいくつか書き、鉛筆でページをたたいた。アルベールは何とか解読しようとしたが、うまくいかなかった。眉をひそめ、これは何だ、Eかい、それともBかいとたずねる。しまいにはやってられなくなり、声を荒らげた。

「なあ、かんべんしてくれ。家に帰りたくないっていうなら、それはしかたないさ。どうしてなんだか、わからないけどね。ともかくそれは、ぼくの手に余る。気の毒だとは思うけど、どうもしてやれないんだ」

するとエドゥアールはアルベールの腕をつかみ、ものすごい力でぐいぐいと押した。

「おい、痛いじゃないか」とアルベールは叫んだ。

エドゥアールは爪を食いこませた。アルベールの腕に激痛が走る。しかし、いつしか力は緩んだ。エドゥアールは両手をアルベールの肩にかけて抱き寄せると、大声でしゃくりあげながらすすり泣きを始めた。アルベールは前にもこんな声を聞いたことがあった。ある日、サーカスで水兵のかっこうをしたサルたちが、自転車に乗りながら涙を誘う鳴き声をあげていた。深い悲しみに満ちた、胸を引き裂くような鳴き声だった。エドゥアールの身に起きたのは、決定的なことだった。補綴器具云々の話じゃない。もう取り返しのつかないことなのだ……

アルベールはただ素朴な言葉をかけた。泣きたいだけ泣けよ、とか何とか。今はもう、そんなことしかできない。どうでもいいようなことを、話し続けることしか。エドゥアールは抑えきれない悲しみにとらわれているのだから。

「家に帰りたくないんだな。よし、わかった」とアルベールは言った。

彼はエドゥアールの頭がぐらりと揺れ、首筋に押しつけられるのを感じた。そう、帰りたくないんだ。嫌だ、嫌だ、帰りたくない。

アルベールは友を抱き寄せながら、こう思っていた。エドゥアールは戦争のあいだずっと、ほかのみんなと同じように、生き残ることだけを考えていただろう。なのに戦争が終わろうとしている今、彼はただひたすら消えてしまいたいと願っている。苦労して生きのびたあげくに死にたいと思うなんて、何という無駄骨だろう……

　アルベールには今、はっきりとわかった。エドゥアールにはもう、自殺する力は残っていない。あれは一瞬のものだった。最初の日に窓から飛びおりていたら、それですべては片がついた。悲しみも涙も、これから続く果てしのない時間も、すべてが軍隊病院の中庭で終わっていた。しかしチャンスは失われてしまった。彼にはもうあの勇気はない。終身刑のように、苦しみに耐えながら生き続けるしかない。

　それはアルベールのせいだった。初めから、すべてぼくのせいだったんだ。何もかもが。彼はうちひしがれ、もう少しで泣き出すところだった。なんて孤独なんだろう。エドゥアールにとって、今やアルベールが人生のすべてになってしまった。ぼくだけが頼りなんだ。エドゥアールは彼に人生を委ね、託した。もう自分ひとりでは、それを担うことも投げ出すこともできないから。

　アルベールは責任の重みに茫然自失した。

「わかった」と彼は口ごもるように言った。「やってみる……」

　深く考えずに言ったひと言だった。ところがエドゥアールは、雷に打たれたようにはっと顔をあげた。それは口も頬もあごもない顔だった。ただ目だけが相手を射すくめるように、らんらんと輝いている。アルベールは罠に捕らわれてしまった。

「やってみる」と彼は馬鹿みたいに繰り返した。「できるかもしれない」

　エドゥアールは彼の手を握り、目を閉じた。そしてゆっくりうなじを枕にのせた。どうやら落ち着いたらしい。でも、まだ苦しいのだろう。うなり声は続いているから。気管のうえあたりに、血の混ざった泡がごぼごぼとわきあがっている。

できるかもしれない。

いつも〝ひと言多い〟のが、アルベールの悪い癖だった。調子づいたせいで、いく度やっかいごとを背負いこむはめになっただろう？　数えあげるまでもない。そのたびに彼は、じっくり考えてみなかったことを悔やんだのだった。その場の勢いに流され、安請け合いをしても、これまでならばささいな問題にすぎなかった。しかし今回は話が別だ。人ひとりの一生に関わることなのだから。

アルベールはエドゥアールの手を撫でた。彼をじっと見つめ、苦しみを和らげてやろうとした。

恐ろしいことに、アルベールはただペリクールとだけ呼んでいた男の顔を、どうしても思い出すことが出来なかった。いつも陽気に軽口をたたき、暇さえあれば絵を描いていたあの若者。百十三高地突撃の直前に見たその横顔と背中だけは記憶に残っているけれど、面とむかい合った顔は忘れている。あのときペリクールは、アルベールのほうをふり返ったはずだ。しかしそれも思い出せない。記憶はすっかり現在の姿、大きくえぐれた血まみれの肉塊に貪《むさぼ》られてしまった。アルベールにはそれがつらかった。

アルベールはふとシーツに目を落とした。ひらいたままのデッサン帳が置いてある。さっきはどうしてもわからなかった言葉が、今ははっきりと読み取れた。

〝父親〟

この言葉を見て、アルベールは深い淵に突き落とされたような気がした。彼にとって父親は、もうずっと昔から、食器棚に飾った黄ばんだ肖像写真でしかなかった。早死にしてしまったのは恨めしかったけれど、父親に対する気持ちはそれだけだ。しかし生きている父親に対しては、もっと複雑な思いがあるだろう。詳しく知りたかったが、もう遅すぎた。〝できるかもしれない〟と、エドゥアールに約束してしまったのだから。彼が何を言いたかったのか、もうたしかめようがなかった。眠り始めた戦友を見守りながら、アルベールは思案した。

エドゥアールは姿を消したがっている。それはしかたないだろう。でもどうやって、生きている兵士を行方不明にしたらいいのか？　ぼくはプラデル中尉とは違うんだから、そんなことわかるわけない。いったいどこから手をつけたらいいのか、見当もつかなかった。新しい身元をでっちあげるとか？

アルベールは決して頭の回転が速いほうではないが、経理係をしていただけあって理屈には強かった。エドゥアールが姿を消したがっているなら、戦死した兵士と身元をすり替えればいい、と彼は考えた。

そのための方法はひとつしかない。

人事部。グロジャンのオフィスだ。

でも、そんなことしたらどうなるだろう？　アルベールは想像をめぐらせた。危うく軍法会議を逃れた彼が、今度は書類をごまかして生きている人間を死んだことにし、死者をよみがえらせようとしているのだ。本当にうまく行ったとしての話だが……

いよいよ銃殺隊が待ってるぞ。考えるまでもない。

エドゥアールは疲れはて、ようやく眠ったところだ。アルベールは壁の時計に目をやると、立ちあがって戸棚の扉をあけた。

そしてエドゥアールのカバンに手を入れ、彼の軍隊手帳を取り出した。

正午まであと四分、三分、二分……アルベールは壁沿いに廊下を駆け抜けると、人事部のドアをノックし、返事を待たずにあけた。書類でいっぱいの机。そのうえで時計の針が、正午一分前をさしている。

「どうも」とアルベールは言った。

できるだけにこやかにふるまった。しかしもう昼だ。いくら愛想よくして見せても、腹ぺこ相手に功を奏するとは思えない。グロジャンは不満そうにぶつぶつと言った。今度は何の用かね？　しかもこんな時間に。ひと言、お礼を言いたくて。それを聞いて、グロジャンはすわりなおした。すでに椅子から腰を浮かせ、帳簿を閉じようとしているところだったけれど。〝お礼〟なんて、戦争が始まってこのかた、ついぞ言われたことがない。グロジャンはどう反応していいかわからなかった。

「いや、なに……」

アルベールはここぞとばかりに、歯の浮くようなせりふを並べた。

「大成功でしたよ、副本のアイディアは……本当にありがとうございます。おかげで友人は、今日の午後移送されることになりました」

グロジャンははっとわれに返って立ちあがり、インクの染みだらけのズボンで両手を拭った。お世辞はもういいから、ともかく昼食にしようというわけだ。そこでアルベールは攻撃に移った。

「あと二人ばかり、捜している仲間がいるんですが……」

「ほう……」

グロジャンはもう上着の袖に腕をとおしている。

「二人がどうなったのか、わからなくて。行方不明だと言う者もいれば、負傷して移送されたと言うものもいるし……」

「わたしに訊かれてもな」

グロジャンはアルベールの前を通りすぎて、もうドアにむかっている。

「帳簿に載っていると思うんですけど」アルベールはおずおずと言ってみた。

グロジャンはドアを大きくあけた。

「昼食のあとに、また来てくれ。そしたらいっしょに捜そう」

そこでアルベールは、いいことを思いついたというように目を見ひらいた。

「よろしければ、あなたが食事に行っているあいだに、ぼくが調べてみますが」

「いや、それはだめだ。うえから言われているんでね」

グロジャンはアルベールを外に押し出し、ドアに鍵をかけて立ちどまった。さっさと行けというのだろう。どうも、ではまたあとで、とアルベールは言って、廊下を歩き始めた。エドゥアールは一、二時間後には移送される。アルベールは両手をよじらせた。えい、くそ、どうすりゃいいんだ、と彼は何度も繰り返した。われながら情けなくてしかたない。それでもまだあきらめきれず、数メートル行ったところでふり返った。グロジャンは廊下に立って、アルベールが遠ざかるのを見ている。

中庭にむかううち、どうも妙だぞと思い始めた。ドアの前で待っているグロジャンの姿が脳裏によみがえった……でも、何を待っていたのだろう？　はっと気づいたときにはもう引き返していた。しっかり歩け、早く行かなくては。ドアの前に着いたとき、むこうに人影が見えた。プラデル中尉だ。アルベールは体を強ばらせたが、さいわい中尉はふり返ることなく消え去った。アルベールは気を取りなおし、耳を澄ませた。食堂にむかう人々の足音や笑い声、ざわめきが聞こえる。彼はグロジャンのオフィスの前で立ちどまると、ドア枠のうえに手をやった。思ったとおりだ。鍵をつかんで鍵穴に挿しこみ、かちっとまわす。そして部屋のなかに入ると、ドアを閉めた。退路は断たれた。砲弾の穴に落ちたときと同じだ。目の前には帳簿がある。床から天井まで、山積みされている。

銀行勤めをしていたので、こうした書類の扱いには慣れていた。レッテルが赤茶け、青いインクの文字が時とともに薄れかけた書類。しかし必要な帳簿を探し出すのに使える時間は、せいぜい二十五分だろう。アルベールは不安に押しつぶされそうだった。いまにもドアがあくのではないかと、しょっちゅう目をやった。誰かに見咎められたら、言いわけのしようがない。

正午半ごろ、ようやく追加の帳簿三冊が集まった。どれもずらりと名前が書きこまれている。すでに過去のものとなった記録。どうかしてる、人ひとりの命がこんなに簡単に失われていくなんて。あと二十分ほどで、適当な死亡者を見つけねばならない。優柔不断なアルベールは、そこで迷い始めた。どれを選ぶのかが、重大事であるかのように……なに、目についた最初の兵士でいいさ。掛け時計とドアをちらりと見る。なんだかそれが、部屋いっぱいに大きくなったような気がして。彼はひとりでベッドに縛られているエドゥアールのことを思った……

正午四十二分。

目の前にあるのは、病院で死亡したけれど、まだ家族に通知されていない者の帳簿だった。リストは十月三十日で終わっている。

ブリヴェ、ヴィクトール。一八九一年二月十二日生まれ。一九一八年十月二十四日死亡。連絡先、両親。ディジョン在住。

いや、ちょっと待てよ、とアルベールは思った。ためらいというより用心の気持ちから。今ぼくは友人に対して、全責任を負っている。うかつな真似はできない。わがこと同様に考えないと。適切に、効果的にことを進めるんだ。死亡した兵士とエドゥアールの身元をすり替えると、その兵士は生き返ることになる。当然、両親は息子の帰りを待ちわび、問い合わせもするだろう。調査が行われれば、足跡を遡るのは簡単だ。文書偽造および行使の罪で捕まったら（ほかにもどんな嫌疑をかけられるか、わかったもんじゃないぞ）、自分もエドゥアールもどうなるかと想像し、アルベールは首を横にふった。

体が小刻みに揺れ始めた。戦争前から恐怖に捕らわれたとき、アルベールはすぐにこんな反応をした。震えているみたいな反応を。時計に目をやると、時はどんどんと過ぎていく。彼は帳簿のうえで両手をよじり、ページをめくった。

デュボワ、アルフレッド。一八九〇年九月二十四日生まれ。一九一八年十月二十五日死亡。既婚、子供二人。家族はサン＝プルサン在住。

だめだ、どうしよう？　結局のところ、エドゥアールには何も約束したわけじゃない。〝やってみる〟と言っただけだ。そんな言葉、確約でも何でもない。そんなもの……アルベールはうまい表現を探したが、それでもページをめくり続けた。

エヴァール、ルイ。一八九二年六月十三日生まれ。一九一八年十月三十日死亡。連絡先、両親。トゥールーズ在住。

ああ、考えが足りなかった。注意不足なんだ。善意だけで、馬鹿みたいに突っ走ってしまい、その結果……母さんの言うとおりだ……

グジュー、コンスタン。一八九一年一月十一日生まれ。一九一八年十月二十六日死亡。既婚。自宅所在地、モルナン。

アルベールは目をあげた。掛け時計までが悪意いっぱいに、速度をあげている。そうとしか思えないじゃないか、もう一時だなんて。大きな汗の粒が二つ、帳簿に滴り落ちた。彼は吸い取り紙を探し、ドアを見た。吸い取り紙はない。そのままページをめくった。ドアがあいたら、何て言おう？

すると突然、それが目に入った。

ウジェーヌ・ラリヴィエール。一八九三年十一月一日生まれ。一九一八年十月三十日死亡。誕生日の前日か。二十五歳になるところだった。連絡先は孤児院。

アルベールにとっては、まさに奇跡だった。両親は不明で孤児院育ちなら、身内は誰もいないも同然だ。

軍隊手帳を詰めこんだ箱は、さっきたしかめてある。ラリヴィエールの軍隊手帳は、ものの数分で見つかった。整理は悪くなかったようだ。午後一時五分。グロジャンはでっぷりと太っている。あのお腹なら、さぞかし食べるだろう。心配はいらない。一時半まで食堂から出てきやしない。それでも、急ぐにこしたことはなかった。

軍隊手帳には、半分に切ったラリヴィエールの認識票が貼りつけてあった。残りの半分は、死体につけたままだろう。あるいは十字架に打ちつけてあるか。それはどうでもいい。写真に写っているウジェーヌ・ラリヴィエールは、どこにでもいそうな若者だった。下あごを砕かれたら顔を見ても、彼かどうかなんてわかりはしない。アルベールは軍隊手帳をポケットに滑りこませた。ほかにも二冊ほど適当につかみ取ると、別のポケットに入れた。一冊だけ紛失したのではかえって目立つが、何冊もなくなれば混乱のなかだからしかたない、軍隊なんてそんなものだですまされる。彼は第二の帳簿をひらき、インク壺をあけた。ペンを取り、震えが静まるよう深呼吸をして〝エドゥアール・ペリクール（生年月日を確認し、登録番号とともにつけ加えた）、一九一八年十一月二日死亡〟と書き入れた。それからエドゥアールの軍隊手帳を裏返しにして、死亡者の箱に収めた。彼の身元と登録番号が書かれた認識票の半分も添えて。一、二週間もすれば、家族のもとに連絡が行くだろう。息子さん、弟さんは名誉の戦死を遂げましたと。通知書は書式化されている。戦死者の名前を書きこむだけ。簡単で、効率的だ。混乱に満ちた戦争のなかにも、遅かれ早かれ管理が行きわたる。

午後一時十五分。

残りはいっきに終わらせねば。グロジャンが仕事をするところを見ていたので、複写式証書のノートがどこにあるのかはわかっていた。使いかけのノートをたしかめると、エドゥアールの移送許可証の副本が最後に作られた書類だった。アルベールは山の下から新しいノートを引っぱり出した。どうせ数なんか、誰も調べやしない。下のノートのページが一枚欠けているとわかるころには、とっくに戦争も終わっているはずだ。次の戦争を始める時間だってあるかもしれない。彼はウジェーヌ・ラリヴィエール名義の移送許可証をすばやく書きあげた。最後に検印を押したとき、汗びっしょりなのに気づいた。

アルベールは大急ぎで帳簿をすべて片づけると、やり残したことはないか、ざっと部屋を見まわし、ドアに耳をあてた。遠くからもの音が聞こえるだけだ。彼は廊下に出て施錠し、鍵をドア枠のうえに戻して、壁づたいに立ち去った。

エドゥアール・ペリクールは今、祖国フランスのために戦死した。

死者たちのなかからよみがえったウジェーヌ・ラリヴィエールは、これから長い人生、そのことをずっと忘れないだろう。


エドゥアールは息苦しそうだった。あっちむきに、こっちむきにと何度も寝返りを打っている。足首と手首が縛られていなかったら、ベッドの端から端まで転がっていただろう。アルベールは彼の肩を抱き、手を握りしめて絶えず話しかけた。語りかけた。これからきみの名はウジェーヌだ。気に入ってくれるといいんだけど。ともかく、それしか在庫がなかったんでね。そんな話を聞いて、エドゥアールが面白がってくれれば……彼は笑いたくなったら、どうするんだろう？　アルベールはまだ、それが気になっていた。

ようやく到着だ。

アルベールはすぐにわかった。有蓋トラックが中庭にとまって、黒い煙を吐き出している。彼はエドゥアールを拘束する間も惜しんで部屋を飛び出すと、階段を駆けおりた。そして書類を手に、どこに行けばいいのかきょろきょろしている看護師に声をかけた。

「移送に来たんですよね」

看護師はほっとしたようすだった。仲間の運転手もやって来た。二人は木の縦枠に布を巻きつけた担架を重そうに持ちあげ、アルベールのあとについて廊下を進んだ。

「言っておきますが、なかは臭いますよ」アルベールは注意しておいた。

太った看護師は肩をすくめた。なに、慣れているさ。彼はドアをあけた。

「ほんとだな……」と看護師は言った。

アルベールでさえ、しばらく外にいてから戻ってくると、腐臭で喉がひりひりするくらいだった。

二人は担架を床に置いた。指示役の太った看護師は書類を枕もとに置き、ベッドの周囲をひとまわりした。ぐずぐずはしてられない。ひとりが足を、もうひとりが頭を持ち、一、二の三で行こう……

一で弾みをつけ、

二でエドゥアールを持ちあげ、

三で二人は患者を抱え、担架に寝かせた。その瞬間、アルベールは枕もとの移送許可証をつかみ、ラリヴィエール名義の書類とすり替えた。

「モルヒネはありますよね？」

「心配するなって。必要なものはそろっているから」と小柄なほうが答えた。

「患者の軍隊手帳です」とアルベールはつけ加えた。「これは別に渡しておきますね。だってほら、荷物がなくなってしまうかもしれないから」

「心配するなって」と言って、相手は軍隊手帳を受け取った。

階段をおりて、中庭に出た。エドゥアールは頭を揺すりながら虚空を見つめている。アルベールはトラックに乗りこみ、彼のうえに身をかがめた。

「じゃあな、ウジェーヌ。がんばれよ。きっとよくなるから」

アルベールは泣きたかった。背後で看護師が言った。

「さあ、もう行かないと」

「ええ、そうですね」とアルベールは答えた。

彼はエドゥアールの手を取った。これからもずっと、忘れることはないだろう。そのときの目。涙に濡れた目。こちらをじっと見つめるエドゥアールの目を。

アルベールは額にキスをした。

「それじゃあ、また」

彼はトラックをおりた。そしてドアが閉まる前に、こう叫んだ。

「会いに行くからな」

アルベールはハンカチを探しながら顔をあげた。三階のひらいた窓から、プラデル中尉がこの光景を眺めている。プラデルは悠然とシガレットケースを取り出した。

そのあいだに、トラックは走り出した。

病院の中庭を出るとき、トラックは黒い煙を吐き出した。工場の排煙のようにいつまでも宙に漂う煙のなかに、トラックのうしろ姿が消えていった。アルベールは建物をふり返った。プラデルはもういなかった。三階の窓は閉まっている。

一陣の風が吹き抜け、黒煙を払った。中庭はがらんとしている。アルベールも自分がからっぽになったような、もの悲しい気持ちだった。洟をすすり、ハンカチを取り出そうとポケットを手で探った。

「しまった」と彼は言った。

エドゥアールにデッサン帳を返し忘れていた。

やがてアルベールの胸に新たな心配が芽ばえ、しばらく心が休まらなかった。ぼくが死んだら、セシルもあんな形式的でそっけない通知書を受け取ったんだ。ただ死亡を告げるだけの紙切れを。そう思うと彼は、やりきれない気持ちになった。母親のほうは、言わずとも知れている。息子が死んだとあらば通知書がどうであれ、おいおいと泣きあかしたあと、それを居間の壁に貼りつけるだろう。

エドゥアールの家族に連絡すべきかどうか、アルベールはずっと悩み続けていた。新たな身元を手に入れたとき、ついでに盗んだ軍隊手帳をカバンの底から見つけて以来ずっと。それは〝エヴァール、ルイ〟名義の軍隊手帳だった。生年月日は一八九二年六月十三日。死んだ日付は覚えていなかった。戦争末期なのは間違いないが、いつだったか？　けれども連絡先の両親がトゥールーズに住んでいることは、はっきりと記憶に残っている。きっとこの青年は、お国訛りで話していただろう。数週間後、数ヵ月後、彼の足跡をたどることができず、軍隊手帳も見つからなければ、行方不明者として処理されて、〝エヴァール、ルイ〟の一件はそれで終わりだ。まるでそんな人間は、初めから存在していなかったかのように。やがて両親も死んだら、〝エヴァール、ルイ〟のことを覚えている者は誰もいなくなる。死者や行方不明者はこんなにたくさんいるのだから、アルベールが新たに作りだす必要などあるだろうか？　哀れな親たちが、ただ空しく泣き続けるだけなのに……

片やウジェーヌ・ラリヴィエール、片やルイ・エヴァール、それにエドゥアール・ペリクールをひとまとめにして託されても、アルベール・マイヤールのような一兵士にはひたすら憂鬱なばかりだ。

彼はエドゥアール・ペリクールの家族について、何も知らなかった。書類に書かれた住所はパリの高級住宅街だが、わかっているのはそれだけだ。けれども息子の死を前にしたら、金持ちも何も関係ない。友人からの手紙のほうが、たいていは早く家族のもとに届いた。国のやることときたら、兵士を死に駆り立てるのは急ぐくせして、死亡を知らせる段になると……

アルベールはその手紙を、すらすらと書きあげられたかもしれない。うまい言葉が見つかるだろうと、自分でも思っていた。しかしそれは嘘の手紙なのだという考えが、どうしても頭から離れなかった。

息子さんは亡くなりましたと言って、苦しませねばならないのだ。本当は生きているのに。どうしたらいいだろう？　一方では嘘をつき、もう一方では良心の呵責を感じる。そんなジレンマに、彼は何週間ものあいだ苦しみ続けた。

デッサン帳をめくりながら、アルベールはとうとう心を決めた。彼はそれを枕もとに置き、いつも眺めていた。エドゥアールの描いたデッサンは、彼の生活の一部となっていた。でも、自分のものではない。返さなくては。彼は何日も前、二人が筆談で使ったページを注意深く破り取った。

結局うまく書けないとわかっていた。それでもある朝、彼は書き始めた。

拝啓
わたしはアルベール・マイヤールといいます。息子さんのエドゥアールの友人です。こんなことをお知らせするのはとてもつらいのですが、息子さんは去る十一月二日の戦闘で亡くなりました。いずれ軍当局から正式の通知があるでしょうが、彼は祖国を守るため、勇猛果敢に敵に立ちむかい、英雄として亡くなったことを、ぜひお伝えしたいと思いました。

エドゥアール君からデッサン帳を預かっています。自分にもしものことがあったら、家族に届けて欲しいとのことでしたので、同封することにしました。

彼は今、戦友たちとともに、小さな墓地で安らかに眠っています。彼が手厚く葬られたことは間違いありません。

わたしは……

7

親愛なる友、ウジェーヌ……

まだ検閲が続いているのかどうか、手紙が開封され、中身を読まれているのかどうかはわからない。しかし、ないとは言いきれないだろう。アルベールは念のため、新しい名前で彼を呼んでいた。エドゥアールもそれに慣れていた。なんだか不思議な巡り合わせだ。あまり思い出したくない出来事だけれど、記憶は勝手によみがえってくる。

エドゥアールはウジェーヌという名の少年を二人知っていた。ひとりは小学校の同級生で、痩せたそばかすだらけの子だった。その後の消息は聞かないが、重要なのは彼でなく、もうひとりのほうだ。そちらのウジェーヌとは、両親に内緒で通っていた絵画教室で知り合った。そして多くの時間を、いっしょにすごすようになった。エドゥアールはどんなことも内緒で行わねばならなかった。さいわい姉のマドレーヌがいて、いつも何とかしてくれた。少なくとも、何とかなることについては。エドゥアールとウジェーヌは恋人どうしだった。二人はともに美術学校を受験した。しかしウジェーヌのほうは、あまり才能に恵まれていなかったのだろう、不合格になってしまった。やがて二人は疎遠になり、一九一六年、エドゥアールはウジェーヌの死を知ったのだった。

親愛なるウジェーヌ

　きみがくれる便りを、ぼくは本当に楽しみにしている。でもこの四カ月、送ってくれるのはデッサンだけ。手紙はひと言もなしだね……きみは文章を書くのが好きじゃないから。それはよくわかるけど……

　たしかに絵を描くほうが簡単だ。言葉はうまく出てこない。それはエドゥアールだけのことかもしれない。なるべく手紙など書かずにすませたかった。でもあのアルベールは善意にあふれ、できるだけのことをしてくれた。彼のことはまったく恨んでいない……でもやっぱり……少しは……こんなことになったのも、結局のところ彼の命を救おうとしたからだ。自分の意思でしたことだけれど、どう言ったらいいだろう、何か不当な目に遭ったような、胸に残るわだかまりを、エドゥアールはうまく説明できなかった……誰のせいでもない。みんなの責任だ。でもこの事態を、どう呼ぶべきだろう。あの兵士マイヤールがいなければ、おれはこんな傷を負わず家に帰れたのに。そう思ったら泣けてきた。もう涙を抑えることができない。どうせこの病院では、みんなが大泣きしている。涙のたまり場なのだ、ここは。

　苦痛や不安、悲嘆がいっとき治まると、エドゥアールは記憶を反芻した。アルベール・マイヤールの顔が薄れると、その背後からプラデル中尉の顔があらわれる。将軍と面談したとか、危らく軍法会議を逃れたとかいう話は、何のことやらわけがわからなかった……そんな状態が移送の前日まで続いた。モルヒネの影響で頭がぼんやりしていたので、はっきりとは覚えていない。ところどころ、記憶に穴もあいている。けれども鮮明に思い浮かぶのは、一斉射撃のなかでじっと動かず足もとを見つめているプラデル中尉の横顔だ。やがて中尉が遠ざかると、土の壁が崩れて……なぜかはわからないが、エドゥアールは確信していた。プラデルはあそこで起きたことに、何らかの形で関わっていると。あの状況なら誰だって、たちまち頭に血をのぼらせただろう。けれども戦場では勇気を奮い立たせて戦友を助けに行ったのに、今はすっかり気力が失せていた。今、考えていることすら、自分には直接関係ない、遙か彼方にある色あせた残像《イメージ》のような気がした。怒りもなければ希望もない。エドゥアールはどうしようもなく落ちこんでいた。

……きみがどんな毎日を送っているのか、正直あまり見当がつかないんだ。お腹いっぱい食べてるのか、少しは医者たちと話しているのか。そろそろ移植が始まるのかな。だといいけれど。ちょっと人から聞いたんだ。前にもそんな話をしたね。

移植の話は……もうとっくに出ていた。アルベールはまったくわかっていない。頭のなかで状況をとらえているだけだから。この数週間はひたすら感染症の抑止と〝漆喰の塗り替え〟――と外科医モドレ先生は言っていた――に費やされた。モドレ先生はトリュデーヌ大通りにあるロラン病院の外科医長で、エネルギッシュな赤毛の大男だった。彼はすでに六回にわたり、エドゥアールに手術を施していた。

「言ってみりゃ、きみとわたしは仲よしってことさ」

そのたびに彼は手術の理由とその限界についてこと細かに説明し、〝総体的な戦略における位置づけ〟をした。だてに軍医をしているんじゃない。日夜救急診療所で、ときには塹壕のなかでまで、何百件となく切断や切除を行って培われた断固たる信念を備えていた。

エドゥアールが鏡を見てもいいと言われたのは、さほど前のことではない。最初に運ばれてきたとき患者の顔は、大きな傷が口をあけた血まみれの肉塊だった。口蓋垂《こうがいすい》と気道の上部、あとは前方に上の歯だけが奇跡的に残っているだけ。だから医者や看護師は今のエドゥアールを見て、よくぞここまで持ちなおしたと誇らしげだったろう。彼らは楽観視していたのだ。しかし患者が初めて自分の姿を目の当たりにしたときに抱く限りない絶望によって、彼らの自己満足も一掃された。

だから将来にむけた話をしなければ。患者の心にとって、それがいちばん大事な点だ。エドゥアールに鏡を見せる何週間も前から、モドレ医師は繰り返しこう言った。

「よく覚えておくんだぞ。今日のきみと明日のきみは、まったく別なんだ」

彼は〝まったく〟のところを強調した。それは大きな可能性に満ちた〝まったく〟だった。そんな話もエドゥアールには、あまり効果がなさそうだ。モドレはそう感じていただけに、いっそう熱弁を振るった。たしかに戦争っていうのは、想像を絶する大量殺戮さ。でもののごとには、必ずいい面もあるものでね。戦争のおかげで上顎《じょうがく》顔面の外科が、格段の進歩を遂げたんだ。

「いやもう、とてつもない進歩さ」

エドゥアールは歯科用の機械療法装置や、鉄の軸が入った石膏製の頭部、ほかにもどことなく中世風の外観をした装置をいろいろと見せられた。どれも整形外科の最先端で使われているものだという。いうなれば、撒《ま》き餌《え》みたいなものだ。モドレはなかなかの戦略家だったので、まずは外濠を埋めるところから始めた。これからどんな治療をしたらいいのか、そうやって少しずつエドゥアールに納得させようというわけだ。

「デュフルマンタル式移植というのがある」

頭皮を細長い帯状に切り取って、それを顔面の下部に移植するんだ。

モドレは移植手術を受けた患者の写真を何枚か、エドゥアールに見せた。なるほど、とエドゥアールは思った。敵軍に顔をぐちゃぐちゃにされた男を外科医のところに持っていけば、醜い妖精《ノーム》のいっちょうあがりってわけか。

エドゥアールの答えは簡潔だった。

「嫌です《ノン》」彼はひと言大きな文字で、筆談ノートに書いた。

そこでモドレはしかたなく、補綴器具の話を持ち出した。なぜかそちらの方法は、あまり好みではなさそうだったけれど。硬質ゴム、軽金属、アルミニウム。新しいあごを作るのに必要なものは、すべてそろっている。頬については……エドゥアールは続きを待たずしてノートをつかむと、またしてもこう書いた。

「嫌です《ノン》」

「嫌だって？」と外科医はたずねた。「何が嫌なんだね？」

「何もかもです。おれはこのままでいい」

モドレは目を閉じた。そうだろうね、気持ちはよくわかる、とでもいうように。最初の数カ月は、しばしばこうした拒絶の態度が見られる。心的外傷《トラウマ》によって、鬱状態が続くのだ。でもそれは、時が解決してくれるだろう。たとえ顔面が損なわれようと、遅かれ早かれ分別は戻る。そういうものだ、人生とは。

しかし四カ月間いくら説得を重ねようと、兵士ラリヴィエールは首を縦にふらなかった。被害を最小限に食いとめるため外科医の先生におまかせしますと、ほかの患者なら例外なく言うところなのに、断固として拒否し続けたのだ。おれはこのままでいい。

彼はこう言って、ガラス玉のような頑固そうな目で相手を見すえた。

そして精神科医が呼ばれることになった。


それでもきみのデッサンを眺めていると、大事なことがわかるような気がする。きみが今いる部屋は、前よりも大きくて広々しているんじゃないかな？　中庭には木が見えるのでは？　もちろんきみがそこで快適に暮らしているだろうなんて、言うつもりはないさ。でもほら、ぼくはここからきみのために、何もしてあげられない。自分がとても無力だと感じているんだ。

シスター・マリ＝カミーユのクロッキー、どうもありがとう。

今までずっと、うしろむきや横顔しか見せてくれなかったけど、きみがひとり占めしたかったわけがわかったよ。だって彼女は、とってもかわいらしいからね。ぼくだってセシルがいなかったら……

実を言えばこの病院に、シスターはひとりもいなかった。とてもやさしくて親切な、民間の女性たちだけ。けれども週に二回手紙を書いてくるアルベールのために、何か話題を見つけねばならなかった。最初に描いたデッサンはひどいものだった。手が震えていたし、目もよく見えなかったから。それに手術に次ぐ手術で、痛みも激しかった。何とか描いた横顔を、アルベールは〝若いシスター〟だと思いこんでしまった。だったらシスターでもかまわない、どうってことないさ、とエドゥアールは思った。名前はマリ＝カミーユということにした。アルベールが抱いているイメージを手紙の文面から想像し、彼が気に入りそうな女の子の顔で架空のシスターを描くことにした。

たしかに二人はともに命を懸けたあの事件で、すでに結ばれていたけれど、互いをよく知らなかった。それにうしろめたさや連帯感、遺恨、反感、同胞愛が微妙に混ざり合って、二人の関係を複雑なものにしていた。エドゥアールにはアルベールを恨む気持ちもぼんやりとあったけれど、家に帰らなくてもいいように代わりの身元を見つけてくれたことで、かなり和らげられていた。おれはもう、エドゥアール・ペリクールじゃない。これからどうなるのか、さっぱりわからないけれど、こんなざまで父親の目にさらされるのに比べれば、どんな暮らしだってまだましだろう。

そう言えば、セシルから手紙が来たんだ。彼女にとってもこの戦争は、あまりに長かったんだろう。ぼくが無事帰還したら楽しくすごそうって約束し合ってるけれど、手紙の口ぶりから察するに、すっかり疲れ果てたみたいでね。初めのうちは彼女も、今よりよく母のところへ行ってくれた。だんだん足が遠のいたからって、腹を立てたりしないさ。母のことは話しただろ。本当にやっかいだからな、ぼくの母親は。

馬の首の絵、ありがとう。迷惑をかけたね……でも本当によく描けている。すばらしいよ、あんなふうに目が飛び出しているところなんか。それに半びらきになった口も。馬鹿だと思うだろうけど、よく考えるんだ。あの馬は何ていう名前だったんだろうって。ぼくが名前を付けてあげなくちゃならないみたいに。

アルベールのために、何度馬の首を描きなおしただろう。そこは少し詰まりすぎだ、こっちに曲がってる、いやあっちだ、目はもう少し……何て言うか、そうじゃなくて。エドゥアール以外の者だったら、とっくに匙を投げていただろう。けれども命を救った馬の首をもう一度しっかり瞼に焼きつけることが、友人にとってどれほど大事なのか、彼にはよくわかっていた。うまく言葉にはできないけれど、そこにはエドゥアールにも関わる、何か別の大きなものが賭けられている。だから彼はこの要求に応えようと、アルベールがさかんに申しわけながら、山ほどお礼を並べながら、手紙で次々に送ってくる要領を得ない指示に従って、何十枚ものクロッキーを描いたのだった。もうあきらめかけていたとき、ダ・ヴィンチが描いた馬の首を思い出した。赤いチョークの絵で、たしか騎馬像のための下絵だ。彼はそれを手本に使った。アルベールは出来た絵を受け取り、飛びあがって喜んだ。

その手紙を読んで、エドゥアールはようやくうまくいったとわかった。

馬の首は友のところへ届いた。彼は鉛筆を置き、もうそれを手に取らないと心に決めた。二度と絵は描かないと。

こっちは、いつまでたっても片がつかない。信じられるかい？　休戦は去年の十一月に調印され、もう二月だというのに、まだ復員の手続きが済んでいないなんて。もう何週間ものあいだ、ただ無為にすごしている……みんないろんなことを言って、状況を説明するけれど、何が本当で何が間違いなのかもさっぱりさ。ここは前線と同じで、正しい知らせより噂のほうが早く駆けめぐる。パリッ子たちは《プティ・ジュルナル》紙片手に、ランス方面の戦場めぐりへ出かけるころだろうに、ぼくたちはますます悪くなる状況のなかで立ち枯れている。実はときどき思うことがある。一斉射撃のなかにいたときのほうが、ましだったんじゃないかってね。少なくとも何かの役に立っている、戦争に勝つために戦っているんだっていう気持ちにはなれたから。こんなことできみに愚痴をこぼすなんて、恥ずかしいと思っているさ。おまえは自分のしあわせがわかっていない、だから不平なんか漏らすんだって、きみは言うだろう。たしかにそのとおりだ。人は誰でも、自分勝手なものさ。

われながら脈絡のない手紙だな（途中でわけがわからなくなるんだ。学校でもそうだったよ）。これならいっそ、絵を描いたほうがいいかも。

エドゥアールはモドレ医師に手紙を書き、いかなる整形外科手術も受けるつもりはないと言った。そして出来るだけ早く退役し、市民生活に戻らせて欲しいと頼んだ。

「その顔でかね？」

医者は怒ったように言った。彼は右手に手紙を持ち、左手でエドゥアールの肩をがっちりつかんで鏡の前に立たせた。

エドゥアールは腫れあがった肉塊を、いつまでも眺めていた。かつて知っていた顔の名残りが、ヴェールで覆われたようにぼんやりと見てとれた。めくれあがった肉片が、乳白色のクッション状に折り重なっている。顔の真ん中にあいた穴は、組織を引き伸ばして裏返す施術により少しふさがり、前ほど火口には似ていなかった。あごの関節をはずして、頬と下あごを縮めて引っこめるサーカスの芸人が、そのまま顔をもとに戻せなくなったかのようだ。

「ええ」とエドゥアールは答えた。「この顔でね」

8

喧騒はいつまでも続いた。何千人もの兵士が次々にやって来ては、名状しがたい混乱のなかに膨れあがっていく。復員センターは今にもはち切れそうだった。数百人ずつどんどんと除隊させていかねばならないのに、どこから手をつけたらいいのか誰にもわからなかった。組織は絶えず改編され、命令が行き交うばかりだ。疲れきった兵士たちは不満でいっぱいだった。彼らはわずかな情報にも飛びつき、たちまちうねるような怒号が沸きあがった。下士官たちはなす術《すべ》もなく、群集のあいだを足早に歩きまわっては、うんざりしたような口調で聞こえよがしに言った。「わたしにもわからないさ。きみたちと同じようにね。何を話せっていうんだ」そのとき警笛が鳴り響き、みんないっせいにふり返った。波が返すように、激高が伝わってくる。奥のほうで男がわめいていた。「書類だって？　おい、くそ、どんな書類だよ？」すると今度は別の声が聞こえた。「こんなやつかい？　軍隊手帳か？」みんな反射的に胸のポケットや、ズボンの尻ポケットに手をあて、目でたずね合った。「四時間もここで待っているんだぞ、まったくもう」「ぶうぶう言うなよ。おれなんかもう三日だ」するとまた別の声が言った。「偉そうな口きくな、靴のことくらいで」しかし靴は、もう大きなサイズしか残っていないらしい。「じゃあ、どうするんだ？」男は興奮していた。ただの一等兵なのに、使用人に対するみたいに大尉に話している。よほど怒っているのだろう、彼は「どうするんだ？」と繰り返した。大尉はリストを確認し、名前にチェックをした。一等兵は怒ったように、悪態をつきながら引き返した。聞こえたのは〝くそ野郎どもめ……〟という言葉だけだった。大尉は何も聞こえなかったかのようにしていたが、真っ赤になって手が震えていた。あんまり人が多いので、そんなひと幕も群衆に押し流され、泡と消えた。肩を拳で小突き合いながら、口論をしている二人がいる。「おい、おれの上着だぞ」とひとりが怒鳴った。もうひとりは「ちくしょう」と言って、すぐにあきらめ立ち去った。ここでだめでも、またやるだけだ。盗難騒ぎは毎日のように、あちこちで起きていた。そのために、特別な部署を設けねばならないくらいに。苦情係なんてできやしないさ。考えてもみろよ。スープの列に並んでいる連中が、そんなことを言い合っていた。ぬるいんだよな。初めっからさ。どうなってるんだ、コーヒーは熱いのに、スープは冷めてる。初めっからさ。行列を作る以外の時間は、みんな情報交換にいそしんだ（「でもマコン行きの列車は、ちゃんと決まっているはずだ」とひとりが言った。「そりゃ、決まっているさ。ここには来てないだけでね。やれやれ、おれに訊かれたって困るさ」）。

昨日、ようやくパリへむかう列車が出た。四十七両編成で千五百名を運べるが、そこに二千名以上が詰めこまれた。もちろんぎゅうぎゅうだったけれど、みんな喜んでいた。ところが窓ガラスが割れて下士官が駆けつけ、〝器物破損〟だと言って何名かがおろされた。すでに十時間遅れていた列車が、さらに一時間遅れてようやく走り出すと、あちこちでどなり声があがった。出発した者からも、残った者からも。どこまでも続く平野のかなたに煙しか見えなくなると、人々はぞろぞろと前に進み出て、情報を得ようと知った顔を探し、異口同音にたずねた。復員したのはどこの部隊だ？　どんな命令でこうなった？　やい、ちくしょう、誰が命じるんだ？　何を命じるんだ？　まったくわけがわからない。ともかく待つしかなかった。半数の兵士たちは軍用コートにくるまり、地面に寝ころがって眠った。塹壕のなかよりは広々している。まあ、比較はできないが。ここならネズミはいないけれど、蚤《のみ》はたかったままだ。蚤は人についたまま、運ばれてくるから。「いつ家に帰れるのか、家族に手紙で知らせることもできない」とつぶやく兵士がいた。皺だらけの老人で、生気のない目をしている。彼は愚痴ばかりこぼしていたが、みんなあきらめ顔だった。そのうち臨時列車が来るだろうと思っていた。たしかに来ることは来たけれど、待っていた三百二十人を乗せていくかわりに、新入り二百名をつれてきた。いったいどこに入れればいいんだ。

　手足を伸ばした兵士たちのあいだを、従軍司祭が横切ろうとした。彼は突き飛ばされ、コーヒーカップの中身が半分、地面にこぼれた。すると小柄な男が司祭にウィンクし、「こいつは意地の悪いこった、神様も」と冗談めかして言った。司祭は口を堅く結び、空いているベンチを探した。ほかのベンチも運ばれてくるはずだが、いつになるのかわからない。それまではベンチの奪い合いだった。すわっていた男たちが詰めてくれたので、司祭は腰かける隙間を見つけることができた。将校だったらとっとと追い払うところだが、相手が司祭では……

人混みにいるとアルベールは不安でたまらず、四六時中緊張のしっぱなしだった。どこかに腰を落ち着けようとしても、必ず誰かと体がぶつかった。喧騒や怒声にも心休まる暇がない。騒音が頭に鳴り響き、絶えずびくびくしながらうしろをふり返った。ときにはまるでハッチが閉まったみたいに、突然群衆のざわめきが止んで、地中で聞いた砲弾の爆発音のような鈍いこもった反響音に取って代わることもあった。

ホールの奥にプラデル大尉の姿を見かけて以来、それはさらに頻繁になった。プラデルは脚をひらいてすっくと立ち、両手をうしろにまわしたお得意のポーズで、この嘆かわしい光景を冷たく眺めていた。なんて見苦しい連中なんだと心痛めながらも、決して動じない男として。アルベールは彼のことを考えると激しい不安に襲われ、思わず目をあげて周囲の兵士たちを見つめた。プラデル大尉の話をエドゥアールに聞かせたくはなかったが、やつはなんだか悪霊のように、いたるところにあらわれるような気がした。いつもどこかすぐそばでこちらをうかがい、ぼくに襲いかかろうとしている。

たしかにそのとおりだ。人は誰でも、自分勝手なものさ。われながら脈絡のない手紙だな……

「アルベール！」

だってほら、ぼくたちはみんな、頭が混乱しているから。もし……


「アルベール、おい！」

伍長は怒って彼の肩をつかみ、標示板を指さしながらゆすった。アルベールはあわてて書きかけの手紙を折りたたむと、大急ぎで荷物をまとめた。そして書類を握りしめ、立ったまま一列になって待っている兵士たちのあいだを走り抜けた。

「きみはあまり写真と似てないな」

憲兵は四十がらみの男だった。表情は満ちたりているけれど（この四年間、どうやって食べてたのかと思うくらい見事な太鼓腹をしている）、疑り深そうだ。義務感が強い男なのだろう。しかし季節のものなのだ、義務感というのは。例えば休戦以来、義務感は前より高まっていた。それにアルベールは、格好のカモだった。相手に食ってかかるようなこともなく、ただ早く帰って眠りたいと思っている。

「アルベール・マイヤール……」と憲兵は、軍隊手帳をじっくり検分しながら言った。

下手をすれば、ページを透かして見かねないほどだった。明らかに彼は疑っていた。アルベールの顔を見て、どうもおかしいと思っている。「写真と似てないな」しかし写真は四年前のものだ。色あせ、ぼろぼろになっている……まあ、ちょうどいいさ、とアルベールは思った。それを言ったらこっちだって、疲れきってぼろぼろだからな。タイミングとしちゃ、悪くない。しかし憲兵の見方は違っていた。こんなときだけに、インチキをしたりごまかしたり、不正を働こうとする者はごまんといる。彼はうなずきながら、書類とアルベールの顔を交互に眺めた。

「昔の写真ですから」とアルベールは言い返した。

たしかに兵士の顔は怪しいが、〝昔の写真〟だと言われればそのとおりかもしれない。〝昔〟なんだから当然だと、誰もが思っている。それでもやはり、見すごすわけにはいかなかった。

「なるほど」と憲兵は言った。「〝アルベール・マイヤール〟か。ちょっと待てよ、マイヤール姓の者が二人いるんでね」

「アルベール・マイヤールが二人いるっていうんですか？」

「いや。でもA・マイヤールが二人いる。Aはアルベールかもしれないからな」

憲兵は鋭いところを見せたかのように、鼻高々だった。

「ええ、でもアルフレッドかもしれないし、アンドレかもしれない。アルシッドだっていますよ」とアルベールは言った。

憲兵は下から彼をにらみつけ、太った猫みたいに目もとに皺をよせた。

「だからって、アルベールじゃないとは言いきれんだろ？」

たしかにそのとおりだ。この確固たる仮説に、アルベールは何も言い返せなかった。

「で、どこにいるんですか？　もうひとりのマイヤールは？」彼はたずねた。

「そこが問題なのさ。彼はおとといい、ここを発った」

「名前をたしかめずに出発させたんですか？」

憲兵は悲しげに目を閉じた。ああ、こんな単純なことを説明しなければならないなんて。

「もちろん、名前はたしかめたさ。しかしもう、ここにはない。書類は昨日、パリに送られたんでね。出発した者については、手もとに記録がある（彼はずらりと並んだ姓を、力強く指さした）。ほら、〝A・マイヤール〟と書いてあるだろ」

「もしその書類が見つからなければ、ぼくはひとりで戦争を続けるってわけですか？」

「わたしの一存で」と憲兵は続けた。「きみを通すこともできるがね。でも、それではわたしが叱られる。わかるだろ……誤った者を登録したら、責任を取らされるのはわたしだ。インチキをする連中が、どれほどいることか。書類をなくす連中も、あとを絶たないんだぞ。退役一時金の手帳を紛失したといって、二倍の手当をせしめようという輩を数えあげたら……」

「それがそんなに重大事なんですか？」とアルベールはたずねた。

憲兵は眉をひそめた。ははあ、こいつは過激派《ボルシェヴィキ》だなと言わんばかりに。

「この写真のあと、ソンムで負傷したんです」とアルベールは、言いわけがましく説明した。

「きっとそのせいでしょう。だから写真とは……」

ここでひとつ慧眼《けいがん》を発揮してやろう。憲兵は写真と顔を交互に見比べた。一方から他方へ、目を動かす速度がどんどんと速くなる。そして最後に、「そうかもしれんな」と言った。それでもまだ、どうも納得がいかなかった。背後ではほかの兵士たちが、いらいらし始めている。今はまだ小声でざわめいている程度だが、ほどなく騒ぎ出すだろう……

「何か問題でも？」

その声にアルベールは凍りついた。まるで瘴気を含んだような、なんとも耳ざわりな声だった。最初、視界に映ったのはベルトだけだった。アルベールは体が震えだすのがわかった。ズボンにちびらないようにしなければ。

「いえ、実は……」と憲兵は言って、軍隊手帳を差し出した。

アルベールはようやく顔をあげた。ドルネー＝プラデル大尉の悪意に満ちた青い目が、刺すように鋭く彼を見つめている。褐色の髪、濃い体毛、狂信的な顔つき。何も変わっていない。プラデルはアルベールから目を離さずに、軍隊手帳を受け取った。

「A・マイヤールという名前が、二つあるんです」と憲兵は続けた。「写真を見たら、疑わしいような気がして……」

プラデルはあいかわらず、書類を見ようとはしなかった。アルベールはうつむいた。そうするしかない、あの視線にはとうてい耐えきれなかった。そうやって五分がすぎた。鼻の先に汗の滴ができた。

「この男なら知っている……」とプラデルは言った。「とてもよく知っている」

「ああ、そうですか」と憲兵は答えた。

「アルベール・マイヤールに間違いない」

けているかのように。

プラデルの口調は恐ろしいほどゆっくりだった。まるでひとつひとつの音に、全体重をか

「……その点は、疑問の余地がない」

大尉がやって来たとあって、ほかの兵士たちもたちまち静まった。まるで日食にでも遭遇したみたいに、みんな黙りこくっている。『レ・ミゼラブル』に登場するジャヴェール警部のように、人々を凍りつかせる気《き》を発しているのだ、このプラデルは。地獄の番人たちは、きっとこんな顔をしていることだろう。

きみに話そうか迷ったけれど、やっぱり思いきって知らせることにする。A・Pのことさ。さあ、あたるかな。実はあいつめ、大尉に昇進したんだ。そんなものさ。戦場では、兵士でいるより悪党になったほうがいい。やつは今、ここにいて、復員センターで指揮を執《と》っている。あいつに再会したとき、ぼくがどんなに衝撃を受けたことか……やつと再びすれ違って以来、ぼくがどんな夢を見るか、きみには想像がつかないだろうな。

「われわれは知り合いだろう？　兵士アルベール・マイヤール」

アルベールはようやく目をあげた。

「ええ、中尉……いや、大尉殿。知り合いです……」

憲兵はそれ以上なにも言わず、考えこんでいるようなようすでスタンプと帳簿を見つめた。

あたりに不穏なさざめきが立ちこめた。

「きみの勇敢な戦いぶりも、よく知っているぞ、兵士アルベール・マイヤール」プラデルは相手を見下すような薄笑いを浮かべて言った。

彼はアルベールを頭のてっぺんから爪先までじろじろと眺め、その目を顔にとめるとゆっくり間合いを取った。アルベールは、足もとの地面が動いていくような気がした。まるで流砂のうえに立っているみたいだ。彼はパニックに襲われるあまり、思わず口をひらいた。

「戦争の利点は……」

周囲は静まりかえっている。プラデルは首を傾げ、黙って先をうながした。

「ひとりひとりの本性が……そこにあらわれるってことなんです」アルベールはなんとか言いきることができた。

プラデルの口もとに、再び薄笑いが浮かんだ。ときに唇は、定規で横に引いた一本線のようにも見えた。アルベールは不安のわけがわかった。プラデル大尉は、決して瞬きしないのだ。そのせいで、相手を射すくめるような目つきになる。あの手の動物は、涙も流さないんだろう、とアルベールは思った。そして思わず唾を飲みこみ、目を伏せた。


夢のなかで、ぼくはやつを殺している。銃剣で突き刺して。ときにはきみとぼくが、いっしょにいることもある。そしてやつをたっぷり痛めつけているんだ。軍法会議にかけられる夢もある。そして最後は、銃殺隊の前に立たされる。本当なら、目隠しは拒絶するところさ。勇敢に立ちむかわねば。でもぼくは、わかったと言う。銃を撃つのはやつひとりだからね。満足げな顔をして、笑ってぼくを狙うんだ……目が覚めてもまだ、やつを殺すことを夢見ている。でも、あのゲス野郎のことを思い出すとき、ぼくが考えるのはきみのことなんだ。こんな話をすべきじゃないのは、よくわかっているけれど……

憲兵は咳ばらいをした。

「いやまあ……大尉殿がご存じだとおっしゃるなら……」

ざわめきが戻った。最初はみんな小声だが、やがてがやがやと騒がしくなった。

アルベールがようやく目をあげると、プラデルの姿はなかった。憲兵はもう帳簿に取りかかっていた。

朝からみんな、喧騒のなかでわめき合っていた。復員センターには怒号が絶え間なく続いた。そうやって一日が終わると、苦悶する人々を落胆が襲った。窓口は閉まり、士官たちは夕食へむかう。疲れはてた下士官はカバンのうえに腰かけ、癖になっているのか、ぬるいコーヒーをふうふうと吹いた。事務局の机は片づけられてしまった。また明日だ。

列車は来ていない。もう来ないだろう。

今日のところはまだ。

でも、たぶん明日には。

それにぼくたちは、戦争が終わって以来、ただひたすら待っている。結局ここは、塹壕と大して変わらない。敵の姿は決して見えないけれど、ぼくらのうえにずっしりと重くのしかかってくる。みんなやつら次第ってことだ。敵、戦争、行政、軍隊。みんな、おんなじさ。さっぱりわけがわからないし、誰にも止めることができない。

やがて夜になった。すでに食事を終えた者たちは、食休みに考えごとをしたり、煙草を吸ったりしている。一日中、悪戦苦闘したあげく、大した成果もなかった。おれはなんて我慢強く、寛大なんだろうと思いながら。すべてが静まると、人々は一枚の毛布をいっしょに使ったり、余ったパンを分け合ったりした。みんな、靴を脱いだ。明かりのせいだろう、顔がやけに落ちくぼんで見える。なんだか、とても老けこんでしまったようだ。もうくたくただ。何カ月ものあいだ、ひたすら復員のために奔走しているのだから。この戦争から、決して抜けられないんじゃないか。カードゲームを始める者もいる。賭けるのは、サイズが小さすぎて交換できなかった軍靴だ。冗談を言って、笑っている。みんな、胸が一杯だった。

……戦争が終わったって、このありさまさ、ウジェーヌ。疲れはてた男たちはだだっぴろい共同寝室に詰めこまれ、着の身着のままで家に帰るのを待っている。声をかける者もいなければ、手を握ってあげる者もいない。凱旋門を建てようと新聞では言っているけれど、四方があいた寒い部屋にぼくらは押しこまれているのさ。〝フランスからの心よりの感謝を〟（これは《ル・マタン》紙で読んだんだ。誓って言うけれど、一語一句このとおりだった）だなんて、よけいな気づかいはいらないさ。五十二フランの退役一時金をけちり、服もスープもコーヒーも、満足に支給されないんだから。ぼくたちは、泥棒扱いされているんだ。

「家に帰ったら」とひとりが煙草に火をつけながら言った。「さぞかしお祭り騒ぎだろうな……」

誰も答えなかった。そんなわけないだろう、とみんな思っていた。

「故郷《くに》はどこだい？」別のひとりがたずねた。

「サン＝ヴィギエ＝ド＝スラージュさ」

「ふうん……」

そんな地名、聞いたことがない。けれどきれいな響きだった。

今日はこれくらいにしておこう。きみのことを考えている。早く会いたいな。パリに戻ったら、真っ先にそうするつもりだ。もちろん、セシルと再会したあとだけれど。そこはわかってくれるよな。お大事に。できたら手紙を書いてくれ。さもなければ、デッサンでも。とてもすばらしいよ、きみの絵は。全部とってある。そうとも。きみが大芸術家になったら、つまり有名になったらってことだけど、ぼくも金持ちになれるからね。

心からの握手を。

アルベール

あきらめに満ちた長い夜が終わり、朝になると、人々は伸びをした。まだ夜も明けきらないうちから、下士官たちはハンマーの音を鳴り響かせて紙を貼り出した。人々はいっせいに駆けつけた。列車は金曜日、二日後に到着だ。パリ行きの列車が二便。みんなこぞって自分の名前や友達の名前を探した。アルベールは脇腹を肘で小突かれたり、足を踏まれたりしながらも、じっと我慢していた。そして何とか人混みをかき分け、人さし指でリストの名前を追った。二枚目にはない。横歩きで移動し、三枚目をたしかめる。ようやく見つけた。アルベール・マイヤール。ぼくに間違いない。夜の列車だ。

金曜日、午後十時発。

移送証明書にスタンプを押してもらい、仲間といっしょに駅に行くには、たっぷり一時間前に出なくてはならない。セシルに手紙を書こうと思ったけれど、すぐに気が変わった。まだ知らせないほうがいい。これまでも誤報がよくあったから。

ほかの兵士たちと同じく、彼もほっとしていた。通知は取り消されるかもしれないし、間違いかもしれないけれど、ともかくひと安心だ。

アルベールは手紙を書いているパリ出身の男に荷物を預け、晴れ間を楽しんだ。雨は夜のうちにあがり、天気は回復にむかっている。雲のようすを見て、みんな口々に予想をした。気苦労の種は尽きないけれど、毎朝こんなだったら、生きているのも悪くないと感じられる。収容所《キャンプ》を囲む柵に沿って、いつものように何十人もの兵士たちが並んで、ようすを見に来た村人や銃に触りたがる少年たちとおしゃべりをしていた。いったいどこからどうやって、見物人たちがやって来るのかわからないけれど。見物人と言ったって、普通の人々だ。こんなふうに閉じこめられ、柵越しに外の世界と話をするなんて奇妙な感じだった。まだ煙草は残っている。アルベールが手放せないもののひとつだ。さいわい朝は昼間より、熱い飲み物が容易にもらえた。疲れきった兵士たちの多くは、コートにくるまったまなかなか起きる決心がつかず、いつまでも横たわっているからだ。アルベールは柵にむかい、煙草を吸ってコーヒーをすすりながらしばらくそこに留まった。頭上を白い雲が流れていく。彼は収容所《キャンプ》の入口まで歩いて、あちこちで人々と言葉を交わした。けれども、何もたずねようとはしなかった。あとは名前を呼ばれるのを、心静かに待っていようと決めていた。もう走りたいとは思わない。ようやく家に送り返されるのだ。最後の手紙でセシルは、電話番号を教えてくれた。帰還の日がわかったら、そこに電話して伝言をできるようにと。その手紙を受け取って以来、アルベールは電話したくてたまらなかった。早く帰ってきみに会いたいとか、ほかにもいろんなことをセシルに話したかった。けれどもそこはアマンディエ通りの角で金物屋をやっているモレオンさんの家で、電話をしても伝言を残すだけだ。そもそも電話をかけるには、電話機を見つけねばならない。それならぐずぐずしていないで、さっさと家に帰ってしまおう。

柵の前にはたくさんの人がいた。アルベールは二本目の煙草を吸いながら、ぶらぶらと歩いた。町の人々が集まって、兵士たちと話している。彼らは悲しげな顔をしていた。息子や夫を捜している女たちは、写真を高く掲げていた。やれやれ、干し草のなかから針を一本見つけるようなものだ。父親はいっしょでも、たいていうしろに控えている。駆けずりまわるのはいつも女たちだ。人々のあいだをたずねて歩き、静かな闘いを続けるため、なけなしの希望を胸に毎朝床を出るのだった。いっぽう男たちは、とっくの昔にあきらめていたけれど。たずねられた兵士たちはうなずき、曖昧な答えをした。写真はどれもよく似ていたから。

肩をぐいっとつかまれた。アルベールは振りむくなり吐き気をもよおした。心臓がばくばくと警報を発している。

「マイヤール、捜していたんだ」

プラデルはアルベールの腕に手をかけ、ぐいっと引っぱった。

「ついてこい」

アルベールはもうプラデルの部下ではないが、有無を言わせぬ勢いに気《け》おされ、背嚢を抱きかかえてあたふたとあとを追った。

二人は柵に沿って歩いた。

若い女は彼らより小柄だった。二十七、八歳というところだろう。あまり美人じゃないな、とアルベールは思った。けれど、とても魅力的だ。そこはたしかに、難しいところだが。上着は白貂《アーミン》の毛皮らしいが、アルベールには自信がなかった。前に一度、セシルが高級ブティックのショーウィンドウで、こんな毛皮のコートを指さしたことがあった。店に入って買ってあげられないのが、とてもつらかった。若い女はそろいのマフをはめ、うしろが広がった釣り鐘型の縁なし帽をかぶっている。簡素だが金のかかった着こなしだ。率直そうな顔をし、色の濃い大きな目の端には、細かなしわが数本よっている。睫毛は長く真っ黒で、口はこぶりだった。やっぱりあまり美人ではないが、うまく整えている。それにとても気丈な女性だということはひと目でわかった。

彼女は動揺しているようすだった。手袋をはめた手に持った紙切れをひらいて、アルベールに差し出した。

アルベールは平静を装おうと、紙切れを受け取って目をとおすふりをした。しかし本当は、読むまでもなかった。何が書かれているか、よく知っている。決まり文句だから。彼の視線が言葉を捉えた。〝フランスのために死亡〟〝死因：戦闘中の負傷……〟〝付近に埋葬〟

「こちらのお嬢さんは、きみの戦友について話を聞きたいそうだ。戦死した兵士なんだが」大尉は冷たく言った。

若い女はもう一枚、紙を差し出した。アルベールは危うくそれを落としそうになり、あわててつかんだ。女は「あっ」と声をあげた。

それはアルベール自身が書いた手紙だった。

拝啓
　わたしはアルベール・マイヤールといいます。息子さんのエドゥアールの友人です。こんなことをお知らせするのはとてもつらいのですが、息子さんは去る十一月二日の戦闘で亡くなりました。

彼は書類を若い女に返した。女は冷たくてやわらかい、しっかりした手を差し出した。

「わたしはマドレーヌ・ペリクールと申します。エドゥアールの姉です……」

アルベールはうなずいた。たしかにエドゥアールと彼女は似ている。まずは目が。けれどもそのあとは、どう続けていいのかわからない。

「ご愁傷さまです」

「彼女はモリウー将軍のご紹介で、わたしに会いにいらしたんだ……」とプラデルは言って、マドレーヌ・ペリクールのほうにむきなおった。「将軍はお父上と親しいんですよね？」

マドレーヌは小さくうなずいたが、目はアルベールを見つめたままだった。モリウーという名を聞いて、アルベールは胃のあたりがずっしりと重くなった。いったいどんな結末が待っているのだろう？　彼は不安でたまらなかった。怖じ気立つあまり、膀胱が気になるほどだった。プラデル、モリウー……いや、すぐに一件落着するはずだ。

「ペリクールさんは」と大尉は続けた。「かわいそうな弟さんの墓前で、黙禱《もくとう》を捧げたいと思っておられる。でも、どこに埋葬されているのかわからないので……」

ドルネー＝プラデル大尉はこっちをむけと言うように、兵士マイヤールの肩に重々しく手をかけた。それは親しげな動作にも見える。きっとマドレーヌは大尉のことを、とても人間的だと思っただろう。控え目ながら威嚇するような笑みを浮かべてアルベールを見つめる、この悪党を。アルベールは心のなかで、モリウーとペリクールの名を結びつけた。それから、〃お父上と親しい〃という言葉も……大尉がこうした人間関係に配慮したのは、想像に難くない。とっくに見抜いている真実を明かすより、マドレーヌ・ペリクールに力添えをするほうがうまみがあると考えたのだ。彼はエドゥアール・ペリクールが戦死したという嘘から、アルベールが抜け出せないようにした。これまでの行動から見てもわかるように、拳を握ったままにしておくほうが有利だと思えば、いつまでもそうしておく男なのだ、プラデルは。

マドレーヌ・ペリクールは必死なまでの期待をこめて、一心にアルベールを見つめた。そして話をうながすかのように、眉をひそめた。アルベールは何も言わず、ただ頭をふった。

「ここから遠いのですか？」と彼女はたずねた。

とてもきれいな声だった。アルベールが黙っているので、プラデル大尉がしかたなさそうにゆっくりと言った。

「弟さんのエドゥアールを埋葬した墓地は、ここから遠いのか。ペリクールさんはそうたずねておられるんだ」

マドレーヌは目で大尉に問いかけた。頭が鈍いの、あなたの部下は？　人の話が理解できないのかしら？　彼女はくしゃくしゃと手紙をたたんだ。目が大尉からアルベールへ、アルベールから大尉へと行ったり来たりしている。

「かなり遠いです……」とアルベールは答えた。

マドレーヌは安堵の表情を浮かべた。かなり遠いというのなら、行って行けないわけではないのだろう。いずれにせよ、兵士はこう言っていた。場所は覚えていますと。マドレーヌはひと息ついた。無理もない。ここへたどりつくまでに、ずいぶんあちこち駆けずりまわった。こういう状況だけに笑みこそ浮かべなかったものの、ほっと安心していた。

「行き方を説明してくださいますか？」

「それは……」アルベールはあわてて答えた。「ちょっとややこしいので……野原の真ん中ですから、目印を見つけるにも……」

「では、案内していただけませんか？」

「今から？」とアルベールは不安そうにたずねた。「だったら……」

「ああ、いえ。今からではありません」

マドレーヌ・ペリクールは勢いこんで答えたが、すぐに後悔して唇を嚙んだ。そして助け舟を求めるように、プラデル大尉のほうを見た。

そのとき、奇妙なことが起きた。誰もがはっと気づいたのだ。本当のところ、何が問題なのかを。

ひと言、ぽろりと口に出してしまえば、それで終わりだ。それで状況は一変してしまう。

例によって、真っ先に反応したのはプラデルだった。

「ペリクールさんは弟さんの墓前で、黙禱を捧げたいと思っている……」

彼はゆっくりと、力をこめて言った。まるでひとつひとつの音に、固有の意味があるかのように。

黙禱を捧げるだって？　なるほどね。だったらなぜ、今からじゃいけないんだ？

どうして待つ必要がある？

彼女が目的を果たすには、少しばかり時間がかかるからだ。それにおもてだたないよう、細心の注意も必要だ。

この数ヵ月、戦没者の家族は前線に埋葬された兵士の亡骸《なきがら》を回収したいと言っていた。わたしたちの息子を返せと。しかしどうにもしようがない。遺体はいたるところに埋まっているのだから。国の北部や東部には、急いで掘った仮の墓がいたるところ点々としている。何しろ死体は待っていてくれない。たちまち腐り出すし、ネズミもたかる。休戦が決まるや、家族は声をあげたが、国は断固拒絶した。よく考えれば無理もない、とアルベールは思った。兵士たちの墓を掘り返していいことにしたら、たちまち何十万もの家族がシャベルやつるはしを手に、国の半分を穴だらけにしてしまうだろう。どんな大混乱が起きることか。そして何千、何万という腐りかけの死体が運ばれていくのだ。来る日も来る日も駅に棺桶が集まり、今でさえパリとオルレアンを連絡するのに一週間もかかる列車に、それが積みこまれることになる。とうてい、不可能じゃないか。だから、どだい無理な話なのだ。それでも家族は納得できなかった。戦争は終わったのにおかしいと言い張った。生き残った兵士の復員手続きすら、満足に進められない政府なんだ。二十万か三十万か四十万か、数もわからない死体を掘り出して移送するなど、手のつけようがないだろう……実にやっかいな問題だ。

だからみんな、ただ悲しみに沈むだけだった。親たちはどことも知れない野原の真ん中に立つ墓の前まではるばる行って、黙禱を捧げる。そしてうしろ髪を引かれる思いで、帰っていくのだ。

あきらめをつけた家族の場合は。

というのも、なかにはあきらめの悪い、頑固な家族もあったから。無能な政府の言いなりになんかならないぞと彼らは思い、別の手段に出た。エドゥアールの家族もそうだったのだろう。マドレーヌ・ペリクールは、弟の墓前で黙禱を捧げに来たのではない。

弟の遺体を捜しに来たのだ。

遺体を地中から掘り出し、持ち帰るために。

そんな話は前にも聞いたことがある。闇の死体回収を専門に請け負う連中もいるくらいだ。トラック一台、シャベル一丁、つるはし一丁あればいい。あとは肝っ玉さえ太ければ。夜中に墓へ行き、手早く片づける。

「いつなら大丈夫かね?」とプラデル大尉はたずねた。「いつならペリクールさんが黙禱を捧げに行けるんだ、マイヤール?」

「よろしければ、明日にでも……」とアルベールはうつろな声で答えた。

「けっこうです」とマドレーヌ・ペリクールは言った。「明日にしましょう。車でまいります。どれくらいの時間がかかりそうですか？」

「はっきりはわかりませんが。一時間か、二時間か……もしかしたら、もっと……何時にいらっしゃいますか？」とアルベールはたずねた。

マドレーヌはためらった。しかし大尉もアルベールも黙っているので、思いきってこう答えた。

「午後六時ごろ、むかえにあがります。それでいいですか？」

それでいいかって？

「夜に黙禱を捧げるんですか？」とアルベールはたずねた。

思わず口から出てしまったのだ。言わずにはおれなかった。意志が弱いのだ。

彼はすぐに後悔した。マドレーヌが目を伏せたから。アルベールの問いかけに、困っているのではない。計算しているのだ。彼女は若いけれど、世の中のことは知っている。それに金持ちなのは、ひと目でわかる。白貂《アーミン》の毛皮、小さな帽子、きれいな歯。今の状況でこの兵士から協力を取りつけるのに、どれくらいの金額を提示すればいいのか考えているのだろう。

アルベールはうんざりだった。こんなことでお金をもらおうとしているなんて、思われてたまるか……マドレーヌが口をひらく前に、彼は言った。

「わかりました。では、明日」

そしてくるりとうしろをむくと、収容所《キャンプ》の小道を引き返した。

9

嘘じゃないさ、すまないと思ってる。またもやあのことを蒸し返すなんて……けれどもきみにははっきりわかってもらわねば。人はときに怒りや絶望、悲嘆にかられて決断をしてしまう。感情を抑えきれなくなることがあるんだ。わかるだろ、ぼくが何を言いたいのか。もう、どうしたらいいのかわからない。でも、何とかなるだろう……取り返しのつかないことなんかないはずだ。きみを説得できるとは思っていないさ。でもお願いだ、家族のことを考えてくれ。たとえ今のきみと再会したとしても、家族はきっと昔どおり愛してくれるだろう。昔に増してとまでは、言わないけどね。きみのお父さんはとても律儀で、とても献身的な人に違いない、きみが生きていると知ったら、お父さんがどんなに喜ぶか想像して欲しい。きみを説得できるとは思ってないけれど、ともかくそういうことなんだ。思うにここはひとつ、じっくり考えてみるべきじゃないかな。きみにお姉さんのマドレーヌの絵を描いてくれたよね。とてもすてきな人じゃないか。前が死んだという知らせを受けて、お姉さんがどんなに悲しんだか考えてくれ。そして今、なんたる奇跡か……

こんな手紙を書いても、何にもならないだろう。そもそも、手紙がいつ着くのかもわからない。二週間かかるのか、それとも四週間かかるのか。でも、賽《さい》は投げられた。アルベールは自分のために書いたのだし。エドゥアールが別人にすり替わる手助けをしたのは後悔していないが、最後までやり遂げないことにはどんな結果が待っているかわからない。けれども幸先は悪そうだ。彼は上着にくるまって、床に寝た。

アルベールは不安のあまり、夜中に何度も苛立たしげな寝返りを打った。

夢のなかで死体を掘り返していた。マドレーヌ・ペリクールはそれが弟ではないと、すぐに見抜いた。死体は大きすぎたり小さすぎたり、顔を見てすぐに別人だとわかったりした。それは老人の顔だったり、ときには掘り出した死体に死んだ馬の首がついていることすらあった。マドレーヌが彼の腕をつかみ、「弟をどうしたの？」とたずねる。ドルネー＝プラデル大尉も加勢した。とても青い彼の目が、懐中電灯のようにアルベールの顔を照らす。大尉の声はいつの間にか、モリウー将軍の声に変わっていた。「そうだぞ」と彼は怒鳴りつけた。「彼女の弟をどうしたんだ、兵士マイヤール？」

そんな悪夢にうなされながら、アルベールは夜明けとともに目を覚ましたのだった。収容所《キャンプ》中がまだ眠っているあいだ、アルベールはぼんやりともの思いにふけった。薄暗い大きな部屋や仲間たちの重苦しい寝息、屋根を打つ雨音のせいか、考えはどんどんと不吉な、悪い方向へとむかった。今までのことは後悔していないが、もうこれが限界だ。嘘で固めた手紙を小さな手でくしゃくしゃとたたむマドレーヌの姿が、繰り返し脳裏に浮かんだ。ぼくがしているのは、本当に思いやりがあることなんだろうか？　これからでも、すべてなしにできるのでは？　何かをするにも、それを取り消すにも、それぞれ同じだけのわけがある。だって善意からついた嘘をごまかすため、今さら死体を掘り返しになんか行けないじゃないか。意志が弱いばっかりについた嘘かもしれないが、どちらでも同じことだ。もし死体を掘り返さず、すべてを告白したら、ぼくは告発されるだろう。どんな罰を受けるのかはわからないが、重罪であることは間違いない。とんでもない事態になるぞ。

ようやく日が昇っても、アルベールはまだ何も決まらず、恐ろしいジレンマを断ち切るときを先延ばしにしていた。

目が覚めたのは、脇腹を蹴られたからだった。アルベールはびっくりして、あわてて体を起こした。すでに部屋中が喧騒に満ちている。まだ呆然としたまま周囲を見まわすと、突然プラデル大尉の険しい顔が、うえから睨みつけているのが見えた。大尉はアルベールの鼻先まで、ぐっと顔を近づけた。

プラデルはしばらくじっとアルベールを見つめていたが、やがて落胆のため息をつくと、平手打ちを喰らわせた。アルベールは反射的に身を守った。プラデルはにやりとした。わざとらしい、ぞっとするような笑みだった。

「おい、マイヤール、おかしな噂を聞いたぞ。きみの戦友エドゥアール・ペリクールが死んだそうじゃないか？　いや、本当にびっくりしたよ。というのも彼を最後に見たのは……」

　プラデルは古い記憶を呼び起こしているかのように、そこで眉をひそめた。

「……たしか軍隊病院だったからな。彼は移送されていくところだった。そのときはぴんぴんしていたよ。そりゃまあ、晴れやかな顔つきではなかったさ……はっきり言って、ちょっとばかし顔がやつれたように感じたがね。砲弾を歯で受けとめようとしたんだってな。なんて無謀なことを。わたしに相談してくれればよかったのに……だからって、まさか彼が死ぬとは考えられないな、マイヤール。そんなこと、思ってもみなかった。でも、間違いない。彼はたしかに死んだんだ。彼の死を家族に知らせる手紙を、きみが個人的に書いているくらいだから。なかなか名文じゃないか、マイヤール。すばらしいよ。古美術品並みだな、あれは」

　マイヤールの名を口にするとき、プラデルは最後の音節を嫌ったらしく伸ばした。そのせいで、いかにも嘲り、馬鹿にしているような感じになった。まるで〝マイヤール〟が〝犬の糞〟か何かと同義語であるかのように。

　彼は小声で、ほとんどささやくように話し始めた。怒り狂った男が、必死に自分を抑えようとしているみたいに。

「ペリクールがどうなったのかは知らないし、知りたくもないが、ご家族に力添えをするようモリウー将軍から頼まれたので、しかたなく考えたんだが……」

　この言葉は、どことなく質問のようでもあった。ここまでアルベールには、口をはさむ余地がなかった。プラデル大尉も、彼にしゃべらせるつもりはなさそうだった。

「すると解決策は二つしかない。真実を話すか、てっとり早く片をつけるかだ。真実を話せば、きみは面倒なことになる。何しろ身分詐称だからな。どうやったのかは知らないが、ブタ箱にぶちこまれるには充分だ。間違いなく十五年は喰らいこむことになる。けれどもきみは百十三高地の件で調査委員会を立ちあげろなどと、またぞろ言いだすかもしれない……要するにきみにとってもわたしにとっても、最悪の解決策というわけだ。だとすれば、残る解決策はあとひとつ。戦死した兵士がひとり欲しいっていうんだから、戦死した兵士をひとりくれてやればいい。それで一件落着だ。そうだろ？」

アルベールは大尉が言った初めのほうを、まだ消化している最中だった。

「よくわかりません……」と彼は答えた。

マイヤール夫人はこんな状況で、よく怒りを爆破させたものだ。

「まったくアルベールときたら、いつもこうなんだから。決心しなければならないとき、男だってところを見せねばならないときは、人のことなど気にしてはだめよ。わかりませんとか……考えてみなければとか……たぶん大丈夫ですとか……相談してみますとか……さあ、アルベール。決心しなさい。いいこと、人生には……」などなどと。

プラデル大尉にはマイヤール夫人に通じるところがあった。けれども彼はマイヤール夫人よりすばやく一刀両断した。

「きみがすべきことを説明しよう。さっさと片づけろよ。今夜ペリクールさんに、〝エドゥアール・ペリクール〟だという保証付きの立派な死体を返すんだからな。わかっているのか？　昼間のうちに準備しておけば、何の心配もなく出かけられる。だが、さっさと考えろよ。もしブタ箱のほうがいいっていうなら、いくらでも相談に乗るがね……」

アルベールは仲間にたずねて歩き、野原の墓地をいくつも教えてもらった。そうやって得た情報を、彼は検討した。もっとも大きい墓地は、ここから六キロのピエールヴァルにある。そこなら選りどり見どりだろう。彼は徒歩でむかった。

それは森のはずれにある墓地で、四隅に数十の墓が集まっていた。最初はきれいに並べて墓を立てようとしたのだが、次々に戦死者が運びこまれるものだから、着いたはしから適当に埋めていくしかなかった。墓のむきもばらばらだった。十字架が立っている墓もあれば、立っていない墓もある。それに崩れた十字架の墓も。名前が書かれているもの、木の板にナイフで〝兵士〟と彫っただけのもの。〝兵士〟というだけの墓は、何十もあった。兵士の名前を記した紙を瓶に入れ、逆さにして地面に突き立ててある墓もあった。下に誰が埋葬されているのか、あとからわかるように。

アルベールのことだからして、ピエールヴァルの墓地でにわか造りの墓のあいだを何時間も歩きまわり、あれでもないこれでもないとぐずぐずしかねなかった。けれども彼ははっとわれに返った。どうしよう？　遅くなるぞ。復員センターまで帰る道のりもあるからな。さっさと決めなければ。ふり返ると、十字架に何も書いてない墓が目にとまった。「これでいい」と彼は言った。

塀から板をはがし、古くぎを何本か引き抜いておいた。アルベールは石を拾って、エドゥアール・ペリクールの認識票の半分を打ちつけると、結婚式で写真を撮るみたいに数歩下がって出来をたしかめた。

　彼は良心の呵責に苛まれながら墓地をあとにした。たとえ善意で行ったことにせよ、嘘をつくのは嫌だったから。あの若い女のことを、エドゥアールのことを考えた。それに、たまたまエドゥアールの身代わりに指名されてしまった見知らぬ兵士のことを。もう、誰にも見つけてもらえない。今まではまだ、身元不明者のひとりだった。しかしこれからは、永遠に行方不明者のままだろう。

　墓地から遠ざかり、復員センターに近づくにつれて、これから待ち受けている危険がドミノ倒しさながら、脳裏に次々と浮かんだ。ただ黙禱を捧げるだけなら、これでうまく行くだろうが、とアルベールは思った。マドレーヌ・ペリクールが弟の墓に詣《もう》でたいというなら、墓を用意してやればいい。それが本当にエドゥアールの墓かどうかは重要じゃない。要は心の問題なのだから。しかし墓を掘り返すとなると、話がややこしくなる。穴の底に目を凝らしたら、何が見つかることやら。身元不明の遺体だけならまだいい。どのみち、死んだ兵士に変わりはない。けれども遺体といっしょに何か出てくるかもしれない。身のまわりの品とか、それとわかる特徴とか。単に死体が大きすぎたり小さすぎたりすることだってありうるだろう。

　しかしもう決めたことだ。アルベールはみずから墓を選んだ。よかれ悪しかれあとには引けない。彼はもう長いこと、運をあてにはしていなかった。

彼は疲れはてて復員センターに着いた。パリ行きの列車には、絶対に乗り遅れるわけにはいかない（本当に列車が来ればの話だが）。そのためには、遅くとも夜の九時には戻っていなくてはならなかった。収容所《キャンプ》はすでに沸き立っていた。何百人もの興奮した人々が早くも荷物をまとめ、歌ったり叫んだり、背中をたたき合ったりしている。もし予定の列車が着かなかったらどうなるだろうと、下士官たちは気が気でなかった。そんなことも、三回に一回はあったから。

アルベールは仮兵舎を出ると、ドアの前で空を見あげた。闇夜になってくれればいいけれど。


プラデル大尉は颯爽《さっそう》としていた。すばらしい伊達男ぶりだ。アイロンをかけたばかりの軍服。ぴかぴかに磨いたブーツ。あとはきらびやかな勲章でもぶらさげていれば、文句なしだろう。ほんの数歩歩いたかと思うと、もう十メートルも先にいる。アルベールはじっとしていた。

「早く来い」

夕方の六時をまわったころ、トラックのうしろにゆっくりとリムジンがまわりこんだ。軽やかなエンジン音が響き、消音器《マフラー》からふんわりとした煙が出るのが見えた。タイヤひとつの値段だけでも、アルベールが一年間暮らせるだろう。彼は貧乏を実感し、悲しくなった。

大尉はトラックのところまで行っても立ちどまらず、そのままうしろのリムジンにずんずんと近づいた。そっとドアがあく音がしたけれど、女は姿をあらわさない。

トラックの運転席に陣取っているのは、汗臭いひげ面の男だった。三万フランはしそうな、ベルリエCBAの新車だ。男の闇商売は、なかなか実入りがいいらしい。何度もやり慣れているのがひと目でわかる。自分自身で判断したことしか信じないタイプだ。男は窓越しにアルベールを頭のてっぺんから爪先までじろじろと見まわし、ドアをあけた。そしてトラックから飛びおりると、アルベールを脇に呼んでぐいっと腕をつかんだ。ものすごい握力だ。

「いっしょに来たら、あんたも共犯だぞ。わかってるのか？」

アルベールはうなずいて、リムジンをふり返った。消音器《マフラー》はまだふんわりとした白い蒸気を吐き出している。ちくしょう、みじめな数年間をすごしたあとだからか、あの穏やかな排気音がとても残酷に聞こえる。

「ところで」と運転手は声をひそめた。「あんたはやつらからいくらもらうんだ？」

この手の男に無欲なところを見せると、かえって反感を買いかねない。アルベールはそう思ってすばやく計算した。

「三百フラン」

「おめでてえな」

けれども運転手の顔には、うまく立ちまわった満足感があらわれていた。ケツの穴の小さいやつめ。自分の成功と同じくらい、他人の失敗が嬉しいのだろう。運転手はリムジンのほうに体をむけた。

「見ただろ？　あの女、毛皮なんか着こんで。たっぷり持ってるんだ。四百くらいふっかけたってよかったのに。いや、五百だって」

自分はいくらで引き受けたのか、今にも言いだしそうな勢いだった。いや、ここは慎重にふるまわねば。男はアルベールの腕を放した。

「さあ、ぐずぐずしちゃいられない」

アルベールもリムジンをふり返った。若い女はあいかわらず出てこない。ひと言挨拶かお礼の言葉があってもよさそうなものを、何もなしか。ぼくなんか、ただの使いばしりってわけだ。

アルベールが乗りこむと、男はトラックを発進させた。リムジンもうしろからついてくる。たっぷり距離をあけているのは、万が一憲兵がトラックをとめて訊問しても、リムジンのほうはそのまま知らないふりをして通りすぎて行けるようにだろう。

あたりはすっかり暗くなった。

トラックの黄色いヘッドライトが道を照らしだしているけれど、車のなかは足もとも見えないほどだった。アルベールは片手をダッシュボードのうえにつき、フロントガラスのむこうに目を凝らしながら、「右に曲がって」とか「こっちから」とか指示をした。道に迷うのが心配だった。墓地が近づくにつれ、不安感が高まった。そこで彼は覚悟を決めた。もしも面倒な事態になったら、走って森に逃げればいい。運転手は追いかけちゃこないだろう。さっさと車を出して、闇商売仲間が待っているパリに引き返すだけだ。でもプラデル大尉なら、追ってくるかもしれない。やつは前にも反射神経のいいところを見せたからな。どうしよう？　とアルベールは思った。小便が漏れそうになるのを、彼は必死にこらえた。

トラックは最後の坂をのぼった。

墓地は道に沿って続いていた。運転手はあれこれ操作をして、車を坂道にとめた。帰りはクランクハンドルをまわさなくても、ブレーキを緩めれば車が下り始めてエンジンがかかるように。

エンジンがとまると、外套がうえからかぶさるみたいに、奇妙な静寂があたりを包んだ。大尉がすぐにドアから姿をあらわした。運転手は墓地の入口で見張りに立つことになった。そのあいだに墓を暴いて死体を掘り出し、トラックからおろした棺桶に納めれば、それでいっちょうあがりだ。

マドレーヌ・ペリクールのリムジンは闇のなかにうずくまり、今にも飛びかからんと身がまえる野獣のようだった。女はドアをあけ、おりてきた。とても小柄だ。なんだか昨日会ったときよりも、ずっと若そうに見えた。大尉は彼女を支えようと、体を動かしかけた。けれども彼がひと言発する間もなく、マドレーヌは決然とした足どりで歩き出した。こんな時間、こんなところにいるには、彼女はとても場違いだったので、男たちはただ黙っていた。マドレーヌは小さく顔を動かし、開始の合図をした。

さあ、始めよう。

運転手はシャベルを二本運び、アルベールはたたんだ防水シートを抱えた。掘った土をそのうえに置いておけば、てっとり早く埋めなおせる。

ぼんやり明るい夜の闇のなかに、土を盛りあげた何十もの墓が右から左へ並ぶのが見えた。まるで巨大なモグラが野原を掘り返したかのように。大尉は大股でずんずんと歩いた。死者に対しても自信たっぷりな男なのだ。そのうしろにアルベール、若い女、運転手と続いた。マドレーヌという名前は悪くないな、とアルベールは思った。祖母と同じ名前だ。

「どこなんだ？」

この通路、あの通路と、さっきからずっと歩いている……たずねたのは大尉だった。彼は苛立たしげにふり返った。ささやくような声だったが、腹を立てているのがよくわかる。こんなこと、さっさと片づけたいのだ。アルベールはあたりを探した。あれだと指をさしかけて、間違いに気づく。ここはどこなのだろう。彼は考えこんだ。やっぱりここじゃない。

「あちらです」ようやくアルベールは答えた。

「間違いないんだろうな？」運転手も疑わしそうにたずねた。

「大丈夫」とアルベールは答えた。「あちらです」

みんな葬式のように、小声で話し続けた。

「さあ、早く」大尉が急《せ》かした。

ようやく墓の前に出た。

十字架に小さなプレートが打ちつけてある。エドゥアール・ペリクールの認識票だ。

男たちが脇によけると、マドレーヌ・ペリクールは前に進み出た。彼女はそっと涙していた。運転手は早くもシャベルを置いて、入口の見張りにむかった。暗い夜だった。若い女のはかなげな人影がぼんやりと闇に浮かぶほかは、誰がどこにいるかもほとんどわからない。アルベールとプラデルも、彼女のうしろでうやうやしく頭《こうべ》をたれた。けれども大尉は、落ち着かなげにあたりを見まわした。この状況はどうも気に入らない。アルベールが主導権を握っているなんて。大尉は手を伸ばし、マドレーヌ・ペリクールの肩にそっと触れた。彼女はふり返ると大尉を見つめ、うなずいてうしろにさがった。大尉はアルベールにシャベルを一本手渡し、自分ももう一本のほうをつかんだ。マドレーヌが墓の前から離れると、二人は掘り始めた。

ずっしりと重い土で、掘るには時間がかかった。あわただしい前線の近くでは、遺体が深く埋められることはない。翌日にはネズミに嗅ぎつけられることすらあった。だからあまり掘らないうちに、何か見つかるはずだ。アルベールは不安でたまらず、ときおり手を休めては耳を澄ました。枯れかけた木のそばに、マドレーヌ・ペリクールが立っている。彼女も緊張気味らしく、まっすぐに体を伸ばしてせかせかと煙草をふかしている。アルベールはびっくりした。マドレーヌみたいな女性が、煙草を吸うなんて。プラデルもちらりと目をやり、さあ、遅くなるぞと言った。そして二人はまた仕事を続けた。

土の下にある遺体に触れないようシャベルを振るわねばならないのも、手間取る一因だった。掘った土が防水シートのうえに積みあがっていく。ペリクール家の人々は遺体をどうするつもりなんだろう、とアルベールは思った。自宅の庭にでも埋葬するのだろうか？　今日みたいに、夜のうちに？

彼はまた手を休めた。

「早くしろ」大尉が体を乗り出し注意した。

彼はそれをとても小さな声で言った。マドレーヌに聞かれたくないのだろう。遺体の一部らしいものが見えてきた。何だかはよくわからない。ここからが難しいところだ。遺体を傷めないよう、うえの土だけを取り除かねばならない。

アルベールはそろそろと始めたが、プラデルは痺れを切らせた。

「さっさとやれ」彼は声をひそめて言った。「もう危ないことは、何もないんだ」

屍衣代わりの上着がシャベルにひっかかり、一部が剝がれた。強烈な腐臭が鼻をつき、大尉は思わず顔をそむけた。

アルベールも一歩うしろにしりぞいたものの、腐りかけた死体の臭いは戦争中ずっと嗅いできた。とりわけ、担架係をしていたときには。病院でエドゥアールの看病をしていたときもだ。突然、彼のことを思い出し……アルベールは顔をあげて、マドレーヌのほうを見た。墓からかなり離れているのに、鼻にハンカチをあてていた。弟をとても愛していたんだな、とアルベールは思った。プラデルはぐいっと彼を押しのけ、穴から離れた。

大尉はすたすたとマドレーヌに近寄り、肩に手をかけて墓に背をむけさせた。アルベールは死臭に包まれ、ひとり穴のなかにいた。マドレーヌはいやいやをするように首をふり、こちらに近づこうとした。アルベールはどうふるまったらいいかわからず、ただじっとしていた。彼を見おろすプラデルの背の高い人影に、さまざまな記憶がよみがえった。同じような浅い穴の底で、今みたいに立ちつくしていたときのこと。あたりは寒かったけれど、恐怖の冷や汗が噴き出たこと。ぼくは穴の底にいて、大尉は両脚を広げ、うえから眺めている。するとあの出来事が思い出されて、喉が詰まるほどだった。今にもうえから土をかけられ、生き埋めにされるような気がして体が震え始めた。それでも彼は友のこと、エドゥアールのことを思って力をふり絞り、身をかがめて作業を続けた。

なんとも胸を引き裂かれる光景ではないか。アルベールはシャベルの先で、注意深く土を掻いた。粘土質の土が腐敗を妨げていたのと、死体が上着にしっかりくるまれていたせいで、まだ腐りきってはいなかった。布地には粘土が張りつき、脇腹が見えている。黒い腐った肉片がこびりついた黄色っぽい肋骨には、食べる部分が残っているからだろう、蛆がびっしりとたかっていた。

むこうで叫び声が聞こえ、アルベールは顔をあげた。マドレーヌがすすり泣いている。大尉は彼女を慰めながら、肩ごしにアルベールに合図した。おい、さっさとやれ。何をぐずぐずしているんだ？

アルベールはシャベルを投げ捨てると、穴から出て走り始めた。心はぼろぼろだった。もうたくさんだ。あの戦死した哀れな兵士も、人の苦しみを商売にする運転手も、誰の死体でもいいからさっさと棺桶に突っこもうとしている大尉も……それに、本物のエドゥアール。顔をめちゃめちゃにされ、死体みたいな腐臭を放ちながら、病室でベッドにくくりつけられていた彼のことも。必死に戦ったあげくがこれかと思うと、情けなくなった。

運転手はアルベールがやって来るのを見て、安堵のため息をついた。彼はまたたく間にトラックの幌をあげ、鉄棒をつかんで奥にある棺桶の取っ手にひっかけると、力いっぱい引き寄せた。運転手が棺桶の前、アルベールがうしろを持って、墓へとむかった。

運転手がずんずんと歩くものだから、アルベールは息を切らした。むこうは慣れているからいいものの、アルベールのほうは必死に早足で歩かねばならない。おかげで何度も手を滑らせたり、転びそうになったりした。ようやく墓の前に着くと、あたりには激しい悪臭が漂っていた。

それは金色の取っ手がついたオーク材製のすばらしい棺桶で、ふたには錬鉄の十字架が張りつけてあった。墓地に棺桶はつきものだとはいえ、まわりの景色にそぐわない豪華さだ。こんなしろもの、戦場ではそうそう目にしない。どてっぱらに穴をあけられた無名戦士というより、自宅のベッドで息を引き取るブルジョワのための棺桶だ。アルベールはしばしそんな哲学的瞑想にふけった。まわりでは、さっさと片づけようと急いでいた。

棺桶のふたをはずして脇に置く。

運転手は、死体が横たわる穴に飛びこんだ。体を乗り出して上着の端を素手でつかむと、目で助けを求めた。もちろん、視線はアルベールにむかっている。ほかに誰がいるっていうんだ？　アルベールは一歩前に出て、穴に入った。不安が胸にこみあげる。びくついているのがよほど態度に出ていたのだろう、運転手がたずねた。

「おい、大丈夫か？」

二人は同時に腰をかがめた。腐臭が顔を直撃する。服の端を持って一回、二回と勢いをつけ、いっきに死体を持ちあげて墓の脇に置いた。ぐしゃっと嫌な音がした。重くはなかった。もう子供の体重ぶんぐらいのものしか、残っていなかったから。

運転手はすぐにうえにあがった。アルベールもほっとしてそれに続いた。二人でまた上着の端をつかみ、死体を棺桶に投げこんだ。ぐしゃっという音も、今度はさっきより鈍かった。運転手はたちどころにふたを閉めた。もしかすると穴には、作業の途中にはずれた骨がまだ何本か残っているかもしれない。でもまあ、かまわないさ。死体の使い道から言って、これだけあれば充分だ。運転手も大尉も、そう考えているらしい。アルベールはマドレーヌ・ペリクールを目で捜した。彼女はもうリムジンに乗っていた。とてもつらい体験をしたばかりなのだ。ひどいとは言えないだろう。弟が蛆の群れになってしまったのだから。

ここではふたに釘を打たないことにしよう。大きな音がしすぎる。街道に戻ってからでいい。運転手はとりあえず、二本の太い布のベルトを棺桶のまわりに巻いてふたをとめ、臭いがトラックのなかにあまり広がらないようにした。急いでトラックまで引き返さねば。アルベールがひとりで棺桶のうしろを持ち、あとの二人が前を持った。大尉は煙草に火をつけ、ほっとしたように煙を吐いた。アルベールは疲れはてていた。腰のあたりがずきずきする。

棺桶をトラックの荷台に積みこむときも、運転手と大尉が前を担当した。うしろはいつもアルベール、そこが彼の定位置というわけだ。えいっと再びかけ声をかけて持ちあげ、荷台の奥に押しこんだ。鉄の床に棺桶がこすれる音がした。ともあれ、これで一段落だ。さっさと退散しよう。うしろでリムジンが鈍いエンジン音をあげていた。

マドレーヌがこちらにやって来る。今にも消え入りそうなようすだ。

「ありがとうございます」と彼女は言った。

アルベールは何か答えようとした。しかしその間もないうちに、マドレーヌは彼の腕を取った。手首をつかんで手をひらかせ、お札を何枚か握らせると、うえから自分の手で包む。そんな単純な動作がアルベールには……

マドレーヌはもうリムジンに引き返していた。

運転手は棺桶をロープで荷台の枠に縛りつけ、がたがたと動かないようにした。プラデル大尉がアルベールに合図した。墓地を指さしている。急いで穴を埋めなおさねばならない。墓が暴かれたままだったら憲兵の目にとまり、すわとばかりに捜査やら何やらが始まるだろう。

アルベールはシャベルをつかんで、小道を走り出した。けれどもふと疑念に駆られ、うしろをふり返った。

彼はひとりきりだった。

三十メートルほど先の街道から、走り去るリムジンのエンジン音が聞こえた。そのあと、坂道を下り始めるトラックの音も。

一九一九年十一月

10

アンリ・ドルネー＝プラデルはゆったりとした革の肘掛け椅子に腰かけ、右脚をむぞうさに肘掛け越しに投げ出した。伸ばした腕の先に、年代ものの高級ブランデーを注いだ大きなグラスを掲げ、光にかざしてゆっくりとまわす。彼は人々の話を、わざと無関心そうに聞いていた。おれはいっぱしの〝すれからし〟だと言わんばかりに。彼はこんな類の、ちょっと俗っぽい表現が好きだった。まわりの耳を気にする必要がなければ、粗野な言葉づかいもしただろう。わけもわからず聞いている人々を前に、しれっとした顔で下品な罵詈雑言を並べ立てる快感に酔いしれたかもしれない。

それには、あと五百万フランは必要だ。

五百万フランあれば、なに恐れることなく好き勝手ができる。

プラデルは週に三日、パリのジョッキークラブに通った。特に気に入ったからではなく――むしろ、期待したほどではなかった――いつかのぼりつめようと飽かず夢見ている上流社会のシンボルだったから。グラスや壁掛け、絨毯、金箔、従業員の品位、馬鹿高い年会費がもたらす満足感に加え、さまざまな人々と知り合うチャンスが得られることも大きな魅力だった。何とか入会を認められたのは四カ月前だ。ジョッキークラブのボスたちは、彼を警戒していた。しかしここ数年は、死屍累々《しかばねるいるい》だ。新興の金持ちをすべてふるい落としていたら、クラブはホテルのロビーと変わらなくなってしまう。それにプラデルには、無視しがたいうしろ盾がいくつもついていた。義父には誰も異を唱えることができないし、モリウー将軍の孫フェルディナンとも親しい。フェルディナンは遊び好きの落ちこぼれだが、人脈だけはたっぷり持っていた。環がひとつ欠けただけで、鎖は用をなさなくなる。人材不足のご時世には、そんな事態に陥るものだ……少なくともドルネー＝プラデルには、由緒正しい名前があった。やまっ気《け》がふんぷんとするけれど、貴族の出に違いはない。こうして彼は最終的に、ジョッキークラブへの入会を許されたのだった。ともあれ現会長のド・ラ・ロッシュフーコー氏は、長身の若者が疾風のようにサロンを駆け抜けるさまも、それほど悪くないと思っていた。勝者はどこか醜いというけれど、プラデルの尊大な態度を見れば、なるほどそのとおりだ。いささか品はないが、彼は英雄だった。上流社会では美人と同じように、つねに英雄が必要とされる。今日日《きょうび》、彼くらいの歳の男たちは、たいてい腕の一本、脚の一本くらいは欠けている。どちらもそろっていれば、それだけでも見栄えは充分だ。

今までのところドルネー＝プラデルにとって、大戦はいいことずくめだった。彼は除隊するや、軍事物資の回収と転売事業に乗り出した。何百ものフランス車、アメリカ車、エンジン、トレーラー。何千トン分もの木材、布、防水シート、道具、鉄屑、ばらした部品。国はこうした用済みの物資を、処分せねばならなかった。そこでプラデルがまとめて買い上げ、鉄道会社や輸送会社、農業関連の企業などに転売したのだ。儲けはかなりのものになった。貯蔵庫の管理は、賄賂《わいろ》やリベートの温床だったからだ。交渉しだいでは、三台のトラックを一台分、五トンの物資を二トン分の値段で買いつけることができた。

モリウー将軍のあと押しと、国の英雄というステータスにより、ドルネー＝プラデルには多くの扉がひらかれた。退役軍人国家連合――この会は労働者のスト破りで政府に協力し、存在感を示した――で果たした役割も、彼に多くの補足的支持をもたらした。おかげで、すでに大量のストックを売りさばくことができた。借金で集めた数万フランでまとめ買いした物資が、転売によって数十万フランの利益をもたらした。

「やあ、来たな」

レオン・ジャルダン＝ボーリューだ。有能な男だが、生まれつき背が低かった。皆よりも十センチは小柄だろう。大した差ではないと言えるかもしれないが、その差が彼には耐えがたかった。だからこそ彼は、周囲の評価を追い求めた。

「やあ、アンリ」と彼は軽く肩を揺すりながら答えた。そうすれば、少しは背が高く見えると思っているのだ。

ジャルダン＝ボーリューにとってドルネー＝プラデルをファーストネームで呼ぶことは、何ものにも代えがたい喜びだった。そのためには、親を売ってもいいくらいだ。いや、もうとっくにそうしていたけれど。自分も皆と同じだと思いたいがために、皆と同じような口調を装っている。無造作な握手をしながら、プラデルはそう思った。そして声をひそめ、緊張気味にたずねた。

「それで？」

「あいかわらず、皆目《かいもく》だな」とジャルダン＝ボーリューは答えた。「何も伝わってこない」

プラデルは苛立ったように、片方の眉を吊り上げた。彼は部下に対し、言葉を使わずにメッセージを伝えるのがうまかった。

「ああ」ジャルダン＝ボーリューは謝った。「わかっているんだが……」

プラデルは恐ろしく気が短かった。

数カ月前、国は前線に埋葬されている兵士の亡骸を掘り出す作業を、民間会社に委託する決定をした。回収した遺体は、広大な戦没者追悼墓地に集める計画だ。〝できるだけ数は少なく、できるだけ大きな墓地を造ること〟が望ましいと、大臣命令も謳《うた》っていた。兵士の遺体は国中に散らばっている。前線から数キロ、ときには数百メートルのところにある仮の墓地に。そうした場所も、これからは農地にしていかねばならなかった。数年前、戦争が始まったころからすでに、戦死した兵士の家族は息子の墓前で黙禱を捧げたいと求めていた。墓地の再編計画は、希望する家族にいつか遺体を返すことも視野に入れていた。しかし広大な墓地がひとたび完成し、英霊たちが〝共に戦った戦友とともに〟眠ることになれば、家族の熱意も静まるだろうと政府は思っていた。個別に遺体を移送すれば国の財政にとって大きな負担になるし、衛生上の問題もある。膨大な費用のかかる大仕事だが、ドイツが賠償金を支払わない限り国庫はからっぽのままだ。

墓地の再編は愛国精神にもとづく一大事業だが、その先には悪くない儲け口が連なっていた。まずは何十万もの棺桶を作らねばならない。ほとんどの兵士が上着にくるまれただけで、そのまま地中に埋められたから。何十万もの遺体をシャベルで掘り出さねばならないし(細心の注意を払うようにと、命令書にもはっきり書かれている)、棺に納めた遺体を何十万回とトラックで出発駅まで運び、到着先の墓地で再び何十万回と埋めなおさねばならない。

この市場に食いこめたら、数千の死体を掘り返すのは一体数サンチームで中国人労働者にやらせればいい。手持ちの車で腐りかけの遺体を運び、それをセネガル人労働者がずらりと並んだ墓に埋める。立派な十字架は高値で売りつけよう。これで三年以内に、サルヴィエールにある一族の屋敷をきれいに修繕できる。金がかかるからな、あの屋敷は。

遺体ひとつにつき、八十フランの売り上げになる。経費は二十五フランほどだから、二百五十万フランの儲けが見こめるぞ。

役所がさらにうちうちで発注してくれれば、リベート分を差し引いても五百万近くまで持っていけるかもしれない。

こいつはでかい市場だ。こと商売に関して言うなら、戦争には多くの利点がある。終わったあとあとまでも。

プラデルは父親が代議士のジャルダン＝ボーリューから情報を得て、いろいろと先を読むことができた。復員するとすぐにプラデル社を設立した。ジャルダン＝ボーリューとモリウーの孫が五万フランずつ出資し、貴重な人脈を提供した。プラデルはひとりで四十万を負担し、社長に収まった。これで利益の八十パーセントが彼のものとなる。

市場入札審議会が今日ひらかれ、午後二時から多数決に入っている。プラデルは裏工作と十五万フランのリベートで、審議会を押さえていた。三人のメンバーは（そのうち二人は彼の配下にある）さまざまな提議を検討したうえで、まったく公平な立場から、プラデル社の見積もりが最良だと結論づけるはずだ。埋葬準備課の倉庫に預けられたプラデル社の棺桶見本も、祖国のために亡くなったフランス兵の威厳にもっともふさわしく、国の財政に適しているとされるだろう。これによってプラデルは、多くの地区を任される。うまくすれば十地区。いや、それ以上かもしれない。

「役所のほうは？」

ジャルダン＝ボーリューのちまちまとした顔に、笑みが広がった。

「そっちは大丈夫だ」

「大丈夫なのはわかってる」とプラデルは苛立ったように言った。「問題は、いつになるかだ」

気になるのは市場入札審議会の決議だけではない。今回の戦没者追悼墓地建設にあたっている年金省の担当部署には、緊急性や必要性に応じて競争入札を経ずに、業者と直接交渉する権限が与えられていた。そうなれば、プラデル社がいっきに市場を独占することも可能だ。

ほとんど好きなだけ、費用を請求できる。死体ひとつにつき、百三十フランまでも……

プラデルはなにげない風を装った。緊迫した状況でも、大物はあわてず騒がずだとでもいうように。けれども実際は、とてつもなく苛ついていた。悲しいかなジャルダン＝ボーリューは、プラデルの質問にまだ答えられなかった。笑顔が凍りつく。

「それは、まだ何とも……」

彼は蒼白だった。プラデルはぷいっと目をそむけた。さっさと失せろ、という意味だ。ジャルダン＝ボーリューは撤退を決めこみ、誰か知り合いに気づいたふりをして、広いサロンの反対端にすごすごとむかった。プラデルはそのうしろ姿を眺めた。あいつ、靴の踵にインソールを入れてるな。背が低いことにコンプレックスを感じているせいで、冷静が保てないんだ。それさえなければ、もっと切れ者になれただろうに。プラデルが彼を計画に誘ったのは、有能だからというわけではない。ジャルダン＝ボーリューには、二つの貴重な取り柄があった。代議士の父親と、美人の婚約者だ。婚約者は褐色の髪ときれいな口もとをした娘だが、貧しい家の生まれだった（さもなければ、誰があんなチビを受け入れるものか）。ジャルダン＝ボーリューは数カ月後に、彼女と結婚する予定だった。でもこの女、あまり乗り気じゃなさそうだな、とプラデルは最初に紹介されたときに思った。美貌を売り物に、お金目当ての結婚をするのが嫌なのだ。こういう女を相手にすると、あとでしっぺ返しを喰らうことになる。ジャルダン＝ボーリュー家のサロンで彼女を見たら――馬を見るのと同じくらい女を見る目がある、とプラデルは自負していた――結婚式を待たずに落とせると確信しただろう。

プラデルは高級ブランデーのグラスに目を戻し、どんな作戦を取ろうかとまたしても考え始めた。

それほどたくさんの棺桶を作るには、専門の下請け業者を数多く使わねばならないが、それは国との契約で固く禁じられている。しかしことが順調に運んでいる限り、誰も細かく調べようとはしないだろう。目をつぶっているほうが、みんなにとって得なのだから。重要なのは――その点では意見が一致している――数は少なくても充分に広い立派な墓地を、ほどほどの期間で国に提供すること、そうしてひとりひとりが、先の大戦を不幸な思い出として片づけられるようにすることなのだ。

ついでにプラデルも高級ブランデーを手に、ジョッキークラブのサロンで誰に気兼ねをすることなく、堂々とげっぷを出せるようになる。

こんなことを考えていたせいで、プラデルは義父が入ってくるのに気づかなかった。あたりが急に静まったので、彼は自分のヘマに感づいた。司教が大聖堂に入ってきたように、静寂のなかに軽いざわめきが漂っている。しまったと思ったときには遅すぎた。義父の前でこんなだらしないかっこうをしていれば、敬意に欠けると見なされる。それは許されることではないだろう。けれどもあわてて姿勢をととのえれば、義父に頭があがらないとみんなの前で認めたことになる。プラデルは挑発よりも屈辱を選んだ。そのほうが高くつかないと踏んだからだ。彼はありもしない肩の埃をはたきながら、できるだけなにげなく体をうしろにずらした。そして右脚を床におろし、愛想よく肘掛け椅子から立ちあがった。この屈辱はいつか晴らしてやるからなと、心のなかでリストに書きこみながら。

ペリクール氏はゆっくりとした温厚な足どりで、ジョッキークラブのサロンに入ってきた。彼は娘婿の小芝居には気づかなかったふりをし、いつかこの借りは返してもらおうと思った。そしてテーブルをまわっては、愛想のいい専制君主のやわらかな手で握手をし、威厳に満ちたようすで居合わせる人たちの名を呼んだ。こんにちは、バランジェ、やあ、フラピエ、そこにいたのか。こんばんは、ゴダール。ときには彼なりにユーモラスな表情を作って、おや……たしかきみはパラメード・ド・シャヴィーニュだったね、などと言うこともあった。けれどもプラデルの前まで来ると、謎めかしたしたい、い、顔で瞬きをすると、そのままサロンを横切り、暖炉のほうへ行ってしまった。そしてわざとらしく満足げに手を広げ、暖炉にかざした。

ふり返ると、ペリクール氏の目に娘婿の背中が映った。こんな位置に陣取ったのも戦略のうちだ。背後から観察されていると感じると、とても落ち着かないものだから。彼ら二人の駆け引きを見れば、チェスの試合が今始まったところなのだとよくわかる。これから次々に、新たな展開があるだろうということも。

彼らが互いに抱く嫌悪感は本能的なものだった。それは静かに、しかし頑としてそこにある。二人はこれからもずっと、憎しみ合うだろう。ペリクール氏はプラデルが質《たち》の悪い男だとひと目で見抜いたが、マドレーヌが彼に夢中になることに異を唱えなかった。誰も口には出さないが、二人がいっしょにいるところを見ればすぐにわかった。プラデルは彼女にうまく取り入っていた。いずれ彼女は我慢できなくなるだろう。あの男が欲しい、欲しくてたまらないのだと。

ペリクール氏は娘を愛していた。もちろん、彼なりのやり方でだが。しかもそのやり方は、あまりあからさまなものではなかった。アンリ・ドルネー＝プラデルなんかに入れこまなければ、娘の幸福を素直に喜んだだろう。マドレーヌ・ペリクールは大金持ちの娘らしく、欲しいものは何でも手に入れないと気がすまなかった。とりわけ美人というほどでもないが、言い寄る男はたくさんいた。けれども彼女は馬鹿じゃない。亡くなった母親に似て怒りっぽいところはあるが、性格はしっかりしていて、誘惑に負けることはなかった。戦争前は、男たちをずいぶんと袖にした。どうせみんな彼女のことは、さして美人だと思っているわけじゃない。けれども持参金につられて近づいてくるケチな野心家どもだ。彼らを遠まわしにはねつける、有効な手も心得ていた。何度も求婚されるうち、いささか自信過剰になってしまったのだろう、戦争が始まったときは二十五歳だった彼女は、弟の死とともに戦争が終わったとき、三十歳になっていた。喪に服すのはつらかった。そんなこんなで、彼女はいっきに老け始めた。だからだろうか、三月にアンリ・ドルネー＝プラデルと出会い、七月に結婚したのだった。

そんなにすばやくことを運ぶとは、アンリのやつ、いったいどんな魔法をつかったのだろうと、男たちは不思議がっていた。たしかに見た目は悪くないが、でも……そう思ったのは男だけだ。女たちはよくわかっていたから。彼の物腰、波打つ髪、青い目、広い肩幅、浅黒い肌を見れば、マドレーヌ・ペリクールが手を出したくなったのも無理はない。そしてすっかり魅了されてしまったのだと。

ペリクール氏はくどくどと言わなかった。初めから負け戦と決まっている。被害を最小限に食いとめる策を講じておくだけでよしとしよう。それはブルジョワ社会で、夫婦財産契約と呼ばれている。マドレーヌも反対のしようがなかったが、娘婿のほうは顧問公証人が用意した契約内容を見て不満げな顔をしていた。二人の男は賢明にも、ただ黙ってにらみ合っただけだった。マドレーヌは自分の財産をそのままひとりで保有し、結婚後に作られた資産についてはすべて夫と共同名義にする。彼女は、父親がアンリを信用していないのだとわかった。契約内容がいい証拠だ。でもこんなに財産があれば、慎重を期すのが習い性というものだ。だからって何も変わりはしないわ、とマドレーヌは笑って夫に説明した。いや大違いだ、とプラデルにはわかっていた。

初めプラデルは騙されたような、努力が充分報われなかったような気がした。多くの友人たちが結婚によって、おいしい思いをしていた。そう簡単に手に入るものではないし、巧妙にことを運ばねばならないが、うまくやりとげれば宝の山だ。あとはすべて好きにできる。しかし結婚はプラデルに、いささかの変化ももたらさなかった。たしかに暮らしぶりは申し分ない。彼は充分その恩恵に浴した。生活だけは立派な貧乏人だ（彼は自分で使えるお金から、すぐさま十万フラン近くを一族の屋敷の改修にあてた。それでも、やらねばならないことは山ほどある。何もかも崩れかけ、壊滅状態なのだから)。

財産こそ手に入らなかったものの、ほかに得るものは少なくなかった。まずはこの結婚により、ちょっとばかり気になっていた百十三高地の件に終止符が打たれた。たとえそれが蒸し返されても(忘れられたはずの古い事件に、ときおりそんなことが起きるから)、もう危険はない。彼は権勢を誇る、裕福な一家の娘婿なのだから。マドレーヌ・ペリクールと結婚することで、彼はある意味無敵の存在となった。

それにもうひとつ、とても大きな利点があった。一家のアドレス帳だ(彼の義父マルセル・ペリクールは代議士デシャネルの親友にして、ポワンカレやドーデ、そのほかたくさんの大物政治家とも親しかった)。プラデルは投資の最初の見返りに、とても満足していた。あと数カ月もすれば、義父にまっこうから立ちむかえるだろう。やつの娘をいただき、やつの人脈をしゃぶりつくしてやる。三年後、すべてが思いどおりに運んでいれば、ジョッキークラブの喫煙室に老人が入ってきたときも、堂々と寝そべっていられるようになる。

ペリクール氏は、娘婿がどうやって金を稼いでいるのか、つねに情報は集めていた。迅速にことをこなす、有能な男なのは間違いない。あの若さですでに三つの会社を経営し、数カ月で正味百万の利益をあげている。その面からすれば、時勢を読む目に長けていると言えるだろう。けれどもペリクール氏は、この成功に直感的な警戒心を抱いていた。あまりにうえばかり見ている人間は信用ならない。

有力者のまわりには、多くの人間が群がった。彼の顧客たちだ。金があれば取り巻きができる。

プラデルも義父の業績には一目置いていた。学ぶところの多い、すごい男だ。あの頑固おやじ、まったく抜け目がない。なんという落ち着きだ。しっかり相手を選びながら、気前よく忠告や許可、推挙をふるまっている。周囲の人々は彼の助言を命令と、保留を禁止と受け取った。彼に何か断られても、腹を立てるわけにはいかない。手もとに残っているものまで、彼はとりあげることができるのだから。

そのとき、汗だくになったラブルダンが大きなハンカチ片手に喫煙室に入ってきた。プラデルは安堵のため息を抑え、いっきにブランデーグラスを空けると、立ちあがって彼の肩を取り、隣のサロンに引っぱっていった。ラブルダンはプラデルの脇で、太った短い脚をさかんにばたばたと動かした。まだ汗をかき足りないかのように……

ラブルダンは馬鹿なうえに愚かな男だった。それはとてつもなく粘り強いところにあらわれていた。政治の世界では間違いなく美点だけれど、彼の粘り強さは単に方針変更ができず、想像力が欠けていることによる。馬鹿なだけに役に立つというのが、彼に対する評価だった。何をやってもぱっとせず、ほとんどいつも滑稽な役まわりだが、どこに連れていっても献身的に働く、馬車馬のよう男だ。彼にならどんなことでもたのむことができる。賢くなれという注文だけは、いささか荷が重いだろうが。性格はすべて顔に書いてあった。愚直で臆病で凡庸で、ひどく食い意地が張っている。そしてとりわけ女好きだ。卑猥な言葉が口をついて出ないよう必死に抑えているものの、女と見ればじっとりとした物欲しげな目をむけずにはおれなかった。とりわけ若いメイドが好みで、うしろをむいたとたんにさっとお尻を撫でた。かつては週に三度も悪所通いをしていた。〝かつては〟と言ったのは、ラブルダンが区長をしている区の外にまで噂が広まり、たくさんの女たちが彼のもとに申請に押しかけるようになったからだ。彼は日にちを倍にして、窓口に立った。なかにはいつも一人、二人、何かの許可や優遇措置、サインやスタンプと引き換えに、彼がわざわざ売春婦のところへ行く手間を省いてくれる女がいた。ラブルダンがこの暮らしに満足しているのは、ひと目でわかった。お腹はいっぱい、金玉はやる気まんまん、次のテーブル次のケツと、一戦交える準備はいつでもできている。彼が区長に選ばれたのは、ペリクール氏が牛耳るひとにぎりの有力者のおかげだった。

「今度あなたには、市場入札審議会のメンバーになってもらいますよ」プラデルはある日、彼にそう告げた。

ラブルダンは審議会や委員会、代表団と名のつくものに加わるのが大好きだった。自分がいかに重要人物かの証だと思っているのだ。娘婿から指名されたということは、ペリクール氏本人の意向に違いないと思って、ラブルダンは従うべき指示を大きな文字でこと細かに書き留めた。プラデルはすべて命じ終えると、紙きれを指さした。

「そのメモはすぐに処分して……」と彼は言った。「あなただってそんなもの、デパートのショーウィンドウに貼り出されたくないでしょうが」

ラブルダンにとって、それは悪夢の始まりだった。任務を遂行しそこなうのではないかと思うと気が気ではなく、いく晩もかけて指示をひとつひとつ記憶した。しかし繰り返せば繰り返すほど、こんがらかってしまう。なんて忌まわしい審議会なんだ。メンバーに任命されたばっかりに、地獄の苦しみだ。

その日の会議で、彼は持てる以上の力を出し尽くした。考え、発言し、くたくたになって会議を終えた。くたくただったが、喜びにあふれていた。義務を果たした満足感とともに戻ってきたからだ。彼はタクシーのなかで、〝真情あふれる〟と自負する言葉をいくつか反芻した。なかでもいちばん気に入っているのは、次のようなものだった。「やあ、きみ、自慢するわけじゃないが、とてもいい知らせを持ってこられたと思うんだ……」

「コンピエーニュはいくらです?」といきなりプラデルが言った。

サロンのドアが閉まるなり、長身の若者は相手に話す間を与えず、射すくめるような目でにらみつけた。ラブルダンはあらゆることを想定していたが、これだけは予想外だった。つまりは例によって、何も考えていなかったということだが。

「ええと、それは……」

「いくらなんです?」プラデルは声を荒らげた。

ラブルダンにはわからなかった。コンピエーニュだって……彼はハンカチをしまうとあわててポケットをさぐり、四つに折った紙を取り出した。そこに討議の結果がメモしてある。

「コンピエーニュは……」とラブルダンは口ごもった。「そう、コンピエーニュはと……」

何につけてもせっかちなプラデルはたちまち痺れを切らし、ラブルダンの手からメモ書きをひったくって数歩離れると、緊張気味の目を数字にむけた。コンピエーニュは棺桶一万八千個。ランの工兵管区は五千。コルマールの広場は六千。ナンシーとリュネヴィルの工兵管区は八千……ヴェルダン、アミアン、エピナル、ランスはまだ未定だが……期待をうわまわる結果だ。プラデルは満足の笑みを抑えられなかった。ラブルダンはそれを見逃さなかった。

「明日の朝、また会おう」と区長は言った。「土曜日にもね」

今こそ用意していた言葉を言うときだ、と彼は思った。

「ところで、きみ、自慢するわけじゃ……」

しかしいきなりドアがあいて、「アンリ！」と呼ぶ声がした。隣の部屋から、興奮気味のざわめきが聞こえる。

プラデルはそちらにむかった。

サロンのむこう端で、人々が暖炉のまわりに集まっていた。ビリヤード室からも喫煙室からも、次々に人が走ってくる……

プラデルは叫び声を聞いて眉をひそめ、さらに数歩進んだ。心配というより好奇心のほうが強かった。

義父が暖炉に背中をもたせかけ、脚を前に投げ出して床にすわりこんでいる。真っ蒼な顔で目を閉じ、震える右手をチョッキの胸のあたりにあてていた。まるで心臓をむしりとるか、あるいは必死に押さえつけようとしているかのように。塩を持ってこい、と叫ぶ声がする。いや、吸引器だ、と別の声が言った。給仕長が駆けつけ、離れてくださいと皆に指示した。

図書室から医者が早足でやって来て、どうしましたとたずねた。落ち着き払っているのが印象的だった。みんなさっと場所を空け、もっとよく見ようと首を伸ばした。ブランシュ医師は脈を取ると、こう言った。

「おい、ペリクール、大丈夫か？」

それからプラデルを、さりげなくふり返った。

「大至急、車を呼んでくれ。一刻を争うぞ」

プラデルはすぐに部屋を出た。

まったく、何という一日だろう！

これから百万長者になろうという日に、義父が死にかけるとは。

いよいよ運がめぐってきたぞ。ほとんど信じがたいくらいに。

11

アルベールは頭が真っ白になっていた。うまく考えがまとまらない。いったいどんなことになるのか、想像もつかなかった。何とかイメージをつかもうとするのだが、とうていつかみきれるものじゃない。大股で歩きながら、ポケットに忍ばせたナイフの刃を無意識のうちに何度も撫でた。時がすぎていく。地下鉄の駅をいくつも通過し、通りをいくつも抜けた。しかし建設的な考えは何も浮かばなかった。こんなことをしているなんて、自分でも信じられない。けれどもぼくは今、やっている。どんなことだってやるつもりだ。

そう、忌々しいモルヒネのためだったら……初めから、どん詰まりだった。エドゥアールはモルヒネなしではいられないようになっていた。これまではアルベールが、どうにか手に入れてきた。けれども、今度こそ万事休すだ。あり金すべてかき集めても、必要な金額に達しなかった。友人が何日ものたうちまわったあげく、もうこんな苦しみには耐えられない、ひと思いに殺してくれと懇願したとき、アルベールも疲れはて、何も考えられなくなっていた。彼は台所で目についた手近なナイフをつかむと、ロボットのように通りに出た。そして地下鉄でバスティーユまで来ると、スデーヌ通りの脇のギリシャ人街に入っていった。エドゥアールのためにモルヒネを見つけねば。そのためには、人殺しだってする覚悟だった。

　そのギリシャ人に会ったとき、初めてはっと思いあたった。三十歳くらいの、馬鹿でかい体をした男で、がに股で歩いて来た。一歩ごとに息を切らせ、十一月だというのに汗をかいている。アルベールは男の突き出た腹、ウールセーターの下で揺れる重たげな胸、雄牛のような首、たるんで垂れた頬を呆気にとられて眺めながら、このナイフじゃ役に立たないなと思ったのだった。刃渡りは少なくとも十五センチか、いや二十センチは必要だろう。状況は最悪だ。彼はみずからの準備不足を呪った。「おまえはいつもそうなんだから」と母親によく言われていた。「段取りってものがないんだよ。まったく不注意ばっかりで……」そして母親は神様が証人だとばかりに、天井を仰ぎ見るのだった。新しい夫の前では（というのは言葉のあやで、正式に籍を入れているわけではないが、マイヤール夫人は夫婦同然にふるまっていた）、いっそう息子の愚痴を言った。義父のほうは――サマリテーヌ百貨店の売り場主任だった――ただ足もとに目を落としているだけだったが、それでも悔しいことに変わりはない。アルベールは二人を前にすると、いくら奮起してもうまく抗弁できなかった。やっぱり彼らの言うとおりだと、日々認めざるをえなかったから。

　みんながみんなぐるになって、自分につらく当たっているような気がした。本当に生きづらいご時世だ。

　待ち合わせ場所は、サン＝サバン通りの角にある公衆トイレの脇だった。どんなふうにことを運ぼうか、アルベールはまったく考えていなかった。ギリシャ人とは知り合いの知り合いをたどって、カフェの電話から連絡を取った。ギリシャ人は何もたずねなかった。フランス語は二十語も話せないのだろう。名前はアントナプロス。みんなはプロスと呼んでいる。本人もだ。

「プロスだ」と彼はやって来るなり言った。

こんな並はずれた体格のわりに、彼は驚くほどすばやく動いた。ちょこまかとした歩きかただが、すばやいことに変わりはない。ナイフは短すぎるし、男は敏捷だし……アルベールの計画は散々なものだった。ギリシャ人はあたりをちらりと見まわすと、アルベールの腕を取って公衆トイレに引っぱりこんだ。水はとっくの昔から流れないのだろう、ひどい悪臭が立ちこめている。けれどもプロスは、まるで気にしていないようだ。この不潔な場所が、彼の待合室ってわけか。閉所恐怖症のアルベールにとっては、二重の苦しみだった。

「金は？」とギリシャ人はたずねた。

彼は札をたしかめたいというように、アルベールのポケットを目で示した。そこにナイフが入っているとも知らずに。こうして公衆トイレで握手をしていると、ナイフの刃が短すぎることはますます明らかだった。アルベールは反対側のポケットが見えるようわずかに体をまわして、二十フラン札をちらつかせた。プロスは納得したような身振りをして、こう言った。

「五本だ」

電話でもそういう話になっていた。ギリシャ人はうしろをむいて、戻ろうとした。

「ちょっと待って」とアルベールは叫んで、男の袖をつかんだ。

プロスは立ちどまり、不安げに見つめた。

「もっと必要なんだ……」とアルベールは小声で言った。

彼は身ぶり混じりで、とてもゆっくりと発音した（外国人にはいつも、そんな話し方をした。まるで相手の耳が聞こえないみたいに）。プロスはもじゃもじゃの眉をひそめた。

「十二本」とアルベールは言った。

そして札束をすべてポケットから出した。でも、全部使いきってしまうわけにはいかない。これでまだあと三週間近くも暮らさねばならないのだから。プロスは目を輝かせ、アルベールを指さしてうなずいた。

「よし、十二本。待ってろ」

男は外に出た。

「だめだ」アルベールは男を引きとめた。

公衆トイレの悪臭は、もう我慢の限界だった。閉所に閉じこめられた不安感も、刻一刻と高まっていく。こんなところは早く離れたいという一心で、彼は思わず強い口調になった。何とかしてギリシャ人について行かなければ。それが今ある唯一の作戦だった。

プロスは首を横にふった。

「しかたないな」アルベールはそう言って、男の前を敢然《かんぜん》と通りすぎようとした。

ギリシャ人はアルベールの袖をつかみ、一瞬ためらった。アルベールは見るも哀れなようすをしている。それがときに、彼の強みとなった。無理に表情をつくらなくても、おのずと情けない顔になるのだ。復員後、八カ月がすぎても、まだ退役軍人の服を着ている。除隊のとき、服をもらうか五十二フランをもらうか選ぶことになった。寒かったので、彼は服を選んだ。実際のところ、国は古い軍服の上着を大急ぎで染めなおし、元兵士たちに押しつけていたのだ。その晩、雨に濡れたら、早くも染めが流れ落ち、みじめな細長い筋を作った。アルベールは引き返して、五十二フランのほうにしたいと言ったけれど、もう遅すぎた。やはり前もって、よく考えないと。

アルベールは履き古した軍靴と、二枚の軍用毛布もそのまま使っていた。剝げ落ちた染色の跡ばかりでなく、貧乏暮らしの痕跡が彼にはこびりついていた。復員兵に特有の疲れきってやつれた顔、落胆とあきらめの表情をしているのだ。

ギリシャ人はそんな憔悴した顔つきをしげしげと眺め、意を決したようにつぶやいた。

「わかった。急げよ」

この瞬間から、アルベールは男を襲うつもりでいた。あとは出たとこ勝負でいくしかない。

二人はステーヌ通りを抜けて、サラニエ小路まで行った。

「待ってろ」プロスはあらためてそう言うと、歩道に入った。

アルベールは周囲に目をやった。人気《ひとけ》はない。午後七時をまわり、明かりと言えば百メートルほど先にあるカフェだけだった。

「ここでだ」

きっぱりとした命令口調だった。

ギリシャ人はアルベールの返事を待たず、さっさと遠ざかった。

しかし何度もふり返っては、客がおとなしくその場で待っているかをたしかめた。アルベールはなす術《すべ》もなく、ギリシャ人のうしろ姿を眺めていた。けれども彼が右に曲がるや、すばやく歩道に飛びこんだ。そしてプロスが消えた場所から目を離さないようにしながら、全速力で走った。そこは何か食べ物の強烈な匂いが漂う、荒れ果てた建物だった。ドアをあけて廊下を進むと、地下室に続く階段があった。アルベールは階段を数段くだった。汚れたガラス窓から、街灯の明かりがわずかに射しこんでいる。ギリシャ人がしゃがんで、壁に作りつけた棚のなかを左手で漁っているのが見えた。入口を隠すのに使っていた木の扉が、脇に置いてあった。アルベールは一瞬も立ちどまらずに地下室を突っ切り、扉を両手でつかんで(思っていたよりもずっしりと重かった)、ギリシャ人の頭にたたきつけた。ゴーンと銅鑼《どら》を鳴らすような音がして、プロスは倒れこんだ。アルベールはこのときになって初めて、自分が何をしたのかに気づき、恐ろしくて逃げ出したくなった……

そこではっとわれに返った。ギリシャ人は死んだのだろうか?

アルベールは身をかがめ、耳を澄ませた。プロスの重い息づかいが聞こえる。重傷を負ったのかどうかはわからないが、頭からひと筋血が流れていた。アルベールは茫然自失のあまり、気が遠くなりそうだった。彼は両の拳を握り、「がんばれ、しっかりしろ」と何度も自分を励ました。しゃがんで棚に手を伸ばし、なかから靴の箱を取り出す。まさに奇跡だ。箱には二十ミリグラムと三十ミリグラムのアンプルがぎっしりと詰まっていた。薬の服用量については、よくわかっている。

箱のふたを閉めて立ちあがったとき、プロスの腕が弧を描くのが見えた……少なくともやつのほうは、準備がよかったらしい。手にしていたのは、鋭い刃のついた本物の折りたたみ式ナイフだったから。刃はアルベールの左手に達した。とてもすばやいナイフさばきだったので、手がかっと熱くなったようにしか感じなかった。アルベールは片脚を宙にあげ、くるりと体を回転させた。踵がこめかみに命中する。ギリシャ人の頭が壁にぶつかり、再び鈍い銅鑼のような音を立てた。アルベールは靴の箱を抱えたまま、まだナイフを握っているプロスの手を軍靴で何度も踏みつけた。それからいったん箱を置き、両手で木の扉をつかんで、頭をがんがんとたたき始めた。ようやく彼は手をとめた。夢中でたたいたのと恐怖とで息が切れた。ずいぶん血も出ている。手の傷はとても深そうだ。上着がざっくりと切り裂かれていた。血を見るたびに恐ろしくなる。このときようやく痛みを感じ出し、応急処置をしなければと気づいた。地下室を漁ると、埃まみれの布きれが見つかった。彼はそれを左手にぎゅっと巻きつけた。眠っている野獣に近寄るように、恐る恐るギリシャ人のうえに身を乗り出した。重い、規則正しい息づかいが聞こえた。こいつ、よほどの石頭に違いない。アルベールは箱を腕に抱え、震えながら建物をあとにした。

こんな傷では、地下鉄や市街電車に乗るわけにはいかなかった。彼は仮の包帯と、上着に付いた血を何とか隠すと、バスティーユでタクシーを拾った。

運転手はほぼ同い年だろう。真っ蒼な顔をした客を、運転しながら不審げにじっと見つめている。アルベールはシートの端に腰かけ、体を揺すりながら腕をお腹に押しつけていた。狭い車内に閉じこめられている不安に耐えきれなくなり、彼が勝手に窓をあけたとき、運転手はますます訝《いぶか》しんだ。この客、おれの車のなかで吐くんじゃないだろうな？

「ご気分が悪いんですか？」

「大丈夫です」とアルベールは、なけなしの元気を総動員して答えた。

「気分が悪いようなら、ここでおろしますから」

「いえ」アルベールは必死に言い返した。「疲れているだけですよ」

それでも運転手は、心のなかで疑念をつのらせた。

「お金は持っているんでしょうね？」

アルベールは二十フラン札を一枚、ポケットから出して、運転手に見せた。運転手はひと安心したが、それも長くは続かなかった。この仕事は長い。いろいろと経験を積んでいるし、ともかくこれは彼の車なのだ。とはいえ商売気も、下品なくらい持ち合わせていた。

「すみませんね。何せあなたみたいなお客さんは、たいてい……」

「どういうことですか、ぼくみたいっていうのは？」アルベールはたずねた。

「つまり、復員兵はってことですが……」

「じゃああなたは、復員兵じゃないってわけだ？」

「ええ、まあ、でもこっちで、わたしなりに戦ってたつもりです。わたしは喘息持ちだし、片方の脚がもう片方より短いものですから」

「それでも動員された者は、たくさんいますよ。なかには片脚がもう片方より、はっきり短くなって帰ってきた者もいる」

運転手はむっとした。いつだってそうなんだ、復員兵は戦争に行ったことを鼻にかけ、誰かれかまわず説教を垂れたがる。みんなうんざりしてるんだよ、英雄とやらにはね。そもそも本当の英雄は、みんな死んじまってるのさ。そう、彼らは、本当の英雄は。だいいち、塹壕の体験談をとくとくと語る輩には、警戒したほうがいい。大方が内勤で戦争をすごした連中だからな。

「わたしたちが、みずからの義務を果たさなかったとでも?」と運転手はたずねた。

節約、節約で送る暮らしについて、復員兵なんかにはわからないってことか。アルベールはそんなせりふを、何度も聞かされたことがある。そらで覚えているくらいだ。石炭やパンの値段もさんざん聞かされた。そういった類のことは、容易に記憶に残った。復員してから、ずっと思い知らされてきた。静かに暮らすには、勝利者の肩章は引き出しにしまっておくほうがいいと。

タクシーはシマール通りの角でようやく彼をおろして十二フランの料金を請求し、アルベールがチップを渡すのを待ってから出発した。

この一画にはたくさんのロシア人が住んでいるが、医者はフランス人だった。マルティノー先生だ。

アルベールが六月、エドゥアールの発作が始まったころにマルティノー先生と知り合った。エドゥアールが入院のあいだにどうやってモルヒネを手に入れていたのかはわからないが、ともかくすっかり中毒になっていた。アルベールは彼を諭《さと》そうとした。きみはまずいことになってるぞ。このままじゃ大変だ、治療しなくてはと。けれどもエドゥアールは聞く耳を持たなかった。移植を断固拒絶したのと同じように、とても頑なだった。アルベールには理解できなかった。知り合いに、両脚のないやつがいるんだが、と彼はエドゥアールに言った。フォブール＝サン＝マルタン通りで宝くじ券を売っている男だ。シャロンのフェヴリエ兵舎臨時病院に入っていたそうだ。移植手術について、いろいろと話してくれたよ。もとのとおりとはいかないが、何とか見られる顔になるさ。けれどもエドゥアールは耳を傾けようとせず、キッチンテーブルでトランプのひとり遊びをし、鼻で煙草を吸うばかりだった。彼は絶えず、ひどい悪臭を発散させていた。喉がぱっかりあいているのだから無理もない……飲み物は漏斗《じょうご》で流しこんだ。アルベールは彼のために、中古の食物粉砕機を見つけてきた（前の持ち主が移植手術の失敗で死亡した。絶好のチャンスだ！）。おかげで少し世話の手間が省けたが、それでも苦労の連続だった。

エドゥアールは六月の初めにロラン病院を退院したが、その数日後、深刻な憂鬱症の兆候を示し始めた。頭のてっぺんから爪先までぶるぶると震え、汗が噴き出し、少しものを食べただけでもすべて吐いてしまう……アルベールにはなす術もなかった。モルヒネの禁断症状はとても激しかったので、初めはエドゥアールをベッドに縛りつけ——去年の十一月、入院していたときと同じだ。戦争が終わったからって、それが何だって言うんだ——ドアに目張りをせねばならなかった。さもないと家主がやって来て、ひと思いに彼の苦しみを（そして自分たちの苦痛も）静めかねない。

エドゥアールは見るも恐ろしいありさまだった。まるで悪魔にとり憑《つ》かれた骸骨だ。

近くに住んでいるマルティノー先生が、注射に来てくれることになった。冷ややかで無愛想な男で、一九一六年には塹壕で百三十件もの切断手術をしたという。注射のおかげで、エドゥアールは少し落ち着きを取り戻した。マルティノー先生をつうじて、アルベールはバジルと知り合った。バジルは薬を調達してくれるようになった。きっと薬局や病院、診療所を荒らしまわっているのだろう。薬専門で、欲しいものは何でも見つけてきてくれる。ほどなくアルベールにとって、すばらしいチャンスが訪れた。処分したいアンプルがひと箱あると、バジルが持ちかけてきたのだ。セールというか在庫整理というか、まあそんなもんだ。

アルベールは投与の日付や時間、回数や量を紙に細かくメモし、エドゥアールが薬を使いすぎないように気をつけた。彼なりに注意も促したが、さほど効果はなかった。しかしこの時期、少なくとも体調は回復してきた。アルベールがデッサン帳と鉛筆を用意しても、もう絵を描くことはなかったけれど、あまり泣かなくなった。長椅子に日がな一日寝ころがって、ただぼうっとしている。そうこうするうちに九月の末、薬のストックが尽きてしまったが、エドゥアールはまったく止めようとしなかった。六月には一日六十ミリグラムだったのが、三カ月後には九十ミリグラムにまで増えていた。この先どうなるのだろうと、アルベールは不安だった。エドゥアールはあいかわらず閉じこもってばかりで、意思表示もほとんどしなかった。アルベールはモルヒネを買うお金を求めて駆けずりまわった。家賃や食費、石炭を買うお金も工面しなければならない。服を買うなんて、問題外だった。高くてとても手が出ない。お金は目のくらむような速さで消えていった。持っているものは手あたりしだい、公営質屋に質入れした。アルバイトで働いていた時計屋の太った女主人、モネスティエ夫人と寝たことすらあった。給料をあげてもらうのと引き換えに（もっともこれは、アルベールの言い分だ。この件では彼も、殉教者ぶっているところがあった。半年も女っ気なしですごしたあとだから、そんなに嫌だったわけではあるまい……モネスティエ夫人は巨大なおっぱいの持ち主で、アルベールも扱いに困ったが、彼女はやさしかったし、夫を裏切るのに金の出し惜しみはしなかった。夫は後方勤務だったゲス野郎で、戦功十字章を持っていないやつはみんな脱走兵だと言ってはばからなかった）。

いちばん金がかかるのは、もちろんモルヒネだった。相場は高騰していた。何もかもが値上がりしていたから。麻薬もほかのものと同じだ。値段は物価に応じて変化する。政府はインフレ抑制のため、〝国民服〟を百十フランで売り出した。だったら一本五フランのモルヒネ〝国民アンプル〟があってもいいじゃないか、とアルベールは思った。〝国民パン〟や〝国民石炭〟、〝国民靴〟、〝国民家賃〟、それに〝国民職〟も作れるぞ。でもこんな考えは、過激派《ボルシェヴィキ》的だと見なされるだろうか？

銀行に戻って働くことはかなわなかった。代議士たちが胸に手をあて、国は〝兵士の皆さんに対し、敬意と感謝を捧げねばならない〟と高らかに誓っていた時代は、すでに遠い過去だった。アルベールが受け取った手紙には、国の経済情勢に鑑み、再雇用をすることはできないと書かれていた。そのためには、〝五十二カ月にわたる過酷な戦争のあいだ、わが社のために貢献してくれた〟人々を解雇せざるをえなくなるからと。

アルベールは金を稼ぐため、まずはフルタイムの仕事を見つけねばならなかった。

バジルの逮捕により、状況はいっそう行きづまった。捕まったとき、彼は麻薬でポケットを一杯にし、薬局店主の血で肘まで真っ赤だったという。

あてにしていた売人がいなくなってしまった。アルベールはいかがわしいバーをまわって、あれこれ住所を聞き出した。モルヒネを手に入れるのは、結局のところさほど難しいことではないとわかった。物価の高騰によって、パリはあらゆる密売の合流点となった。そこではどんなものでも見つかる。こうしてアルベールは、ギリシャ人に行きあたったのだった。

マルティノー先生は傷口を消毒し、縫い合わせてくれた。アルベールは激痛に、歯を食いしばった。

「いいナイフだったようだな」

医者はひと言そう言っただけで、あれこれたずねることもなくドアをあけた。診療所は四階だった。ほとんど家具もない、がらんとした部屋で、カーテンは年中閉めっぱなしだ。本を詰めたぼろぼろの箱があちこちに積み重ねられ、カンバスの絵を裏返しにして、何枚も壁に立てかけてある。肘掛け椅子がひとつあるだけ。入口の廊下が待合室代わりで、古ぼけた椅子が二つ、むかい合わせに置いてあった。部屋の奥に病院用のベッドがひとつ、それに手術の器具がなければ、医者は公証人だと言ってもいいような風貌だった。請求された診察費は、タクシー代よりも安かった。

部屋を出るとき、アルベールはなぜかふとセシルのことを思った。

彼は歩いて帰ることにした。体を動かしているほうがいい。セシル。かつての生活、かつての希望……こんなノスタルジーに浸るなんて、馬鹿げている。けれども片手に靴の箱を抱え、左手は包帯でぐるぐる巻きにし、あっという間に過去の思い出と化したさまざまな事柄を脳裏に浮かべながら通りを歩いていると、何だか無国籍者になったような気がした。今夜からはならず者か、もしかしたら殺人者かもしれない。こんな転落の人生をどう食いとめたらいいのか、アルベールにはまったくわからなかった。無理だな、奇跡でも起きない限り。いや、そんなものあてにできるか。だって奇跡なら、復員後に一、二度起きているじゃないか。結局、悪夢に変わってしまったけれど。例えば、セシルのこともそうだ。そんなふうに思ったのも、たった今セシルのことを考えていたからだ……彼女の件では最大の厄介事が、奇跡的にやって来た。それをもたらしたのはアルベールの新しい義父だった。初めから用心してかかるべきだったのだ。アルベールは銀行から再雇用を断られたあと、新しい仕事を探しまわった。ネズミ駆除の会社に入ったこともあった。ネズミ一匹殺して二十五サンチームじゃ、とうてい金持ちにはなれないわね、と母親は言った。どのみち彼にできたのは、ネズミにかじられることとくらいだった。何も驚くにはあたらない。あいかわらず不器用だったから。つまりは軍隊から戻って三カ月たっても、彼は一文無しだった。セシルにとっちゃ、とんだお荷物だ。マイヤール夫人だって、しかたないことだと思っていた。セシルはあんなに美人で上品なのに、アルベールにはまるで将来性がないのだから。マイヤール夫人だってセシルの立場なら、同じようにしただろう。そんなわけでアルベールは、細々としたアルバイトで食いつないでいた。みんなが話題にする復員手当を心待ちにしていたけれど、政府はなかなか支払うことができなかった。そして三カ月後、奇跡が起きた。義父がサマリテーヌ百貨店のエレベータボーイの職を見つけてきてくれたのだ。

経営者側は〝お客様のために〟、もっとじゃらじゃらと勲章をぶらさげた古参兵が欲しかったが、まあいいだろう、手近なところから選ぶしかない。というわけでアルベールは採用された。

彼はなかが透けて見えるエレベータを操作し、階を告げた。誰にも言わなかったけれど（友人のエドゥアールにだけは、手紙で告げた）、この仕事があまり気に入っていなかった。どうしてなのだろう？　そのわけがはっきりわかったのは、六月のある午後、エレベータの扉があいたむこうに、セシルが肩の張った若い男と立っているのを見たときだった。彼女からの手紙を受け取り、ひと言〝わかった〟と返事を書いてから、一度も会っていなかった。

最初の一瞬が、まずは失敗だった。アルベールは彼女に気づかないふりをし、エレベータの操作に集中した。セシルと恋人の行先は最上階だった。エレベータは各階ごとにとまり、いつまでたっても着かなかった。アルベールはしわがれた声で、それぞれの売り場を案内した。まさに責め苦だ。セシルの洒落《しゃれ》て上品な新しい香水の香りを、嫌でも嗅がねばならなかった。金の匂いがした。男も金の匂いをふんぷんとさせている。とても若い男だ。もしかしたら、セシルより歳下かもしれない。アルベールには、それがとてもショックだった。

セシルと出会ったこと自体より、こんな芝居がかった制服姿を見られたことのほうが屈辱的だった。まるでオペレッタに出てくる兵隊だ。玉房《ポンポン》の肩章までくっつけて。

セシルは目を伏せた。彼のことを恥ずかしがっているのがよくわかる。両手をこすり合わせながら、じっと足もとを見ていた。肩の張った若い男は感心したように、エレベータのなかをしげしげと眺めていた。現代技術の驚異に目を奪われているのだろう。

砲弾の穴に生き埋めにされたときを除けば、アルベールにとってこんなに長い数分間はなかった。それにこの二つの出来事は、なんとなく似ているような気がした。

セシルと恋人は下着売り場でおりた。結局彼らは、一度も目を合わせることはなかった。アルベールは一階までおりると、そのままエレベータから出て制服を脱ぎ、給料の清算もしてもらわずに帰った。一週間、ただ働きをしたのと同じだった。

数日後、セシルは彼があんな召使いみたいな仕事をしているのを見て、哀れを催したのだろうか、婚約指輪を返してきた。郵送だった。アルベールはそれを、もう一度送り返そうかと思った。施しなんかして欲しくない。それじゃあぼくは、だぶだぶのお仕着せを着ていても、そんなに貧乏に見えたのか？　けれども状況は、本当に抜きさしならなかった。安煙草がひと箱一フラン五十もするんだから、倹約せざるをえない。石炭は馬鹿みたいな値段になっていた。指輪は公営質屋に持っていこう。休戦以来、市営信用金庫と称している。そのほうが共和国らしい響きだからな。

がんばって質屋から取り戻したい品も、いろいろあったのに。

こんな出来事があったあと、アルベールが見つけられたのは、せいぜいサンドイッチマンの仕事くらいだった。彼は広告板を前後にさげ、町を歩いた。それは死んだロバくらいの重さがあった。広告にはサマリテーヌ百貨店の商品の値段や、ド・ディオン・ブトン社製自転車の性能が謳われていた。またセシルとすれ違うのではないかと思うと、気が気ではなかった。カーニヴァルみたいな制服もつらかったけれど、カンパリの広告に挟まれているところを見られるなんて、とうてい耐えがたい。

きっとセーヌ川に飛びこみたくなるだろう。

12

　どうやらひとりきりになったようだ。ペリクール氏はそう思って再び目をあけた。とんだ大騒ぎだった……皆の前で気を失っただけでも屈辱的なのに、それではまだ足りないかのように、ジョッキークラブではみんなあんなにあわてふためいて……

そのあと自宅に運ばれ、マドレーヌ、娘婿、家政婦につき添われた。家政婦はベッドの足もとで、心配そうに両手をこねまわしていた。ホールの電話はずっと鳴りっぱなし。ブランシュ医師は点滴と注射をし、司祭のような口調で延々と注意事項を並べた。何もわからなかったものだから、やれ心臓だ、過労だ、心労だ、パリの空気だと好き勝手なことを言って。大学勤めがさぞかし性《しょう》に合っているんだろう、あの手の輩は。

　ペリクール家はモンソー公園に窓が面する大邸宅を所有していた。ペリクール氏はその大部分を娘のマドレーヌに譲った。マドレーヌは結婚後、三階を自分好みに改装し、夫といっしょに暮らした。ペリクール氏は六部屋からなる最上階ですごしたが、実際に使っているのは広々としたひと部屋と——そこが書斎と仕事部屋も兼ねていた——浴室だけだった。浴室は小さいが、男ひとりには充分だ。彼にとっては広い屋敷も、つまるところそれですべてだった。妻が死んでからというもの、一階の馬鹿でかい食堂以外、ほかの部屋には足を踏み入れなくなった。客を迎えるとしても、どうせ彼ひとりなのだから静かなものだ。あっさり片づいてしまう。壁の窪み《アルコーヴ》に収めたベッドは、深緑色をしたビロードのカーテンで隠されている。彼がここに女を迎えることはなかった。女が欲しくなったらよそへ行く。この部屋は自分だけの場所だった。

マドレーヌは父親が運びこまれてくると、そばに辛抱強くつき添った。彼女が手を取ると、ペリクール氏はうんざりしたように言った。

「何だ、まるでお通夜じゃないか」

ほかの娘だったら言い返すところだが、マドレーヌはただ微笑んだだけだった。父娘がこんなに長時間、二人っきりでいることはめったになかった。こいつ、やっぱり美人じゃないな、とペリクール氏は思った。お父さん、老けたわ、と娘は思った。

「それじゃあ、行くわね」とマドレーヌは言って立ちあがった。

娘は呼び鈴の紐を示し、父親はわかった、心配しなくていいと目で答えた。マドレーヌはグラス、水のボトル、ハンカチ、錠剤をたしかめた。

「明かりを消してくれ」とペリクール氏は言った。

けれどもすぐに彼は、娘を立ち去らせたことを後悔した。

気分はだいぶよくなっていたのに——ジョッキークラブでの不調は、もはや過去の記憶にすぎなかった——前触れもなく押しよせたあのうねりを、彼は再び感じた。それは腹のあたりをとらえ、胸から肩へと進んで頭に突き抜けた。心臓がどきどきして、今にも胸からはじけ飛びそうだ。ペリクール氏は呼び鈴の紐に手を伸ばしかけ、途中でやめた。おまえは死なない、最期の時はまだやって来ないと言う声が頭のなかで聞こえた。

部屋は薄明のうちに沈んでいた。彼は本棚、絵画、カーペットの模様を、初めて見るかのように眺めた。まわりにある、ほんの些細なものまでもが突然目新しく思え、それだけにいっそう自分が年老いて感じられた。胸が苦しくてしかたない。いきなり喉がものすごい力でしめつけられ、目に涙がこみあげた。彼は泣き始めた。ただひたすら涙がこぼれた。こんな悲しみを、かつて感じたことがあっただろうか？　きっと子供のころ以来だろう。でもそれは、奇妙な安堵をもたらしてくれた。彼は悲しみに身をゆだね、なに恥じることなく涙が溢れるがままにさせた。まるでやさしい慰めの言葉であるかのように。彼はシーツの端で顔を拭い、息をととのえたものの、何をしても無駄だった。涙は流れ続け、悲しみは胸を満たし続ける。歳のせいだろうか？　しかし自分でも、心底からそうは思えなかった。彼は半身を起こして枕にもたせかけ、ナイトテーブルのうえからハンカチを取り、顔をシーツの下に隠して洟をかんだ。誰かがその音を聞いて心配し、やって来ると嫌だったから。泣いているところを見られたくなかったのだろうか？　いや、そうではない。もちろん、見られたくはない。こんな歳になった男が、声をあげて泣いているなんて、みっともないとは思うけれど、ただひとりでいたかっただけだ。

喉をしめつける力は少し緩んだものの、息づかいはまだぎこちなかった。少しずつ涙がおさまったあとに、ぽっかりと大きな穴が残った。疲れ果てていたが、眠気はやって来なかった。彼はいつもよく眠れた。生まれてこのかたずっと、どんなにつらい状況でも。例えば、妻が死んだときだって、ものは食べられなくなったけれど、ぐっすりと眠った。妻のことは愛していた。たくさんの長所を備えた、すばらしい女性だった。あんなに若くして亡くなるとは、なんて不公平なんだろう！　そう、眠気が訪れないのは尋常じゃない。彼のような男にとっては、気がかりな事態だった。心臓のせいじゃないさ、とペリクール氏は思った。ブランシュはまるでわかっちゃいない。これは不安が原因だ。何かがうえから脅かすように、じっと見おろしている。彼は仕事のこと、午後の約束のことを思い返し、不安の理由を探した。たしかに一日中、調子が悪かった。朝から吐き気がして。でもそれは、株式仲買人と議論したせいではない。腹を立てるようなことはなかったし、特に変わったことも起きなかった。いつもの仕事だ。三十年間この仕事をしてきて、株式仲買人たちを何十人となくやっつけてきた。毎月最後の金曜日には銀行家や仲買人たちと総括会議を行う。ペリクール氏の前ではみんな、気をつけの姿勢を取っていた。

気をつけの姿勢か。

その表現に彼は胸を突かれた。

どうしてこんなに苦しいのか、その理由に思いあたったとき、またいっきに涙がこみあげた。彼はシーツを嚙んで歯を食いしばり、絶望のうめき声をいつまでもあげ続けた。こもったような、激しいうめき声だった。今、彼が感じているのは、並はずれた恐ろしいまでの悲しみだ。こんなに激しい悲しみを感じ得るなんて、自分でも思っていなかった。それはきっと……彼はあとの言葉が続かなかった。はかり知れない不幸によって脳味噌が溶け出し、何も考えられなくなったかのように。

彼は死んだ息子のために泣いていたのだ。

エドゥアールが死んだ。エドゥアールはちょうどあの瞬間、死んだところだったのだ。わが子、わが息子が死んだのだ。

あの子の誕生日のことすら、今までろくに考えなかった。思い出は風のように過ぎ去り、すべてが積み重なって、ちょうど今日、爆発したんだ。

息子が死んだのは、一年前に遡る。

結局エドゥアールはわたしにとって、今初めて本当に存在したのだ。そう思うと悲しみはいっそう大きくなった。息子をどれほど愛していたのか、彼は突然わかった。たしかにおもてにはあらわれない、消極的な愛し方だったけれど。彼はそれを理解した。もう二度と息子に会えないという、耐えがたい現実を意識した日に。

いや、まだまださ。涙と胸苦しさ、喉をしめつける痛みがそう言った。

罪深いことに、おまえは息子の死を知って、気苦労から解放されたように感じたじゃないか。

小さかったころのエドゥアールが目に浮かび、一晩中眠れなかった。まるで初めて体験することのように、記憶の奥深くからよみがえる思い出に口もとが緩んだ。どれもとりとめのない、ばらばらな思い出だった。エドゥアールが天使に扮装したのは（もっともあの子は、悪魔の耳もしっかりつけていたけれど。何でも茶化さないではいられないんだ。あれはたしか、八歳のときだった）、デッサンのせいで校長先生に呼び出しを受けたときよりもずっと前だったのか、今はもう覚えていない。それにしてもエドゥアールのデッサンときたら、なんと恥ずかしく、なんと才能豊かだったことか。

ペリクール氏は何ひとつ取っておかなかった。おもちゃもクロッキーも油絵も水彩画も。マドレーヌなら、おそらく？　いや、そんなことたずねるわけにはいかない。

こうして、思い出と後悔で夜はすぎた。エドゥアールがいたるところにいた。子供のころ、少年のころ、大人になったエドゥアールが。それにあの笑い。生き生きとした歓喜。相手かまわず挑発し、傍若無人にふるまうことさえなければ……ペリクール氏は息子のせいで、苦労の連続だった。よからぬ道に入りこんでしまうのではないかと、心配でしかたなかった。不品行を憎悪する気持ちは、妻の影響だろう。ペリクール夫人は紡績で財を築いたド・マルジ家に生まれた。彼女の財産と結婚したペリクール氏は、ド・マルジ家の文化的土壌も受け継ぐことになった。そこではいくつか、忌み嫌われているものがあった。例えば芸術家がそうだ。けれども当時、ペリクール氏は、芸術家を志す息子の気持ちにもなんとか慣れようとしていた。よくよく考えれば市庁舎や政府のために絵を描くことで、人生の目標を達成させた人々もいるではないか。そう、ペリクール氏が決して許すことができなかったのは、息子が何をしているかではなく、息子がどんな人間かだった。エドゥアールは甲高い声とひょろりと痩せた体つきをし、やけに服装を気にかけ、大袈裟な身ぶりをした……一目瞭然じゃないか、彼は文字どおり女みたいだった……ペリクール氏は心の奥底でさえ、あえてその言葉を口にしたことはなかった。息子を人前に出すのが恥ずかしかった。声には出さずとも、そのおぞましい言葉が皆の口もとに浮かぶのがわかったから。彼は決して悪い人間ではない。ただとても傷つき、辱められていた。人並みに認められるべき希望を、わが子に踏みにじられたような気がしていたのだ。誰にも打ち明けたことはないが、娘が生まれたときはとてもがっかりした。男が息子を欲しがるのは当然のことだと思っていた。父親と息子のあいだには、秘められた固い結びつきがある。息子は父親のあとを継いでいくのだから。父親が築いたものを息子は継承し、あらたな成果をあげる。それが太古の昔から続く人生のあり方だ。ペリクール氏はそんなふうに考えていたのだった。

マドレーヌはかわいい子供だった。ペリクール氏は娘を愛したが、辛抱強く待っていた。けれども息子はなかなか授からなかった。何度も流産が続き、時がすぎた。ペリクール氏は待ちきれなくなってきた。そんなとき、エドゥアールが生まれたのだった。ようやく息子ができた。まるでみずからの意志でなしとげたかのような気持ちだった。しかも、妻はほどなく亡くなってしまった。彼はそこに、新たな予兆を感じとった。最初の数年間、息子の教育に全力を注いだ。息子に大きな希望を託し、その存在が彼の支えとなった。やがて失望が訪れた。エドゥアールは八、九歳になっていただろうか、明らかな事実を認めざるをえなくなった。それは挫折だった。まだ人生をやりなおせない歳ではないが、それは自尊心が許さなかった。敗北なんて認められない。彼は失意と遺恨のなかに閉じこもった。

そして息子が死んだ今（でも、どんなふうにして死んだのだろう。彼はそれを知らなかった。たずねてみもしなかった）、彼は自分を責めるようになった。厳しい言葉で追いつめ、ドアを閉ざし、顔をそむけ、拒絶したことを。ペリクール氏は息子に逃げ場を失わせた。もう戦争で死ぬしか、道は残っていなかったのだ。

息子の死が知らされても、彼は何も言わなかった。あのときのことは、よく覚えている。マドレーヌは泣き崩れた。彼は娘の肩を抱き、手本を見せた。威厳を保ちなさい、マドレーヌ。威厳を。娘には話せなかった。自分でもわかっていなかった。けれどもエドゥアールが死んだことで、絶えず抱いていた疑問に答えが出るだろう。わたしのような男が、あんな息子にどうしたら耐えられるかという疑問に。それも今、終わった。エドゥアールという横道は閉ざされ、秩序が戻った。世界は安定を取り戻したのだ。妻が死んだときは、不公平だと思った。死ぬには早すぎるじゃないかと。けれども息子はそれよりもっと若くして死んだのだということに、彼は思いいたらなかった。

また悲しみがこみあげてくる。

泣いてもろくに涙も出ない。わたしは思いやりのない男だ。いっそ、死んでしまいたかった。彼は人生で初めて、自分よりも誰か別の人間になりたいと思った。

朝、まだ目をあけないうちから、彼は疲れきっていた。顔には悲嘆の跡があらわれていた。いつもは決してないことなので、マドレーヌはどうしたのかと心配だった。彼女は父親のうえに身をのり出し、額にキスをした。彼がそのとき感じたものは、とうてい口では言いあらわせないだろう。

「そろそろ起きるかな」と彼は言った。

まだ寝ていなくては、とマドレーヌは言いかけた。けれどもやつれて決然とした父親の顔を前に、黙って引きさがった。

一時間後、ペリクール氏は部屋から出てきた。ひげを剃り、着がえも終えている。何も食べていないのだろう。薬も飲んでいないと、マドレーヌにはわかった。力なく肩を落とし、顔は真っ青だ。彼はコートを着ていた。使用人たちが驚いたことに、玄関ホールの椅子に腰かけている。すぐに帰る予定の訪問客が、コートを置くのに使っている椅子だ。彼はそこからマドレーヌに手をあげた。

「車をまわしてくれ。出かけよう」

わずかな言葉のなかに、さまざまな思いがこめられている……マドレーヌは指示を出し、部屋に戻って着がえてきた。グレーのコートの下に、腰のまわりに襞《ドレープ》をよせた黒いブラウスを着て、同じように黒い釣り鐘型の帽子をかぶっている。ペリクール氏は娘があらわれたのを見て、わたしを愛してくれていると思った。それは〝わたしの気持ちがわかっている〟という意味だった。

「では、行くとするか……」と彼は言った。

歩道に着くと、ペリクール氏は運転手に戻っていいと言った。彼が自分で運転するのは珍しかった。ひとりになりたいとき以外、なるべく避けていた。

墓地に行ったのは一度きり、妻が亡くなったときだけだ。

マドレーヌが弟の遺体を持ち帰り、一家の墓に納めたあとも、ペリクール氏は足を運ばなかった。何としてもエドゥアールを〝帰らせたい〟と言ったのは彼女だった。ペリクール氏はどうでもよかった。息子は祖国のために死に、愛国者たちといっしょに埋葬されている。それがものの秩序というものだ。しかしマドレーヌは、どうしてもと言い張った。彼はしっかりと説明した。〝わたしのような立場にある〟人間が、固く禁じられた行為を娘にさせるなど、まったく論外だと。彼が〝固く〟とか〝まったく〟とかいう言葉を多用するのは、あまりいい兆候ではない。それでもマドレーヌはひるまなかった。だったら、わたしひとりでやるわ。もしもの場合は、何も知らなかったって言えばいいから。わたしもそう認めて、責任はすべてとりますと。二日後、マドレーヌは封筒を受け取った。なかには必要なお金と、モリウー将軍に宛てた簡単な紹介状が入っていた。

夜の墓へ行くため、賄賂をばら撒いておいた。墓地の管理人、墓掘り人夫、運転手。一家の墓をあけ、二人がかりで棺をおろすとドアを閉めた。マドレーヌはしばらく黙禱を捧げたが、早くするように誰かに肘をつかまれた。エドゥアールの遺体はなかに納めたのだから、いつでも好きなときに来ればいい。こんな時間に墓参りをしていたら、人目につくからと。

こうしたいきさつについて、ペリクール氏は何も知らなかった。たずねてみもしなかった。墓地へむかう車のなかで、彼は夜中のあいだに思いめぐらしたことについて、ぼんやりと考えていた。娘は隣でじっと黙っている。これまでは何も知りたいとは思わなかったのに、今日はどんな些細なことまで、すべて聞かせて欲しかった……息子のことを考えると、今にも泣き出しそうになった。さいわい、すぐにいつもの威厳を取り戻した。

エドゥアールの遺体を一家の墓に納めるためには、まず掘り出さねばならなかったはずだ。そう思ったら胸が詰まった。エドゥアールの亡骸が横たわっているところを想像しようとした。けれどもそれは兵士としてではなく、上着にネクタイ、磨いた革靴というかっこうで死んでいるエドゥアールだった。まわりにはロウソクが立っている。なに、馬鹿なことを。彼は自己嫌悪に駆られ、頭をふった。現実に戻ろう。何カ月もたった死体は、どんななのだろう？　どうやって掘り出したのか？　いくつもの場面が思い浮かんだ。ありふれた想像だ。けれどもそこから、ひとつの疑問が湧きあがった。夜のあいだに、考えつくせなかった疑問が。どうして息子が自分より先に死んだことに、今までまったく驚かなかったのだろう？　もっと早くそう思わなかったのが不思議なくらいだ。世の道理に反したことなのに。ペリクール氏は五十七歳だった。裕福で、尊敬されている。戦場で戦った経験はまったくない。今まで、すべて順風満帆だった。結婚生活も。彼は今、生きている。そして、自己嫌悪に陥っている。

マドレーヌが車のなかで選んだのは、不思議なことにまさにこの瞬間だった。彼女はうしろに次々に過ぎ去る通りを車の窓ガラス越しに眺めながら、父親の手に自分の手をそっと重ねた。娘はわたしの気持ちを理解している。そう思うと心が和んだ。

あの娘婿の件もある。マドレーヌはエドゥアールが戦死した野原の墓地へ（どんな状況で死んだのだろう？　それについてもまったく知らなかった）遺体を捜しに行き、プラデルといっしょに戻ってきた。そして次の夏、彼と結婚したのだった。当時はまったく気づかなかったけれど、今にして思うとそこには奇妙なバランスが働いていた。息子を失ったこと。娘婿として受け入れねばならなかった男の出現。ペリクール氏はこの二つを結びつけていた。どうかしている。まるで息子が死んだ責任を、プラデルに負わせているみたいじゃないか。馬鹿げた話だが、そんなふうに感じずにはいられなかった。一方が姿を消したとき、もう一方があらわれた。だとすればそこには力学的な因果関係が、つまり彼にとっては自然な因果関係が成立するのだった。

マドレーヌはドルネー＝プラデル大尉とどのようにして出会ったのか、彼がどんなにやさしく、思いやりがあったかを父親に説明しようとした。しかしペリクール氏は聞いていなかった。すべてに耳をふさぎ、目をつむっていた。どうして娘はよりによってあんな男と結婚したのだろう？　彼にとってはまったくの謎だった。息子の生と死について、何もわかっていなかった。娘の人生と結婚についても、何もわかっていない。人間は、まったく理解のつかないことばかりだ。墓地の管理人は右腕がなかった。ペリクール氏は管理人とすれちがうとき、ふと思った。きっとわたしは、心に障害があるんだ。

墓地はすでに人々のざわめきに満ちていた。屋台の物売りも出ているな、とペリクール氏は抜け目ない実業家らしく思った。墓に供える菊の花束が、どっさりと売られている。季節の商売としては悪くない。今年は政府が率先して、死者の日である十一月二日、全国で同時刻に追悼式典を開催するよう呼びかけたからな。国中がいっせいに黙禱を捧げることになる。ペリクール氏はリムジンから、準備のようすを眺めた。リボンを張ったり柵を設けたり、平服の楽隊が静かにファンファーレの練習をしたり。馬車や車がどかされたあとの歩道は、きれいに洗い清められていた。ペリクール氏はそれらを見ても、とりわけ感動はなかった。彼の悲しみは、純粋に個人的なものだった。

車を墓地の入口前にとめると、父娘は腕を組んで一家の納骨堂へしずしずとむかった。よく晴れた日だった。通路の両側に続く墓には、すでにあふれんばかりの花がたむけられていた。冷たく明るい陽光が、その美しさを際立たせている。ペリクール氏とマドレーヌは、何も持たずに来てしまった。二人とも花を買おうとは、思いもしなかった。墓地の入口でいくらでも売っていたのに。

一家の墓は破風《はふ》に十字架がついた、石造りの小さな霊廟だった。飾り鋲を打った鉄扉のうえに、〝ペリクール家〟と書かれている。その両側には、墓に納められている人々の名前が彫られていた。といっても、ペリクール氏の両親からだけれども。ペリクール家は一世紀に満たない、新興の資産家だった。

ペリクール氏はフロックコートのポケットに手を入れたまま、帽子もとらなかった。そこまで気がまわらなかった。ただ息子のことに思いをめぐらせるだけで、涙がこみあげてくる。まだ涙が残っていたなんて、自分でも意外だった。少年だったエドゥアール、青年だったエドゥアールが思い出された。息子の笑い方、甲高い声、そんな忌み嫌っていたこともすべて、懐かしくてしかたなかった。昨晩も、長いこと忘れていた場面、エドゥアールの子供時代に遡る出来事が脳裏によみがえった。あのころはまだ息子の性向について、ぼんやりとした疑いを抱いているだけだった。そして息子の稀有な画才を前に、控え目ながら満足感にも浸っていた。当時のデッサンがありありと目に浮かんだ。エドゥアールは時代の申し子だった。あの子の想像力は機関車や飛行機といったエキゾチックなイメージに満ちていた。ある日、ペリクール氏は猛スピードで走っているレーシングカーの絵を見てびっくりした。目を見張るようなリアリズムだ。こんな角度から自動車をとらえてみたことは、ペリクール氏自身まったくなかった。動かないただのデッサンに、どうすればこれほどまでの躍動感がこめられるのだろう？　まるで今にも飛び出してきそうじゃないか。本当に不思議だ。エドゥアールはまだ九歳だった。あの子のデッサンは、いつも動きに満ちていた。花にもそよ風が感じられる。そう言えば、花の水彩画もあった。ペリクール氏は花のことなど、まるで関心がない。何かたずねられても、花びらがとても繊細ですねと答えるくらいしかできないだろう。しかし芸術音痴のペリクール氏にも、水彩画の構図には何か独創的なものがあるとわかった。あのデッサンはどこにやっただろう？　マドレーヌがまだ持っているのでは？　けれども彼は、もう一度見たいとは思わなかった。それより記憶のなかに留めておくほうがいい。あのイメージが抜け出してしまわないように。とりわけくっきりと目に浮かぶのは、ひとつの顔だった。エドゥアールはありとあらゆる種類の顔を描いた。そのなかには繰り返しあらわれる、お気に入りの顔だちがあった。それが〝スタイルを持つ〟ということなのだろうか、とペリクール氏は思った。若者の純粋そうな顔。肉づきのいい唇と、つんとした形のいい鼻をし、あごはくっきりと二つに割れている。しかしとりわけ印象的なのは、わずかに斜視気味の、冷たい奇妙な目だろう。それが何を意味するのか、今なら言葉で言いあらわすこともできる……でも、誰に話すというんだ？

マドレーヌは少し先の墓が気になるふりをして、数歩離れて父親をひとりにした。彼はハンカチを取り出して目を拭った。墓には妻の名も刻まれている。レオポルディーヌ・ペリクール、旧姓ド・マルジ。

しかしエドゥアールの名前はない。

それに気づいてペリクール氏は唖然とした。

考えてみれば当然だ。息子はここに葬られていないことになっている。名前を刻めるはずもない。けれどもペリクール氏には、まるで運命が息子の正式な死を認めまいとしているように思えた。たしかに死亡通知書は届いた。息子はフランスのために死んだと、そこにははっきり書いてある。だとしたら、息子の名を掲げることもできないこの墓はいったい何なのだろう？　彼はいく度も問いなおし、本当に大事なのはそこじゃないと自分に言い聞かせた。それでも、釈然としない思いはぬぐい去れなかった。

死んだ息子の名を、〝エドゥアール・ペリクール〟という名をこの墓に刻むことが、なぜか急にとても大事なことに思えてきた。

彼は左右に首をかしげた。

マドレーヌが戻ってきて、腕を取った。そして二人は墓をあとにした。

土曜日は、次々にかかってくる電話を受けてすごした。ペリクール氏の健康状態に命運がかかっている者たちからの電話だ。それなら、もうよくなったんですね？　とか、いや、脅かさないでくださいよ、とか。ペリクール氏はそっけなく応じた。それは皆にとって、すべてがもとに復したしるしだった。


ペリクール氏は日曜日を休息にあて、ハーブティーやブランシュ医師が処方した薬を飲んですごした。書類の整理をしていると、銀のトレーにのせた郵便物のわきに包みがひとつあるのに気づいた。女性好みの包装紙から見て、マドレーヌが父親のために置いておいたのだろう。なかには手帳と、ずっと以前に開封された手書きの手紙が入っていた。

何の手紙かはすぐにわかった。彼はお茶をひと口飲むと、手紙を幾度も読みなおした。友人がエドゥアールの死について触れた一節には、しばらく立ちどまった。


（……）それはちょうどぼくたちの部隊が、勝利のためにとても重要な敵陣の攻撃にかかったときでした。常に先頭に立っていた息子さんは、心臓の真ん中に銃弾を受け即死しました。苦しまなかったことは、はっきりと断言できます。息子さんは祖国の防衛こそが最高の義務だと、常々言っていました。だから英雄として亡くなったことに、満足していることでしょう。

ペリクール氏はいくつもの銀行、植民地貿易の代理店、工場を経営する実業家の性《しょう》として、何ごとにつけまずは疑ってかかることにしていた。だからこんな出来合いの物語など、ひと言も信じてはいなかった。家族を慰めるため、状況に合わせて適当に作りあげた俗っぽい英雄譚みたいなものだ。エドゥアールの友達はきれいな字をしていたが、鉛筆書きの手紙は古びるにつれ、やがて薄れていくだろう。下手な嘘など誰も信じなくなるように。彼は手紙をたたんで封筒に戻すと、机の引き出しにしまった。

それから手帳をひらいた。使い古した品だ。厚紙の表紙をとめるゴムはぴんと張っている。まるで探検家の日記さながら、世界を三周くらいしたかのようだ。息子のデッサン帳だと、ペリクール氏はすぐにわかった。そこには前線の兵士たちが描かれていた。今すぐ、すべてをめくってみることは、とうていできそうもなかった。この現実、重い罪悪感とむき合うには、まだしばらく時間がかかるだろう。彼は装備を整えた兵士の絵に目をとめた。ヘルメットをかぶり、広げた脚を前に伸ばして腰かけている。肩を落とし、少しうつむきかげんになったその姿は、疲れきっているように見えた。口ひげがなかったら、エドゥアール自身だと言ってもいいくらいだ、とペリクール氏は思った。戦争のあいだ、ずっと会っていなかった。

あの子もこの数年で、老けこんでしまっただろうか？　ほかの兵士と同じように、口ひげを伸ばしたかもしれない。手紙は何回書いただろう？　デッサンはすべて青鉛筆で描かれている。それしか持っていなかったのだ。マドレーヌが慰問品を送っていたはずでは？　いや違う、何を言ってるんだ。「息子に荷物を送るので、手伝ってくれ……」と秘書のひとりにたのんだじゃないか。彼女の息子も前線で、一九一四年の夏に行方不明になった。秘書は言いつけられた仕事を終えると、顔を輝かせてオフィスに戻ってきた。戦争のあいだずっと、わが子に送るようなつもりで、エドゥアールに荷物を送り続けてくれた。荷物のしたくができました、と秘書は言った。ごくろう、とペリクール氏は答えた。そして紙を取り、〝元気で、エドゥアール〟と書いた。署名をどうするかで迷った。〝パパ〟はやめておこう。でも〝ペリクール〟ではおかしい。結局彼はイニシャルを添えた。

ぐったりと疲れた兵士の絵を、もう一度見てみた。あの子がどんなふうに生きてきたのか、本当のところはもうわからないだろう。ありふれた作り話で満足するしかないのだ。例えば娘婿が語るような話。またぞろヒロイックな物語。エドゥアールの友達の手紙と変わらない嘘っぱちだ。エドゥアールについて知ろうとしても、みんな嘘ばかりだろう。もう何もわからない。すべてが、失われてしまった。彼はスケッチ帳を閉じると、上着の内ポケットに入れた。

マドレーヌはおくびにも出さなかったものの、父親の反応に驚いていた。突然の墓参り、思いがけない涙……エドゥアールと父親を隔てる峡谷は、太古の昔から厳然として存在する地質学的な事実であるかのように、ずっと感じていたから。いわば二人は異なったプレートにのった二つの大陸だ。近づこうとすれば必ずや大津波が起きる。彼女はすべてに立会い、身をもって体験してきた。父親のなかでただの疑念にすぎなかったものが、エドゥアールの成長とともに拒絶や否定、怒り、敵意に変わるのを、彼女は目の当たりにした。いっぽうエドゥアールの衝動は、反対の動きをたどった。彼はまず愛情と保護を求め、それが徐々に挑発や激怒へと変わっていた。

そして戦争が勃発した。

エドゥアールの命を奪ったあの戦争は、思えばすでに家のなかで、もっと前から始まっていたのだ。ドイツ人のように厳格な父親と、落ち着きがなくて浮薄で、魅力的な息子とのあいだで。マドレーヌはまずさりげなく隊を移動させることから始めた。エドゥアールが八、九歳のころだ。両陣営は不安をあらわにした。はじめは父親も心配し、胸を痛めていた。さらに二年がすぎて息子が大きくなると、もはや漠然とした疑いではすまなくなった。すると父親は軽蔑したように、冷ややかな態度をとるようになった。エドゥアールは父親に反抗し、わざと騒ぎを起こした。

二人を隔てる溝は広がり、やがて沈黙へといたった。それがいつ始まったことなのか、マドレーヌにもはっきりとはわからない。ともかく二人は言葉を交わさないようになった。むきになって争うのではなく、静かな敵意のなかにこもり、無関心を装うことのほうを選んだのだ。局地戦が続く密かな内戦状態だったこの紛争に変化が訪れた時期を探るには、もっと過去にまで遡らねばならないだろう。しかしマドレーヌは思い出せなかった。何かきっかけになる出来事があったはずだが、よく覚えていなかった。ただエドゥアールが十二、三歳のころ、ある日ふと気づくと、父親と息子は彼女をあいだに置いてしかコミュニケーションを取らないようになっていたのだった。

マドレーヌの青春期は、ひたすら外交官役を務めることに費やされた。互いに相譲らない敵のあいだに挟まれ、仲裁をしたり、双方の苦情に耳を傾けたり、憎しみを和らげたり、いつ何どき起きかねないぶつかり合いを未然に防いだりしなければならない。二人のことにかかずらうあまり、自分の容姿を気にしている余裕がなかった。彼女は醜かった。いや、正確に言うなら月並みだった。しかし彼女の年ごろで月並みだというのは、ほかの多くの娘たちよりもきれいでないということだ。まわりには見とれるような娘たちが、いつもたくさんいた（金持ちの男は、かわいい子供を産んでくれるきれいな女と結婚するものだ）。それでマドレーヌは、ある日思い立った。ぱっとしない外見を何とかしようと。彼女は当時、十六、七歳だった。父親は娘の額にキスをして顔を眺めたけれど、しっかり見てはいなかった。きれいになるにはどうしたらいいのかアドバイスしてくれる女性が、この屋敷にはいなかった。彼女は自分で工夫したり、ほかの娘を観察して真似したりしなければならなかった。いくらやっても、そっくりにはできなかったけれど。そんなこと、もうどうでもよくなっていた。若さが失われようとしている。わたしだって美しくなれたかもしれない。少なくとも個性的にはなれただろう。しかしその源が消えかけているとわかった。誰もそんなこと、気にかけていないんだ。しかしお金はある。ペリクール家はお金に不自由はしていなかった。それはあらゆるものの代わりになる。だから彼女は化粧もマニキュアもヘアメイクも服の仕立ても、専門のスタッフにまかせた。こんなにいらないというくらいに。マドレーヌは不美人なのではなく、愛に恵まれない若い娘だった。愛情に満ちたまなざしをむけてほしいと思う男性、しあわせな娘になるために必要な自信を少しでも与えることのできるたったひとりの男性は、いつも忙しくしている。いわゆる仕事で多忙な男だ。敵、事業、戦うべきライバル、株価、政治的影響。心配事はいくらでもある。それに加えて、黙殺すべき息子のこともあった（彼にとって多くの時間を取られる仕事だ）。だからこそ彼はマドレーヌが髪型を変え、新しいドレスを着たときでさえ、こんなふうにしか言えなかった。「ああ、マドレーヌ、そこにいたのか。気づかなかったよ。居間に行ってなさい。わたしは仕事があるから」と。

やさしいけれども無愛想な父親。それに比べてエドゥアールは、輝くばかりだった。十歳、十二歳、十五歳と、いつも生気にあふれていた。素顔を隠してみんなを煙に巻くエドゥアール。なんて途方もない、燃えたぎるような創造力だろう。彼が壁に描いた高さ一メートルもあるデッサンを見て、使用人たちは大声をあげた。手伝いの女たちは顔を赤らめて思わず吹き出し、ばつが悪そうに廊下を通りぬけた。悪魔が勃起した陰茎を両手でつかんでいる絵。しかしその顔は、驚くほどペリクール氏にそっくりだった。マドレーヌは目をこすり、すぐにペンキ屋を呼んだ。帰宅したペリクール氏は、職人たちが作業をしているのを見てびっくりした。大したことじゃないのよ、パパ。ちょっとトラブルがあって、とマドレーヌは説明した。彼女は十六歳だった。ありがとう、おまえ。家のことを気づかってくれる者がいると助かるよ。ひとりで何もかもはできないからね。たしかにペリクール氏は努力を重ねたものの、すべて失敗に終わった。子守、家庭教師、執事、住みこみで子供の面倒を見るアルバイト女子学生。みんな逃げ出した。何たる暮らしだ！　あの子、エドゥアールには、どこか悪魔的なところがある。ともかく、普通じゃないんだ。普通《ノーマル》。それはペリクール氏がずっとよりどころにしてきた、大事な言葉だった。そこには確固たる血統を示す意味がこめられているから。

　ペリクール氏がエドゥアールに対して抱く反感は、いよいよ根深いものになった。そのわけはマドレーヌにもよくわかった。エドゥアールが女のような立居《たちい》振舞《ふるまい》をするからだ。もっと〝普通の〟笑い方をするようにと、何度弟に言っただろう。どんなに諭しても、最後は涙で終わったけれど。ペリクール氏の反感があまりに激しいので、二つの大陸は近づかないほうがいいのだとマドレーヌも思うようになった。そう、これでいいんだ。

　エドゥアールの死を知らされたとき、ペリクール氏が密かに安堵したのもしかたない。マドレーヌはそれを受け入れた。彼女にはもう父親しか残っていなかったし（おわかりのとおりマドレーヌには、『戦争と平和』に登場する公女マリヤ・ボルコンスカヤ的な側面が少しばかりあった）、ともかくこれで戦争が終わるのだからと。たとえつらい終わり方にせよ、もう戦いを見なくてもすむ。彼女はエドゥアールの遺体を取り戻したいと、ずっと思っていた。死んだ弟が不憫でならなかった。あれでは、どこか遠いよその国に埋められているのと変わらない。そう思うと吐き気がするほどだった。でも、容易にはかなわないだろう。政府が認めていないのだから。彼女は熟考を重ね、それから(今回は父親に倣って行動した)いったん心を決めると、もう何があってもあきらめなかった。まずは情報を集め、必要な手順を慎重に進めて関係者を見つけ出し、出発の準備をした。父親の同意はなくてもいい。彼女は弟が戦死した場所へ、遺体を捜しに出かけた。そして持ち帰った遺体を、いつか自分も埋葬される墓に納めたのだった。このときに出会ったドルネー＝プラデル大尉と、のちに彼女は結婚した。誰でも自分なりに、何とか目的を果たすものだ。

ところがここに来て、父親がジョッキークラブで倒れた。しかも、いつになく沈みこんでいる。今までまるで無関心だった墓参りに突然行くと言いだし、涙まで流すなんて。いろいろ考え合わせると、マドレーヌは父親のことが気がかりでしかたなかった。胸が痛んだ。戦争は終結し、和解が成立した。片方の陣営は、死んでしまったけれど。しかしそれは、むなしい平和だった。一九一九年十一月、屋敷は寂寞《せきばく》としていた。

昼が近づくとマドレーヌは上階にあがり、父親の部屋をノックした。ペリクール氏は考えごとをしながら、窓際に立っていた。空には一面、乳白色の雲がたれこめている。通行人たちは菊を持ち、軍歌がこだまのように何度も聞こえた。父親がそんなふうにもの思いにふけっているのを見て、マドレーヌは気ばらしになるだろうと昼食に誘った。食欲はなさそうだったけれど、ペリクール氏はうなずいた。結局彼は何にも手をつけず、料理を下げさせると、心配げにグラスの水を半分あけた。

「ところで……」

マドレーヌは口を拭い、目で先をうながした。

「エドゥアールの友人だが、例の……」

「アルベール・マイヤール」

「ああ、そうだった……」ペリクール氏はなにげないふりをした。「その男には……」

マドレーヌは父親を励ますように、にっこりとうなずいた。

「お礼はしたわよ。ええ、もちろん」

ペリクール氏は黙った。思っていること、言おうとしていることをこんなふうに先取りされるのが、いつも苛立たしくてしかたなかった。今度は彼のほうが、公女マリヤの父ニコライ・ボルコンスキィ公爵にでもなりたいところだろう。

「いや」と彼は続けた。「わたしが言いたいのは、何ならその男を……」

「家に招待しようって？」とマドレーヌは言った。「ええ、もちろん、とてもいい考えだわ」

そのあと二人は、しばらくじっと黙っていた。

「ただ、なにも……」

マドレーヌはおかしそうに片方の眉を吊りあげ、今度は続きを待った。けれども言葉は途切れたままだった。重役会でなら、ペリクール氏は目の動きひとつでどんな相手でも黙らせた。けれども娘の前では、話を最後まで終えることもできなかった。

「ええ、そうね、パパ」マドレーヌは笑いながら言った。「べつに大声で触れまわることもないわ」

「わが家だけの問題だからな」とペリクール氏は念を押した。

彼が〝わが家だけ〟と言うとき、娘婿は入っていない。そこはマドレーヌも理解していたし、特にひどいとは思わなかった。

ペリクール氏は立ちあがって、ナプキンを置いた。曖昧な笑みを娘にむけると、部屋を出ていきかける。

「ああ、それから……」彼はふと思い出したように、一瞬立ちどまった。「ラブルダンに電話してくれ。会いに来るようにと」

ペリクール氏が電話で人を呼ぶのは、急を要する場合だった。

二時間後、ペリクール氏はどっしりとした大きな客間でラブルダンを迎えた。彼は区長が入ってきても、自分から歩み寄って握手を交わそうともしなかった。二人はしばらく立ったままだった。それでもラブルダンの顔は、喜びに輝いていた。いつものように大急ぎで駆けつけた。今からもう、どんなことでもするつもりだった。お役に立てるなら、何なりと。まるで客を前にした娼婦だ。

「すまないね……」

話はいつもこんなふうにして始まった。ラブルダンは早くも、体を小刻みに震わせていた。わたしの手を借りたいなら、お貸ししますよとばかりに。ペリクール氏は、自分の人脈が娘婿に利用されていることを知っていた。それに近ごろラブルダンは、市場入札審議会のメンバーに抜擢されたそうじゃないか。審議会が扱っている戦没者追悼墓地の件についてはつぶさに追っているわけではないが、適宜情報を集め、要点は押さえてある。いずれにせよ、すべてを知る必要が生じたら、ラブルダンが洗いざらい話すだろう。てっきりその件で呼び出されたと思い、準備もしているようだ。

「追悼記念碑の計画は、どこまで進んでいるんだね？」とペリクール氏はたずねた。

ラブルダンはびっくりしたように唇を鳴らし、目をまん丸に見ひらいた。

「それはですね、総裁《プレジダン》……」

彼は誰にでも総裁《プレジダン》をつけた。今どき、みんなが皆、何かの総裁《プレジダン》だから。イタリア語で言う先生《ドットーレ》みたいなものだ。ラブルダンは手軽で便利な方法が好みだった。

「総裁《プレジダン》、実を言いますと……」

彼はおどおどした。

「どうしたんだ」とペリクール氏はうながした。「はっきり言いたまえ。そのほうがいい」

「それがですね……」

想像力に乏しいラブルダンは、下手な嘘ひとつつけない。しかたなく、彼は覚悟を決めた。

「全然進んでいないんです」

言うべきことは言ったぞ。

すでに一年前から、この計画ではひどい目に遭ってきた。来年には、無名戦士の墓が凱旋門の下に造られる。それはけっこうなことだけれど、まだ不充分だとみんな思っていた。区民も退役軍人会も、自分たちの追悼記念碑を欲しがっている。区議会で議決までして。

「委員も任命したっていうのに」

どんなに真剣に取り組んでいるか、ラブルダンはアピールした。

「でも、障害がたくさん出てきまして。そうなんです、総裁《プレジダン》。ご想像もつかないくらいの障害が」

あまりの困難に、ラブルダンはもう息も絶え絶えだった。まずは実務的な問題がある。募金の準備をととのえ、デザインのコンペをひらき、審査員を集め、用地を見つけねばならない。しかし空いている土地など、もうどこにもなかった。しかも計画の予算は、すでに見積もってしまった。

「とってもお金がかかるんですよ、この手の計画は」

延々と議論をしたけれど、必ず何か間に合わないことが出てくる。隣の区より堂々とした記念碑にしたいという者もいれば、やれプレートがいい、壁画がいいという者もいる。みんなそれぞれ案を出しては、自分の経験で意見を言うのだから……ラブルダンは果てしのない議論や話し合いについていけなくなると、拳でテーブルをたたいて帽子をかぶり、売春宿へ癒やされに行くのだった。

「ともかく問題はお金なんです……金庫はからっぽですからね、ご存じのように。ですから、すべては民間の募金にかかっています。でも、どれくらい集まるでしょう？　記念碑にかかる費用の半分しか集まらなかったとしたら、残りはどうすればいいんです？　責任を取るのはわたしたちなんですよ」

どうです、そんなことになったら大変でしょうとばかりに、ラブルダンはわざとらしく間を置いた。

「〝事業は終了、お金はお返しします〟なんてわけにはいきませんよ。そうでしょう？　かといって、充分なお金が集まらないのでちゃちなものを作ったのでは、有権者に顔むけできませんせん。それは最悪ですよ。そうでしょう？」

ペリクール氏もそれはよくわかっていた。

「いやまったく」ラブルダンは、責務の重さに打ちのめされたように続けた。「一見簡単そうに見えて、その実とんでもない大仕事なんです、これは」

さて、言うべきことは言った。ラブルダンはペリクール氏の目の前で、ズボンをずりあげた。何か飲み物でもいただけますかね、と言わんばかりの表情で。なんて軽蔑すべき男なんだろう、とペリクール氏は思った。しかしときには、意外な反応をすることもある。例えばこんな質問だ。

「でも総裁《プレジダン》……どうしてそんなことをおたずねになるんです？」

いやはや、愚か者にも驚かされる。質問自体は、なかなか鋭かった。ペリクール氏は、彼の区に住んでいるのではないのだから。それなのに、どうして追悼記念碑の話に首を突っこむのか。この直観は的を射ている。ラブルダンからすれば、ただの気まぐれに思えるだろう。ペリクール氏は頭のいい相手に、決して本心を見せることはなかった。こんな痴《し》れ者にだって、気を許すわけにはいかない……たとえ正直に打ち明けようにも、話が長くなりすぎる。

「ひとつ善行を行いたくてね」と彼はそっけなく言った。「きみの区で建てる記念碑だが、わたしが費用を持とう。全額だ」

　ラブルダンはぽかんと口をあけて、目をしばたたいた。いやはや、何とも……

「だから用地を見つけてくれ」とペリクール氏は続けた。「必要ならば、建物を取り壊してもいいだろう。そのほうが簡単かもしれんな。金がかかるのはしかたない。コンペを始めて、審査員を集めるんだ。形だけの審査員をね。でも、決めるのはわたしだ。わたしがお金を出すのだから。事業の広報活動については……」

　ペリクール氏は銀行家として、辣腕《らつわん》を振るってきた。財産の半分は株式証券所からもたらされ、あとの半分はさまざまな会社の経営から得ていた。例えば政界に進出することも、簡単にできただろう。同じ実業家たちのなかには、政治に魅せられた者もたくさんいたけれど、結局そこでは何も得られなかった。ペリクール氏がこれほどまでに成功したのは、自分の得意分野がよくわかっていたからだ。政治は選挙という不確かな、ときには馬鹿げた状況に左右される。そこが彼にはむいていなかった。そもそも政治的な感性も、持ち合わせていなかった。政治に必要なのはエゴだ。しかし彼が操る道具はお金だった。お金はおもてに出たがらない。だからペリクール氏も慎みを美徳と心得ていた。

「広報活動については、もちろんわたしが表立つわけにはいかない。何か適当な慈善事業団体を立ちあげろ。そのために必要な金も出す。期限は一年。来年の十一月十一日に落成式ができるように。記念碑には、きみの区で生まれたすべての戦死者の名が刻まれるようにするんだ。わかったな？　全員だ」

いろいろなことをいっぺんに聞かされたので、ラブルダンはすぐに理解できなかった。ようやくすべてを把握し、これから自分は何をすべきか、どんなに急いで命令をやりとげねばならないかがわかったときにはもう、ペリクール氏は立ちあがって手を差し出していた。ラブルダンもあわてて手を出したが、それは勘違いだった。ペリクール氏はただ彼の肩をたたいただけで、自室にひきあげてしまったから。

ペリクール氏は窓辺に立ち、見るともなく通りを眺めながらまたもの思いにふけった。一家の墓にエドゥアールの名がないのはしかたない。

だったら記念碑を建てさせよう。オーダーメイドの記念碑を。

そこにあの子の名前を掲げればいい。戦友たちに囲まれて。

彼はきれいな広場に建つ記念碑を思い浮かべた。

あの子が生まれた区の真ん中に建つ記念碑を。

13

どしゃぶりの雨のなか、アルベールは片手に靴の箱、左手に包帯を巻いて、小さな中庭に面した柵を押した。中庭には古タイヤや裂けた幌、壊れた椅子などが山積みにされている。こんなガラクタがどうしてここに集まったのか、何かの役に立つのだろうかと首をかしげるほどだ。いたるところ泥だらけだが、アルベールは敷石のうえを歩こうともしなかった。先日の増水で敷石が押し流され、あいだが空いてしまったからだ。足を濡らさずにわたるには、ぴょんぴょんと飛び移らねばならない。ゴム長靴は、履きつぶしたきり買ってなかった。ガラスのアンプルが詰まった箱を抱えて、そんなダンスのまね事をするのは……アルベールはつま先立ちで中庭を抜けると、小さな建物に入った。そこの二階を家賃二百フランで借りていた。パリの平均的な相場からすれば、格安の値段だ。

六月にエドゥアールが退院してからほどなく、二人はここで暮らすようになった。

その日、アルベールは病院まで迎えに行った。懐はさみしかったけれど、タクシーを奮発した。終戦以来、町ではありとあらゆる傷痍者《しょういしゃ》を見かけたが――その点で戦争は、驚くほどの想像力を発揮した――顔の真ん中に穴があき、片脚を引きずって歩く長身の怪物《ゴーレム》を前にして、ロシア人のタクシー運転手はぎょっとしていた。アルベール自身、これまでも毎週見舞いに行っていたけれど、なかなか慣れなかった。外に出れば病室にいるのと、状況もまったく違う。まるで動物園の動物を、往来で散歩させているようなものだ。道々、二人はじっと黙ったままだった。

エドゥアールにはどこにも行先がなかった。当時アルベールは小さなアパートを借りていた。すきま風の入る七階の部屋で、トイレと水道は廊下にあった。彼は洗面器の水で体を洗い、できるだけ公衆浴場に行っていた。エドゥアールはうつろなようすで部屋に入ると、窓際の椅子に腰かけ、通りと空を眺めた。そして右の鼻孔から煙草を吸った。もうここから動くつもりはないんだな、とアルベールにはすぐにわかった。これからは毎日の生活が、こいつの世話で明け暮れるようになると。

共同生活には、すぐに無理が出てきた。痩せ細ったエドゥアールの長身は――こんなにがりがりなのは、屋根のうえで見かける灰色の野良猫くらいだ――それだけで部屋をいっぱいに占めてしまう。ひとりでも狭いというのに二人では、すし詰めの塹壕と変わらない。精神衛生上も最悪だ。エドゥアールは床に毛布を敷いて眠り、動かない片脚を前に伸ばして、窓に目をむけたまま、日がな煙草を吸っていた。アルベールは出かける前に、食べ物のしたくをしておいた。流動食、ピペット、ゴム管、漏斗。エドゥアールは手をつけることもあれば、つけないこともあった。一日中、同じ場所にじっとしている。傷口から血が流れるように、少しずつ魂が抜け出しているのではないか？　こんな哀れな男の傍にいるのがつらくて、アルベールはあれこれ口実を作っては外に出た。本当は安食堂へ夕食に行くだけなのだが。しかしあの不気味な男と二人っきりで話していると、気が滅入ってしかたなかった。

アルベールは不安だった。

これからどうするのか、エドゥアールにたずねてみた。いったいどこに身を寄せるつもりなんだろう？　何度もそんな話をし始めるものの、友人が瞳を潤ませ落ちこむのを見てすぐに切りあげた。めちゃめちゃになった顔のなかで生気が感じられるのは、目だけだった。その目が取り乱したように、力をなくしている。

そこでアルベールも覚悟を決めた。しかたない。エドゥアールが元気になって生きる意欲を取り戻し、何か始める気を起こすまで、しばらくは全面的に面倒を見ることにしよう。何カ月もかかるかもしれない。しかしこの回復期が月単位では数えきれないとは、思いたくなかった。

紙と絵の具も用意したけれど、エドゥアールはお礼の身ぶりをしただけで、包みをあけはしなかった。ずうずうしく居候を決めこんでいるふうではない。いうなれば彼はからっぽの封筒だった。野心も欲望も、とうになくしてしまった。考えることすらしていないのでは？たとえアルベールが、いらなくなったペットを捨てるみたいに、彼を橋の下につないでさっさと逃げ出しても、恨めしいとすら思わないかもしれない。

そういえば〝憂鬱症〟という言葉を聞いたことがある。アルベールはいろいろたずねてまわり、ほかにも〝鬱病〟、〝神経衰弱〟、〝倦怠〟という表現があることを知った。だからって、大して役に立ちはしない。何よりもの実例が、目の前にあるのだから。エドゥアールは死を待っている。どんなに時間がかかろうとも、それが唯一可能な結末なのだ。何が変わるわけじゃない。ただある状態から、別の状態へと移るだけ。あきらめてそれを受け入れればいい。寝たきりになって誰とも会うことなく、黙ってお迎えを待つばかりの老いぼれたちのように。

アルベールは絶えず話しかけた。つまりは、ボロ屋でぶつぶつとひとり言を言っている老人と変わらない。

「なあおい、ぼくはついていたよ」彼は卵と肉汁を混ぜた流動食を作りながら、エドゥアールに話しかけた。「話し相手に関しては、もっとへそ曲がりの気難し屋にあたってたかもしれないからな」

彼は友人の気を晴らそうと、いろいろ試してみた。彼が少しでも元気になれば、最初の日から疑問だったことがわかるかもしれないから。エドゥアールはどんなふうに大笑いするのだろう？　今のところはせいぜい喉を震わせ、鳩が鳴くようなクークーという鋭い音を立てるだけだ。それを聞くと、居心地の悪い気分になった。吃音者《きつおん》が言葉に詰まっているみたいで、いらいらさせられる。さいわいエドゥアールは、めったにそんな声を出さなかった。特に疲れるようなのだ。けれどもアルベールは、エドゥアールがどう笑うのか、気になってしかたなかった。生き埋めにされて以来、ほとんど強迫観念になりかけていることが、ほかにいくつもあった。いつ何どき、何が起こるかわからないと、つねに不安と緊張にさらされている。考え始めると頭から離れなくなって、くたくたに疲れてしまうような、妄想じみたこともあった。死んだ馬の首を、どうしてももう一度再現したくなったのもそうだった。彼はわざわざ額縁を買って、エドゥアールが描いたデッサンを飾った。部屋の飾りといえば、それくらいだった。友人がまた絵を描き始め、ただ無為に日々をすごさないように励まそうと、アルベールは馬の絵の前に立って両手をポケットに入れ、わざとらしいくらいに褒めそやした。いやあ、本当にすばらしい。才能があるよ、このエドゥアールは。もし望むなら……しかし、努力の甲斐もなかった。エドゥアールはもう一本煙草に火をつけ、右だか左だかの鼻孔で吸いながら、トタン屋根と煙突をじっと眺めるばかりだった。それが窓から見える景色の、ほとんどすべてだった。彼はまったく無気力だった。入院していた数カ月間、何も始めようとはしなかった。その間、彼はエネルギーの大半を、医者たちの命令に逆らうことに費やした。単に新たな状態を拒絶していたからではなく、明日のこと、将来のことが思い描けなかったから。砲弾の破片とともに、時間は突然とまってしまった。今のエドゥアールは、壊れた時計よりも役立たずだ。時計ならば壊れていても、一日に二度は正しい時間をさすのだから。彼は二十四歳だった。負傷してからすでに一年、かつての自分にはどうしても返れない。何ひとつ、取り戻すことはできなかった。

エドゥアールは体を強ばらせ、ひたすらむきになって盲目的な抵抗を続けた。ほかにも、そんな兵士がいるという。見つかったときと同じように手足を折り曲げ、小さく縮こまったままのかっこうで固まりついたままの兵士が。おかしなことを考えつくものだ、戦争ってやつは。エドゥアールが拒絶するものを、モドレ医師の顔は具現化していた。薄汚いやつさ、というのが彼の意見だった。患者よりも、医学の発展や外科手術の進歩が大事なんだと。なるほど間違いとは言いきれないが、それだけではないだろう。しかしエドゥアールは、はっきりさせたかった。顔の真ん中に穴があいてるんだ、賛否両論を秤にかけてはいられない。彼はモルヒネにすがった。処方してもらうためには、どんなことでもした。彼に似つかわしくない駆け引きまでも。哀願、ごまかし、抗議、偽装、盗み。モルヒネをやり続ければ、いずれ死ねると思っていたのだろう。そう簡単にいくものか。必要な量は、日々、増えていった。エドゥアールが移植も補綴器具もすべて拒絶するものだから、とうとうモドレ医師は彼を追い出すことにした。そんな連中がいるものだ。せっかく苦労して治療にあたり、最新の外科技術を提案しても、今のままでいいと言い張るやつらが。おまけに砲弾を撃ったのが、まるでわれわれだとでも言うようににらみつけるのだから。何人もの精神科医が動員されたけれど（エドゥアールは相手の話を聞こうとせず、ひと言も答えなかった）、あれこれ理論を持ち出して、この種の負傷者に見られる強固な拒絶反応だと言っただけだった。そんな説明はどうでもいいとばかり、モドレ医師は肩をすくめた。それならもっと努力のしがいがある患者に、時間と技術をあてたほうがいい。彼はエドゥアールのほうを少しも見ずに、退院許可書にサインをした。

エドゥアールは処方箋とわずかな量のモルヒネ、それにウジェーヌ・ラリヴィエール名義の書類を持って病院をあとにした。そして数時間後、アルベールのちっぽけなアパートで、窓辺の椅子に腰かけたのだった。終身刑を宣告されたあと、独房に入ったみたいに、この世界がすべてずっしりと背中にのしかかってきたような気がした。

　何をどう考えたらいいのかわからない。それでもエドゥアールは、アルベールの話に耳を傾け、意識を集中させようとした。暮らしをどうするかだって？　ああ、たしかにお金のことは心配だ。だけど、おれにどうしろっていうんだ？　こんな木偶《でく》の坊《ぼう》に何ができる？　話はわかるが頭がついていかない。ざるから水がこぼれるみたいに、すべて流れ落ちてしまう。ふと気づくと、もう夜だった。アルベールが仕事から帰っている。あるいは、昼間のこともあった。体がモルヒネを求めている。それでも彼は努力し、これからどうなるのか必死に想像しようとした。両の拳を握りしめたけれど、何の役にも立たなかった。とりとめもない考えが浮かんでは、ほんのわずかな隙間からまた流れ落ちていく。そのあとにはまた、いつ果てるともしれないもの思いが始まるのだった。昔のことが、脈絡もなく次々によみがえった。繰り返しあらわれるのは母親だった。母親の記憶はほとんどない。だから思い出すのも、わずかなことだけだった。彼はそこにすがりついた。五感に凝縮したかすかな記憶。母親がつけていた麝香《じゃこう》の香水、彼はその香りを呼びさまそうとした。薔薇色のドレッサー、玉房《ポンポン》のついたクッション、クリーム、ブラシ。ある晩、寝ているエドゥアールを母親がのぞきこんだ。たれさがったサテンの飾り紐を、彼はしっかりとつかんだ。母親が秘密めかして身をかがめ、金のメダイヨンをひらいて見せたこともあった。けれども母親の声は、まったく覚えていない。どんな話をしたかも、どんな目をしていたかも。記憶のなかにいる母親は、ぼんやりとした影でしかない。まだ生きている、ほかの知り合いたちと同じように。そう気づいてエドゥアールは呆然とした。自分が顔を失くしてから、ほかの人々の顔も消えてしまった。母親の顔、父親の顔、同級生や恋人や先生の顔、それに姉のマドレーヌの顔も……姉のこともよく思い出した。顔はぼんやりかすんだまま、笑いだけがよみがえってくる。あんなにはじけるような笑いは、ほかに知らない。姉の笑い声が聞きたくて、よく馬鹿なことをした。なに、難しいことじゃない。デッサン一枚、しかめ面ふたつで充分だ。例えば、誰か召使いの漫画《カリカチュア》とか。召使いたち自身も笑っていた。エドゥアールの絵に悪意がないことは、見ればわかったから。とりわけマドレーヌを笑わせたのは、変装ごっこだった。エドゥアールは変装が大好きで、また実にうまかった。やがてそれは女装趣味へと変わった。エドゥアールの化粧姿に、笑い声がぎこちなくなった。マドレーヌ自身は、べつだん驚かなかった。でも「パパが見たら、どうなるかと思って」と彼女は言った。マドレーヌはどんな些細なことにも目を配り、注意を怠らなかったが、ときには彼女の手に余る事態もあった。そして夕食は重く凍りついた。エドゥアールが睫毛のマスカラを拭き忘れたふりをして、食堂におりてきたのだ。ペリクール氏はそれに気づくなり、さっと立ちあがってナプキンを置き、食事の席から立ち去るよう息子に命じたのだった。へえ、どうして、とエドゥアールは、わざと怒ったように叫んだ。ぼくが何をしたっていうんだ、ここには笑うやつなんか、誰もいないのに。

顔はすべて、自分自身の顔まですべて消え去った。もう、どれひとつ残っていない。顔のない世界で、何にすがり、誰と闘えばいいんだ？　エドゥアールにとってそれは、首を切られた人影たちの世界だった。その代わり、体だけが異様に大きくなっている。父親のどっしりとした体のように。小さい子供だったころの感覚が、泡のように湧きあがってきた。それは父親と触れたとき体に走った、畏《おそ》れと感嘆が混ざった甘美な震えだったり、父親が笑いながら「そうだろ、ぼうや」と言う口調だったりした。大人同士の議論やエドゥアールには理解できない話題について息子を証人に立てようと、父親はよくそんなふうに声をかけた。なんだかおれの想像力は衰え、ありきたりのイメージに堕しているみたいだ。例えば絵本で見た人喰い鬼の、真っ黒い大きな影に父親が先導されているような気がすることがある。そして父親の背中。広い恐ろしいあの背中は、父親の身長に追いつき、ついには追い越すまで、とても大きく思えたものだ。あの背中はそれだけで、無関心や軽蔑、嫌悪を見事にあらわしていた。

エドゥアールはかつて父親を憎んでいたが、それも今は終わった。二人の男は、互いに軽蔑し合うなかで再び結びついた。エドゥアールの人生は瓦解しようとしている。なぜなら、生きる支えだった憎しみが、もうないのだから。ここでも彼は、戦いに負けたのだ。

こんなふうに思い出や苦しみを反芻して日々がすぎ、アルベールは外出と帰宅を繰り返した。話し合わねばならないとき（アルベールは年中、話し合おうとしていた）、エドゥアールは夢から覚めた。もう夜の八時だ。しかし明かりもつけなかった。アルベールは蟻のように働き、熱心に話した。とりわけ話題にしたのは、お金の苦労だった。アルベールはバラック・ヴィルグランに毎日通った。生活困窮者に低価格の日用品を提供するため、政府が作った店だ。あっという間に売り切れちまうんだ、と彼は言った。モルヒネの値段について、アルベールが口にすることはなかった。それがエドゥアールに対する、彼なりの気づかいだった。お金全般の話をするときも、ほとんど陽気な口調だった。こんなものいっときの苦労で、いつか笑い話になるとでもいうように。前線の兵士たちもそうだった。彼らは恐怖を紛らわすため、戦争なんて兵役の一種にすぎないと言い合った。つらい務めだが、ときがたてばいい思い出になると。

さいわいお金の問題はいずれ解決される、とアルベールは思っていた。遅れているが、それだけのことだ。エドゥアールの障害年金が出れば経済的負担は軽減され、友人の生活に必要な費用はまかなえるだろう。彼は祖国のために命を懸け、健常者と同じようには働けなくなってしまった。でも戦争に勝利し、ドイツ軍をひれ伏させた兵士のひとりなんだからと……アルベールはそんなことを、とめどなくしゃべり続けるのだった。さらに復員手当、兵役給与、傷痍軍人手当、労働不能保障年金も加えれば……

するとエドゥアールは首を横にふった。

「どうして？」とアルベールはたずねた。

そうか、エドゥアールは手続きをしていないんだな。書類に記入して、送っていないんだ。

「手続きならぼくがやろう」とアルベールは言った。「心配しなくていい」

エドゥアールは再び首をふった。アルベールがまだ怪訝な顔をしているので、彼は筆談用の黒板に近寄り、チョークでこう書いた。〝ウジェーヌ・ラリヴィエール〟

アルベールは眉をひそめた。エドゥアールは立ちあがると、背嚢からしわくちゃの印刷物を取り出した。〝特別手当および年金受給申請書〟と書いてあり、審査に必要な書類のリストがついている。アルベールは、エドゥアールが赤でアンダーラインを引いた書類に目をとめた。〝負傷および疾患の原因を証明する診断書〟、〝収容された医療施設の帳簿記録〟、〝移送カード〟、〝入院した病院の証明書〟……

脳天に一発喰らったかのような衝撃だった。

考えてみれば、当然のことじゃないか。ウジェーヌ・ラリヴィエールなんて百十三高地の負傷者リストには入っていないし、軍隊病院の入院記録にもない。エドゥアール・ペリクールなる男が軍隊病院に運びこまれたのち、傷がもとで死亡した。そのあとウジェーヌ・ラリヴィエールがパリに移送された。確認できるのはそれだけだ。少し調べてみたって、それでは筋が通らないとわかるだろう。軍隊病院に収容された負傷者エドゥアール・ペリクールと、二日後に軍隊病院からトリュデーヌ通りのロラン病院に移送された負傷者ウジェーヌ・ラリヴィエールが同一人物のはずない。つまり、必要な書類をそろえるのは不可能だった。

エドゥアールは他人になり変わってしまった。もう、何も証明できない。手当はまったく受け取れないのだ。

帳簿まで遡って詳しく調べられ、筆跡の違いや書類の偽造が明らかになったら、年金をもらうどころか牢屋行きだ。

戦争によってすっかりいじけていたアルベールの心は、今度こそ完全に打ちのめされた。

こんなことってあるか、不公平じゃないか。いや、それどころか、存在までもが否定されている。ぼくが何をしたっていうんだ？　と彼は思った。気も狂わんばかりだった。復員以来くすぶり続けていた怒りがいっきに爆発し、彼は壁に思いきり頭突きを喰らわせた。馬の首の絵を飾った額が落ち、ガラスの真ん中にひびが入った。アルベールは呆然として床にすわりこんだ。額にできたコブは、二週間近くひかなかった。

エドゥアールはまだ目を潤ませていた。でも、アルベールの前であまり涙は見せられない。ただでさえこのところ、自分の身の上を思ってよく泣いているから……それはわかっている。だから彼は、アルベールの肩に手を置くだけにした。申しわけない気持ちでいっぱいだった。

とり急ぎ、二人がいっしょに住める場所を見つけねばならない。偏執狂と障害者の二人が。アルベールが使える予算はほんのわずかだった。国のほとんど半分に被害をおよぼした戦争中の破壊行為について、ドイツはすべて補償するだろうと、新聞は声高に報じていた。それまでは物価があがり続ける。年金も手当も、まだ支給されない。交通機関は混乱を極め、物資の供給もままならない。そんなわけで闇商売が横行し、みんなやりくり算段して暮らしていた。うまい話があれば分け合い、知り合いの知り合いをたどってつてを探し、情報交換をした。こうしてアルベールは、ペール小路九番の民家前に行きついたのだった。母屋のほうにも、すでに三人の間借り人がいた。庭にはかつて倉庫に使われ、今は物置になっている小屋があり、その二階があいていた。もともと住宅用の部屋ではないが、広さは充分だ。それに石炭ストーブは、天井が低いぶんよく暖まるだろう。一階には水道が通っているし、大きな窓が二つ、それに衝立もあった。羊飼いの娘や羊、蒲《がま》の穂が描かれた衝立で、真ん中の裂け目は太い糸で繕ってある。

トラックを借りると高いので、アルベールとエドゥアールは手押し車に荷物を積んで引っ越しをした。九月の初めのことだった。

新しい大家のベルモン夫人は一九一六年に夫を、その一年後に兄を戦争で亡くしていた。まだ若くてきれいだが、苦労を重ねたせいでそうは見えなかった。娘のルイーズと暮らしていて、〝若い男性が二人〟も来てくれれば心強いと言っていた。こんな小路の広い家に女所帯で暮らしているので、今いる三人の間借り人だけではもしものときに頼りにならない。三人とも年寄りだからと。彼女はわずかな家賃と、家事の手伝いをして貰う手間賃で、つましい生活を送っていた。暇な時間は窓辺にじっと腰かけ、夫が積みあげたガラクタを眺めている。もう使うあてもなく、ただ庭で赤く錆びていくばかりだ。アルベールが窓から身を乗り出すと、必ずベルモン夫人の姿が見えた。

娘のルイーズは、とてもはしっこい少女だった。歳は十一。猫のような目をし、顔一面そばかすだらけだが、不思議な魅力がある。石清水《いわしみず》みたいに跳ねまわっていたかと思ったら、次の瞬間にはじっと考えこみ、版画のように動かない。それにルイーズは、ほとんど口をきかなかった。アルベールは彼女の声を、三回も聞いていないだろう。それに決して笑わない。けれども彼女はとても、きれいだった。このままの調子で成長を続けたら、さぞかし男たちが取り合いをするだろう。いったいどのようにしてなのか、アルベールはついぞわからなかったけれど、ルイーズはエドゥアールの心もうまくつかんでしまった。普通なら、彼は誰とも会おうとしない。ところがこの少女は怖いものなしだった。初めの数日、彼女は階段の下にいて、こちらをうかがっていた。子供というのは好奇心が強いものだ。特に女の子は。それは誰でも知っている。新しい間借り人について、彼女は母から聞いているのだろう。「外見に問題があるらしいのよ。だからまったく外出しないんですって。世話をしているお友達がそう言ってたわ」

もちろんこんな類の話ほど、十一歳の少女が興味をそそられるものはない。でも、そのうち飽きるだろう……とアルベールは思っていた。ところがいっこうに、そんな気配はない。やがて階段のうえまで来て、ドアの前のステップに腰かけ、ちょっとでも隙があればなかを覗こうと待ちかまえているではないか。だからアルベールは、思いきってドアを全開にした。少女は目をまん丸にし、口をぽかんとあけたまま声もなく、戸口で唖然としていた。たしかにエドゥアールのご面相は、大した見ものだと言わざるをえまい。真ん中にぱっくり穴があいているのだから。うえしか残っていない歯は、実際より倍も大きく感じられる。こんなもの、今まで目にしたことがないだろう。アルベールはそれをエドゥアールに、単刀直入にぶっつけた。「ほら、怖がってるじゃないか。そんな顔を見るのは、誰だって初めてだからな。せめてほかの連中には、もっと気をつけろよ」彼がこんなことを言ったのは、エドゥアールに移植を決意させるためだろうって？　とんでもない。それが証拠にアルベールは、わざわざドアを指さした。エドゥアールを見てびっくりした少女が、逃げ出していったドアを。エドゥアールのほうは平然として、鼻孔から煙草をもう一服しただけだった。そしてもう片方の鼻孔を手でふさぎ、同じ道筋を通って煙が出てくるようにした。喉からなんてとんでもない。だってエドゥアール、とアルベールは言ったものだ。正直、クレーターが噴火しているみたいで、ぞっとしないからな。鏡を見てみりゃわかるさ、などなどと。アルベールがエドゥアールと暮らし始めたのは、まだ六月の半ばだったけれど、すでに二人はお互い、長年連れ添った夫婦みたいにふるまっていた。生活は苦しく、お金はいつも足りないけれど、苦労をともにすればそれだけ親密になるものだ。まるで溶接したように。アルベールは友の身に起きた悲劇に、とても心を痛めていた。いつだって、あのときのことを考えていた。もし彼が助けてくれなかったら、ぼくは死んでいただろう……しかも休戦の数日前に。エドゥアールのほうも、アルベールが二人分の生活を支えるためにどれほど孤軍奮闘しているかよくわかっていた。だから少しでも負担をかけまいと、家事を手伝うようになった。まるで本当の夫婦みたいだった。

最初に逃げ出してから数日後、ルイーズがまたやって来た。エドゥアールの姿に何か、強い感銘を受けたみたいだ、とアルベールは思った。彼女は部屋の戸口にしばらく立っていたが、いきなりエドゥアールに近づき、人さし指を顔に近づけた。エドゥアールは気おされたように——アルベールはそんな彼を、奇妙なものでも見るみたいに眺めた——大きくひらいた淵のまわりを少女が指でなぞるがままにさせた。少女は一心に集中していた。まるで宿題でもやっているかのようだ。例えば、フランスの形を覚えるために、地図の輪郭を鉛筆で丹念にたどっているみたいな。

二人の交流が始まったのは、このときからだった。ルイーズは学校から帰るとすぐにエドゥアールのところへ行くようになった。彼女はエドゥアールのために、数日前や一週間前の古新聞をあちこちから集めてきた。新聞を読んで記事を切り抜くのだけが、エドゥアールの日課だった。アルベールは切り抜きを集めたファイルに、ちらりと目をやった。戦死者や追悼式、行方不明者リストに関する記事だった。悲しいことだ。エドゥアールはパリの日刊紙ではなく、地方紙ばかり読んでいた。どのようにしてかはわからないが、ルイーズは彼のためにそれを見つけてきた。ほとんど毎日のように、《ルエスト＝エクレール》や《ジュルナル・ド・ルーアン》、《レスト・レピュブリカン》のバックナンバーが、エドゥアールの前に山積みされた。エドゥアールが安煙草を吸いながら切り抜きをしているあいだに、ルイーズはキッチンテーブルで宿題をした。ルイーズの母親は無反応だった。

九月半ばのある晩、アルベールはサンドイッチマンの仕事を終え、くたくたになって帰宅した。午後いっぱい、バスティーユ広場とレピュブリック広場をつなぐ大通《グラン・ブールヴァール》りを、広告板をさげて歩きまわった（片側は精力剤ピンク丸薬の広告〝短時間で効果抜群〟。反対側はジュヴェニルのコルセットの広告〝フランス全国に二百店舗〟）。部屋に入ると、エドゥアールは古ぼけた長椅子《オットマン》に横たわっていた。数週間前、譲り受けた長椅子で、ソンムで知り合った友達の荷車を使って運んだ。最後の力をふり絞り、残った片腕で弾を撃ちまくった男だ。それが生きのびる唯一の方法だった。

エドゥアールはいつものように、鼻孔で煙草を吸っていた。ところが鼻の下から首もとまで、紺色の仮面がすっぽりと覆っているではないか。ギリシャ悲劇の俳優がたくわえたあごひげさながらに。つやつやとした紺色のなかには、小さな金色が点々としていた。まるで絵の具が乾く前に、スパンコールを撒き散らしたかのようだ。

アルベールは驚きを露わにした。するとエドゥアールは芝居がかって片手をあげ、〝どうかな、これ?〟とたずねるような顔をした。実に奇妙な光景だった。アルベールはエドゥアールの世話をするようになって初めて、彼が人間的な表情を浮かべるのを見た。いやまったく、ほかに何とも言いようがない。それはとてもきれいだった。

とそのとき、左のほうから押し殺したような小さな音が聞こえ、アルベールははっとふり返った。階段のほうへ逃げていくルイーズのすがたが、一瞬かろうじて見えた。そういえば、まだ彼女の笑い声を聞いたことがなかった。

それからも仮面作りは続き、ルイーズもやって来た。

数日後、エドゥアールは真っ白な仮面をかぶった。にっこり微笑んだ、大きな口が描かれている。そのうえにはきらきら輝く、にこやかな彼の目があった。スガナレル（モリエールの芝居に登場する従僕）と言おうか、パリアッチョ（イタリア語で道化師のこと）と言おうか、まるで喜劇役者のようだ。エドゥアールは読み終えた新聞を紙粘土にして白いマスクを作り、ルイーズといっしょに色を塗ったり絵を描いたりした。初めはただの遊びだったけれど、たちまち毎日の日課になった。ルイーズは神託を下す巫女さながら、色ガラスや布きれ、色とりどりのフェルト、駝鳥《だちょう》の羽根、模造蛇革など、見つけるがままに運びこんだ。新聞だけでなく、あちこち駆けまわってこんな仮面の材料を集めてくることが大事な仕事となった。アルベールだったら、どこに行けばいいのかもわからないだろう。

エドゥアールとルイーズは、仮面作りで時をすごした。エドゥアールは同じ仮面を二度とかぶらなかった。新しい仮面ができると、用ずみになった古い仮面は部屋の壁にずらりと飾られた。狩りの獲物か、仮装衣装店の商品を陳列するように。

アルベールが靴の箱を抱えて階段の下に着いたときはもう、夜の九時近かった。

ギリシャ人に切られた左手は、マルティノー先生に包帯を巻いてもらったけれど、まだずきずきと痛んだ。なんだか複雑な気分だった。力ずくで奪い取ってやった。これだけ蓄えがあれば、すこしほっとできる。モルヒネの調達はアルベールのような男にとって、気苦労の多い大変な仕事だった。彼はただでさえ感じやすく、情緒不安定だというのに……同時に彼は、思わずにおれなかった。ぼくは友を二十回も、百回だって殺せるくらいのモルヒネを手にしているんだと。

彼は三歩進んで、三輪自動車の残骸を覆う防水シートを持ちあげ、荷台にまだ山積みになっているガラクタの山をおしのけ、そこに大事な箱を置いた。

道々、ざっと計算してみた。今の服用量でもずいぶん多いくらいだが、エドゥアールがこのまま同じように使ったとしても、半年くらいは心配なさそうだ。

14

アンリ・ドルネー＝プラデルはすぐ目の前にある冷却装置《ラジエータ》の栓についた小さなコウノトリの像と、隣にすわっているデュプレのでっぷりした体格を、無意識のうちに比べていた。何か共通点があるからではない。それどころか、まったく対極的だと言ってもいい。だからこそプラデルは、それらを比べてみたのだ。はっきり対照させるために。先端が下につきそうなほど大きな翼、すらりと伸びた優美な首、その先についている意志の強そうな嘴《くちばし》。それがなければ飛翔しているコウノトリは、カモとさして変わらないだろう。しかしコウノトリのほうがもっとどっしりとして……もっと……（プラデルは言葉を探した）もっと〞究極的〟だ。おれが何を言いたいかは、神のみぞ知るってところだが。翼についたあの縞模様、と彼は感嘆した……まるで襞《ドレープ》どりみたいだ……そして、かすかに曲げた脚までも……コウノトリは車の前をすれすれに飛びながら、風を切って道をひらき、斥候兵役《せっこうへい》を務めているかのようだった。すばらしいじゃないか。プラデルはこのコウノトリを、いくら眺めても見飽きなかった。

それに比べてデュプレは、でっぷりと太っていた。斥候兵ではなく、歩兵ってところだ。

いかにも下っ端然とした表情だが、本人はそれを忠誠や律儀、義務感の証だと思っている。どれもくだらないことばかりだ。

この世には二種類の人間しかない、とプラデルは思っていた。ただ牛馬のように、最後までがむしゃらに働き続けねばならない、その日暮らしの人々。そしてすべてを司《つかさど》る選り抜きの人々。彼らの〝主観的要素〟によって、社会は動いていくのだ。プラデルはかつて軍の報告書のなかでこの言葉を知り、気に入って自分でも使うようになった。

元軍曹のデュプレは、第一のカテゴリーを見事に体現している。勤勉、凡庸、頑固。才能には欠けるが命令に忠実だ。

イスパノ＝スイザ社がH６B（六気筒エンジン、最高出力百三十五馬力、時速百三十七キロ）のために選んだエンブレムのコウノトリは、ジョルジュ・ギヌメールが率いた飛行中隊の名でもある。ギヌメールは稀に見る逸物《いちもつ》だった、とプラデルは思った。力量はおれにひけをとらない。でも彼は戦死したが、おれはまだ生きている。そこが大事なところだ。飛行機乗りのヒーローより、間違いなくおれのほうがすぐれていた証だから。

片やデュプレのような男がいる。彼はつんつるてんのズボンをはき、パリを発ったときからずっと膝に書類をのせたまま、クルミ材の木目がすばらしいダッシュボードに黙って見とれていた。プラデルは儲けの大部分をサルヴィエールの屋敷の修復にあてようと決めていたけれど、この車だけはその決意に反して買ってしまった。片やアンリ・ドルネー＝プラデルは、マルセル・ペリクールの娘婿で大戦の英雄。三十歳にして百万長者となり、成功の頂点に立つことが約束されている。そして今、オルレアネ地方にむかう街道を時速百十キロで走っている。すでに犬一匹と雌鶏二羽を撥ね飛ばした。あいつらも、人のために働くだけの動物だ。話はいつもそこに戻ってくる。飛翔する者たちと、地べたに這いつくばって死ぬものたちのことに。

デュプレは戦争中、プラデル大尉の部下だった。プラデルは彼が復員すると、わずかな金で雇い入れた。一時的な金額だったはずが、そのままずっと続くことになった。農民出身のデュプレは、自然現象には逆らえないと身に沁みて知っていた。だから復員後もこんなふうに服従し続けるのは、当然のなりゆきだと思っていた。

到着したのは昼近くだった。

プラデルは三十人ほどの職人たちが驚嘆のまなざしをむけるなか、大きなリムジンをとめた。庭のど真ん中に。誰がご主人様なのかを見せつけるために。主人、それは注文主だ。お客と言ってもいい。そう、お客が王様なんだ。

木材製造加工業者のラヴァレは、三世代にわたって細々と仕事を続けてきた。そして天の助けのように、戦争が勃発した。おかげで塹壕や連結壕を設置、補強、修復するため、何百キロメートルぶんもの腕木、足場、支柱をフランス軍に納入することになり、十三人だった職人も四十人以上に増えた。ガストン・ラヴァレもすばらしい車を持っていたが、特別な折にしか出さなかった。ここはパリと違う。

プラデルは庭でラヴァレと挨拶を交わした。デュプレの紹介はしなかった。あとで何かの折に、〝その件はデュプレと話し合ってくれ〟とでも言えばいい。ラヴァレはふり返り、うしろをついてくる実務担当者に軽く会釈するだろう。それが紹介代わりだ。

商談にかかる前に、軽く腹ごしらえでもどうかとラヴァレは言って、大きな作業場の右側に立っている家の玄関を指さした。プラデルは断りの身ぶりをしかけたが、エプロンをつけた若い娘が髪を撫でつけながら、彼らが来るのを待っているのが見えた。娘のエミリーが食事を用意しました、とラヴァレはつけ加えた。プラデルも、それならと応じることにした。

「でも、のんびりはしてられないからな」

埋葬準備課に提示した立派な棺桶の見本も、この作業場から送られたものだった。最高級オーク材のすばらしい棺で、ひとつ六十フランもする。あれが市場入札審議会の目をひきつける役目は、もう充分果たした。きれいごとはここまでにして、現実的な話に入ろう。実際に調達できる棺桶を選ばなくては。

プラデルとラヴァレは中央の作業場にいた。うしろにはデュプレと職工長が控えている。職工長はこの機会にと、自慢の作業服を着ていた。彼らはずらりと並んだ棺桶を見てまわった。それはまるで、兵士たちの硬直した死体そのもののようだった。質は見るからによくない。

「われらが英雄たちには……」ラヴァレはクリ材の棺桶に手を置きながら、もったいぶって言い始めた。「これなど手頃かと」

「そんなものを押しつけられてたまるか」とプラデルはさえぎった。「三十フラン以下のはどれだ？」

近くで見たら、ラヴァレの娘はけっこう不細工だったし（髪なんか整えても無駄だ。あんなに野暮ったくては）、白ワインは甘ったるくてぬるかった。おまけに料理は食べられたものじゃない。ラヴァレはプラデルの訪問を、異国の王様でもやって来るみたいに準備していたのだろう。職人たちは絶えずちらちらと目くばせしたり、肘をつつき合ったりしている。それがプラデルには、癇《かん》に障ってしかたなかった。さっさとすませよう。夕食までにはパリへ戻りたいし。先週、ちょっと見かけたヴォードヴィル女優のレオニ・フランシェを、友人が紹介してくれることになっていた。すごい女だとみんな言っている。どこがどうすごいのか、早くこの目でたしかめたかった。

「三十フランなんて、話が違いますよ……」

「話はあくまで話さ。実際にどうするかは、また別問題だ。さあ、いちから始めよう。だが、急いでな。やらなくちゃならないことは、ほかにもたくさんあるんだ」

「でも、プラデルさん」

「ドルネー＝プラデルだ」

「ああ、はい。そうお呼びしたほうがよければ」

プラデルはじっとラヴァレを見つめた。

「いいですか、ドルネー＝プラデルさん」ラヴァレは教育家然と、相手をなだめるように続けた。「その値段の棺桶だって、もちろんありますがね……」

「だったら、それにしよう」

「……しかし、そうはいかないんです」

プラデルはびっくり仰天したような身ぶりをした。

「輸送の問題がありますからね」と木材製造加工業者は、もったいぶった口調で言った。「近所の墓地に持っていくのなら、そりゃ大丈夫ですよ。でも、あなたが注文なさる棺桶は、長距離を運ばねばなりません。まずはここからコンピエーニュやランまで持って行きますよね、いったんおろして積みなおし、遺体の回収場所へ運んだあと、もう一度戦没者追悼墓地へ再輸送するんです。その道のりを全部合わせたら……」

「何も難しいことはないと思うが」

「三十フランでお売りできるのは、耐久性の低いポプラ材製です。すぐに壊れるか潰れるか、ばらばらになってしまいます。長距離を運ぶようには作られていないんです。せめてブナ材でないと。それなら、四十フランで何とかしましょう。ぎりぎりの線ですが、まとめ買いですから。普通なら四十五フランの品ですよ……」

プラデルは左をふり返った。

「あれはどうだ？」

ラヴァレは棺桶に近寄ると、大口をあけて笑った。やけにけたたましい作り笑いだった。

「これはカバノキですね」

「値段は？」

「三十六フラン……」

「こっちは？」

プラデルは安物の棺桶を指さした。ぞっとするようなしろもののの、ひとつ手前といったところだ。

「マツです」

「いくらだ？」

「ええと……三十三フラン……」

けっこう。プラデルは棺桶に手をあて、競走馬にするみたいに軽くぱんぱんとたたいた。顔にはほとんど賞賛の表情が浮かんでいる。褒めたたえているのは棺桶の質か、手ごろな値段か、はたまた自らの才覚か、そこのところは何とも言えないけれど。

ここはひとつプロらしいところを見せねば、とラヴァレは思った。

「ご忠告しておきますが、この棺桶では必ずしも条件に適いませんよ。いいですか……」

「条件だって？」とプラデルはさえぎった。「どんな条件だ？」

「輸送ですよ。またしてもそこ、すべては輸送にかかっているんです」

「平らに並べて送るんだから、最初は何も問題ないさ」

「ええ、最初はね……」

「着いたらそれを積みなおす。これも問題ない」

「いえ、そうはいきません。いいですか。もう一度言いますが、難しいのは棺桶の取扱いが始まるところからなんです。トラックからおろし、置いて移動し、納棺する……」

「なるほど。でもそこからはもう、きみの関わる問題ではない。納品すればきみの仕事は終わりだ。そうだろ、デュプレ？」

プラデルは、実務を担当するデュプレをふり返った。このあとのことは、おまえの役目だぞとばかりに。プラデルは返事を待っていなかった。ラヴァレは言い返そうとした。店の信用に関わるし、そもそも……けれどもプラデルはさっとさえぎった。

「三十三フランと言ったな？」

ラヴァレは急いで手帳を取り出した。

「大量注文なのだから、三十フランになるのでは？」

ラヴァレは鉛筆を探していたが、それが見つかるまでのあいだに、棺桶ひとつにつきさらに三フランをもらい損ねたようだ。

「いやいや、それはだめです」と彼は叫んだ。「三十三フランというのは、注文数を考慮した金額です」

今度ばかりはラヴァレも、絶対に譲れなさそうだ。彼は胸を張った。

「三十フランなんて無理です。問題外だ」

急に背が十センチも高くなったかと思うほどだった。一歩もあとに引かないぞ、三フランのためなら命を張る覚悟はできているとばかりに、真っ赤な顔で鉛筆を震わせている。

プラデルは長いことうなずいていた。ああ、なるほど、よくわかった……

「いいだろう」彼はようやく妥協した。「それじゃあ、三十三フランで」

突然の降伏に、みんな呆気にとられた。ラヴァレは手帳に数字を書きつけた。思いがけない勝利にかえって恐ろしくなり、疲れきった体に震えが走った。

「ところで、デュプレ……」とプラデルは、もの思わしげな顔で言った。

ラヴァレ、デュプレ、職工長、みんな再び身がまえた。

「コンピエーニュとランは百七十センチだったな」

入札の額はサイズによって変わった。一メートル九十のものから（とても少数だ）、一メートル八十（数百個）、さらに下がって契約の大半が一メートル七十だ。もっと小さい一メートル六十や一メートル五十のものも多少はあった。

デュプレはうなずいた。一メートル七十、ええ、そのとおりです。

「一メートル七十が三十三フランだったら」とプラデルはラヴァレにむかって言った。「一メートル五十だったら？」

この新たな申し出に、みんな唖然とした。予定より小さな棺桶だって？　それが具体的に何を意味するのか、誰も想像がつかなかった。ラヴァレも想定外のことだったので、計算してみなければならなかった。彼は再び手帳をひらき、長々と比例算を始めた。みんな、じっと待っていた。プラデルは、まだマツ製の棺桶の前に立っていた。もうたたいてはいないが、ぐるりと眺めまわしている。新入りの娘相手に、たっぷりお楽しみを期待しているかのように。

ラヴァレは答えが出たらしく、ようやく目をあげた。

「三十フランですね……」と彼はうつろな声で答えた。

「ほう、なるほど」プラデルはそう言うと、わずかに口をあけて考えこんだ。

どういうことなのか、みんなようやく想像がつき始めた。職工長は死体の首を曲げ、あごを胸にくっつけさせるところを想像した。身長一メートル六十の兵士の死体を、一メートル五十の棺桶に入れるのだ。デュプレは死体を横むきに寝かせ、脚を軽く折ればいいだろうと思った。ガストン・ラヴァレは何も考えなかった。彼はソンムの戦いで同じ日に二人の甥を亡くしている。家族は遺体の回収を要請し、彼みずから棺を作った。どっしりとしたオーク材製で、大きな十字架と金の取っ手がついている。大きすぎる遺体をどうやって小さすぎる棺桶に入れるのかなんて想像したくなかった。

それからプラデルは、何かの場合に備え、いちおう参考までにたずねるが、とでもいうように続けた。

「じゃあラヴァレ、一メートル三十の棺桶だったらいくらでできる？」

一時間後、基本同意書にサインがなされた。棺桶二百個が、毎日オルレアン駅に出荷されることになった。単価は結局二十八フランまで下げられた。プラデルはこの交渉にとても満足していた。浮いた差額で、イスパノ＝スイザを買ったお金をちょうど埋め合わせることができた。

15

運転手がもう一度やって来て、奥様、車の準備ができました、いらしてくださいと告げた。ありがとう、エルネスト、いま行くわ、とマドレーヌは身ぶりで示し、いかにも残念そうな声でこう言った。

「ごめんなさい、イヴォンヌ。もう行かなくては……」

イヴォンヌ・ジャルダン＝ボーリューは、ええ、わかった、わかったわと手を振ったけれど、いっこうに立ちあがるそぶりは見せなかった。いいかげんにしてよ、出かけられないでしょう。

「なんてすばらしい旦那様かしら」とイヴォンヌは、感嘆したように繰り返した。「うらやましいわ」

マドレーヌ・ペリクールは静かに微笑むと、謙遜したように指先を眺めながら、心のなかで〝この売女《ばいた》〟と叫んだ。けれども彼女は、ただこう答えただけだった。

「あら、あなたは恋人に不自由していないでしょ……」

「わたしなんか……」とイヴォンヌは、わざとらしいあきらめ顔で言った。

彼女の兄レオンは、男にしては背が低すぎるが、イヴォンヌはまずまずの美人だった。もちろん、娼婦がお好きならばってことだけど、とマドレーヌはまた心のなかでつけ加えた。大きな口は好色そうで品がなく、卑猥な行為を連想させた。男たちは間違っていない。イヴォンヌは二十五歳にして、ロータリークラブの半数とすでに関係があった。いや、マドレーヌは誇張している。ロータリークラブの半数というのは、少しばかりオーバーだ。しかし、ひと言弁護するならば、彼女がこんなに手厳しいのにもれっきとした理由があった。イヴォンヌはほんの二週間前、マドレーヌの夫アンリと寝た。そのあとすぐ、妻のところに押しかけて、相手がどんな顔をするか見てやろうというのだから、恥知らずにもほどがある。夫を寝取ったことよりも、ずっと質《たち》が悪いだろう。それ自体は、何も特別なことではなかったから。アンリのほかの愛人たちは、もう少し我慢強かった。勝利の喜びを味わう機会がむこうからやって来るのを待つか、偶然出会ったふりをするくらいには。結局はみんな、おんなじだけど。満足そうに微笑んで、猫なで声を出す。「ああ、なんてすばらしい旦那様かしら。とってもうらやましいわ」って。愛人のひとりは先月、こんなふうに言い放ちさえした。

「大事にしなさい。さもないと、誰かに取られちゃうわよ……」

ここ数週間は、あまり夫と顔を合わせることもない。やれ出張だ、会合だと飛びまわっていて、妻の女友達と楽しむ暇もないらしい。政府の下請け事業の話で、忙殺されているのだ。

夫が遅く帰ってくると、マドレーヌは求めた。

朝、夫は早く起きる。その前にも、マドレーヌは求めた。

残りの時間、夫は別の女たちと寝ている。出張に出かけ、電話をかけ、メッセージを残す。嘘のメッセージを。夫が浮気をしていることは、みんなが知っている（五月の末、彼がリュシエンヌ・ドールクールといっしょのところを見られて、たちまち噂は広まった）。

ペリクール氏はこの状況に、心を痛めていた。娘がプラデルと結婚したいと言ったときから、「おまえが不幸になるだけだぞ」と忠告していたが、その甲斐はなかった。娘はただ父の手を握っただけだった。しかたないな、と彼は言った。ほかにどうしようもない。

「さあ」とイヴォンヌはくすくす笑いながら言った。「もう引きとめないわ」

やるべきことはすませた。マドレーヌの固まりついた笑顔を見れば、メッセージが伝わったのは明らかだ。イヴォンヌは大満足だった。

「ありがとう、いらしてくれて」とマドレーヌは立ちあがりながら言った。

いいえ、いいのよ、何でもないわ、というようにイヴォンヌは手をふった。二人はキスを交わした。唇は宙にむけたまま、頰と頰を合わせるキスだった。それじゃあ、失礼するわね。またそのうち。この女、間違いなくいちばんの売女だわ。

思いがけない訪問客のせいで、ずいぶん遅れてしまった。マドレーヌは大きな柱時計をたしかめた。結局、これでよかったのかもしれない。午後七時半。この時間なら、あの男はもう帰宅しているだろう。

車がペール小路の入口に着いたときは、八時をまわっていた。モンソー公園とマルカデ通りのあいだは一区分も離れていないが、そこには天と地ほどの差があった。お屋敷町と貧民街、豪奢と困窮。ペリクール家の屋敷前にはいつも、パッカード・ツイン・シックスかキャデラック五一Ｖ８エンジンがとまっている。けれども今、ぼろぼろになった木の柵の隙間から見えるのは、壊れかけた手押し車と古タイヤの光景だった。マドレーヌはそんなことで怖じ気づきはしなかった。彼女は母親からリムジンを、父親からは手押し車を受け継いでいる。父方の祖先は、つつましい家の出だったから。たとえ二つの家系の源流まで遡るものだろうと、貧しさの記憶はマドレーヌのなかに刻まれていた。欠乏や貧窮はピューリタニズムや封建制のようなもので、決してあとかたもなく消え去りはしない。その痕跡は、何世代にもわたって残り続けるのだ。運転手のエルネストはと言えば――ペリクール家では、運転手はみんなエルネストと呼ばれている。初代の運転手がエルネストだったから――マドレーヌが遠ざかるのを眺めながら、内心の嫌悪をあらわにして中庭を見やった。運転手という仕事ができたのは、まだほんの二世代前だった。

マドレーヌは柵に沿って進み、家の呼び鈴を鳴らした。しばらくじっと待っていると、ようやく女がドアをあけた。歳はよくわからない。アルベール・マイヤールさんにお話があるのですが、とマドレーヌは言った。女はぽかんとしていた。目の前にいる、きれいに化粧した金持ちそうな若い女が、マイヤールさんに話ですって？　白粉の香りが遠い昔の記憶のように、ほんのり匂ってくる。マイヤールさんに、とマドレーヌは繰り返した。女は黙って庭を指さした。あっち、あの左側。マドレーヌはうなずくと、家主の女とエルネストが見つめるなか、虫食いだらけの柵をしっかりした手で押した。彼女はためらうことなく、泥のなかをすたすたと歩き出した。そして倉庫だった小屋の前まで行くと、なかに入った。けれどもそこで、さっと立ちどまった。階段のうえから、誰かおりてくる足音がする。目をあげると、それは石炭バケツを手にした兵士マイヤールだった。マイヤールも階段の途中ではっと立ちどまり、「ああ、いや、何か？」と言った。途方に暮れているようすだった。かわいそうなエドゥアールの遺体を掘り出した日、墓地で会ったときと同じように。

アルベールは口を半開きにして、凍りついていた。

「こんにちは、マイヤールさん」とマドレーヌは言った。

そして青白い顔と、やけに興奮気味のようすをちらりと眺めた。前に女友達が、絶えず体を震わせている子犬を飼っていたことがあった。特に病気ではなく、性質のようなものらしい。ともかくその子犬は、頭のてっぺんから足の先まで四六時中ぶるぶると震えていた。そしてある日、心臓発作で死んでしまった。アルベールを見たとき、とっさにその犬のことを思った。マドレーヌはとても静かな声で話した。アルベールがあんまりびっくりしているので、いきなり泣き出すのではないか、地下室に逃げこんでしまうのではないかと心配しているかのように。アルベールは片足をあげてふらふらしながら、黙って唾を飲みこんだ。そして怯えたような、心配そうな顔で階段のうえを見あげた……ああ、この表情、とマドレーヌは思った。背後で何か起きるのではないかと、年がら年中びくびくしている。去年、墓地で会ったときからもう、とても取り乱して途方に暮れたようだった。しかしそこには、自分の世界を持っている男のやさしい素朴な表情があった。

アルベールはこの状況から逃れられるなら、寿命を十年だってくれてやっただろう。階段の下では、マドレーヌ・ペリクールが頑として待ちかまえている。二階では死んだはずの弟が、インコさながら青い羽根のついた緑の仮面をかぶり、鼻孔から煙草を吸っている。彼はそのあいだに、がっちり挟みこまれてしまったのだ。どうやらぼくは、生まれついてのサンドイッチマンだったらしいな。アルベールはまだ挨拶をしていなかったのに気づき、石炭バケツを布巾みたいにふると、黒い手を差し出した。そしてすぐに謝り、手を背中にひっこめて、最後の数段をくだった。

「あなたのお手紙に住所が書いてあったので」とマドレーヌは静かな声で言った。「お訪ねしたところ、今こちらに住んでいるとお母様が教えてくださったので」

彼女はにっこり笑ってあたりを指さした。彼女の口から出ると、物置小屋も中庭も階段も、まるでブルジョワのアパルトマンのように聞こえる。アルベールは何も言えず、ただうなずいただけだった。彼女がやって来たのは、ちょうど靴の箱をあけ、モルヒネのアンプルを取り出そうとしていたところだった。たまたまエドゥアールが自分で石炭を取りにおりてきていたら、いったいどんなことになっていただろう…そんなささいな偶然で、人は運命の馬鹿馬鹿しさを知るのだ。

「ええ……」とアルベールは言った。何が〝ええ〟なのか、自分でもわからないまま。

いや、いや、だめですと、本当は言いたかった。うえにお招きして、飲み物でもどうぞなんていうわけにはいきません。マドレーヌ・ペリクールはそれを、無作法だとは思わなかった。びっくりしてあわてているのだろうと、彼の態度を解釈した。

「実は」と彼女は切り出した。「父があなたとお会いしたいと」

「ぼくと、どうして？」

本心からそうたずねているようだ。声が緊張している。当然でしょと言うように、マドレーヌは肩をすくめた。

「弟の最期に立ち会った方だからです」

彼女はやさしく微笑みながらそう答えた。年寄りの希望なので、わがままも聞いてあげねばならないのだというように。

「ああ、なるほど……」

最初の動揺が治まると、アルベールは急に心配になってきた。一刻も早く、マドレーヌに帰ってもらわねばならないぞ。エドゥアールが心配して、おりてくる前に。いや、もしかしたらうえで彼女の声を聞き、数メートル先に誰がいるのか感づくかもしれない。

「わかりました……」とアルベールは答えた。

「明日でいいですか？」

「ああ、いや、明日は無理です」

マドレーヌ・ペリクールは、きっぱりした返答に驚いた。

「つまり」とアルベールは言いわけをするように続けた。「よろしければ、別の日のほうが。

明日は……」

どうして明日では都合が悪いのか、アルベールは説明できなかった。単にもう少し、落ち着きを取り戻す時間が欲しかったのだ。母親とマドレーヌ・ペリクールがどんな会話をしたのか想像し、彼は青ざめた。なんだか恥ずかしかった。

「それでは、いつならご都合がよろしいですか？」とマドレーヌはたずねた。

アルベールはもう一度、階段のうえをふり返った。うえに女がいるんだわ、とマドレーヌは思った。だから気まずそうにしているんだ。彼女はトラブルにさせたくなかった。

「じゃあ、土曜日では？」マドレーヌは早く話を決めようと、そう提案した。「ご一緒に夕食でも」

彼女は食いしんぼうらしく、明るい声を出した。たまたま思いついたことだけど、きっと楽しいひとときがすごせるわ、とでもいうように。

「ええ、まあ……」

「よかったわ」彼女は話を決めた。「それでは、午後七時に。それでいいですか？」

「ええ、まあ……」

マドレーヌはにっこりした。

「父もきっと喜びます」

社交辞令の儀式が終わると、次はどうしようか、二人は一瞬考えこんだ。そして初めて会ったときのことを、脳裏によみがえらせた。二人とも恐ろしい、禁じられた秘密を抱えている。戦死した兵士の遺体を掘り返し、密かに持ち帰ったのだ……あの死体は、どこに納めたのだろうとアルベールは思い、唇を噛んだ。

「家はクールセル大通りです」とマドレーヌは手袋をはめながら言った。「プロニー通りの角ですから、すぐにおわかりになるでしょう」

アルベールはうなずいた。午後七時、はい。プロニー通りの角、すぐにわかるんですね。土曜日に。そして沈黙が続いた。

「では、おいとまします、マイヤールさん。どうもありがとうございます」

マドレーヌはうしろをむいてからもう一度彼をふり返り、まじまじと見つめた。真面目そうな表情が、いかにもこの男らしい。でもそのせいで、実際よりも老けて見えた。

「父にはあのことについて、詳しい話をしていません……ですから……できれば、なるべく……」

「ええ、わかりました」とアルベールは急いで答えた。

マドレーヌは感謝をこめて微笑んだ。

アルベールはふと心配になった。今度も彼女は、お札を手に握らせるつもりじゃないだろうか。ぼくの沈黙と引きかえに。そう思ったら侮辱されたような気がして、彼はさっさと階段をのぼり始めた。

けれどもうえに着いたとき、石炭もモルヒネのアンプルも持ってこなかったのを思い出した。

彼はまたとぼとぼとおりていった。考えが少しもまとまらない。エドゥアールの家に招待されたら、どういうことになるのだろう？

不安で胸が締めつけられるようだった。長いシャベルで石炭バケツを満たしていると、リムジンを発進させるくぐもった音が通りから聞こえた。

16

エドゥアールは目を閉じると、安堵の長いため息をついた。筋肉がゆっくりと弛緩し始める。落としそうになった注射器を危ういところでつかみ、近くに置いた。手はまだ震えているけれど、締めつけられるような胸の苦しみはもう引き始めていた。モルヒネを打ったあとは、しばらくぼんやりと横になっているだけだ。眠りはめったに訪れない。ゆったりと水に浮かんでいるような感じだった。船が遠ざかるように、少しずつ興奮が退いていく。今までずっと、海には無関心だった。大型客船を見て、旅情をそそられることもない。けれども至福のアンプルには、それがこめられているらしい。薬が喚起するイメージは、なぜか海を感じさせた。オイルランプか薬用酒《エリキシル》のように、人々を独自な世界に誘うのだ。注射器や針はエドゥアールにとって単なる外科の道具、必要悪にすぎないけれど、アンプルは生き生きとした活気に満ちていた。彼は手にしたアンプルを光にかざし、透かしてみた。そうすると、なかがよく見えた。澄んだ泡がすばらしい効力や、豊かな想像力を発揮するわけではない。けれども彼はそこから、多くを汲み取った。安らぎ、平静、慰め。日々の大半が、そんなぼんやりとかすんだような状態ですぎていった。時間はもう、厚みをなくしていた。彼はひとり、次々に注射を打っては、オイルの海に漂った（またしても、海のイメージだ。きっとそれはまだこの世に生まれる前、羊水に浸っていたころの記憶から来ているのだろう）。けれどもアルベールは、とてもしっかりした男だった。彼は毎日ちょうど必要な分量しか、エドゥアールに与えなかった。きちんとノートに記録をし、毎晩帰宅すると学校の先生みたいにページをめくりながら、残りの量と日数を声に出して数えあげる。エドゥアールはやらせておいた。ルイーズが仮面を作るのと同じように。まあいい、みんなおれを気づかってくれるんだ。

家族のことはほとんど考えなかった。マドレーヌのことだけは、ほかの者たちよりも気になったけれど。姉の思い出は、いくつも残っている。吹き出しそうになるのを必死に抑えているところや、くすくすと忍び笑いをしているところ。それに曲げた指先で、彼の頭をこすったり。それは二人の共犯関係を示す証だった。姉には悪いことをしたと思う。おれが戦死したという知らせを受けて、さぞかし悲しんだことだろう。大事な人を亡くした女性が皆悲しむように。そのあとは、時が解決してくれる……誰でもいつかは、喪の悲しみに慣れるのだから。

鏡に映ったこの顔に、比べうるものは何もない。

死は絶えずエドゥアールの前にあって、彼の傷口を掻きむしった。

マドレーヌのほかに、誰がいただろう？　そう、数名のクラスメートたち。でも彼らのうち何人が、まだ生きているのか？　強運のエドゥアールでさえこの戦争で死んだのだから、ほかの連中についていては、何をか言わんやだ……あとは父親も残っているけれど、あの男のことはどうでもいい。どうせ陰気で横柄な顔で、仕事に励んでいるはずだ。息子の死亡通知だって、延々と続く彼の歩みをとめることはない。いつものように車に乗り、「証券取引所へ」とか「ジョッキークラブへ」とかエルネストに言うだけだろう。決めねばならないことがあるから、あるいは選挙の準備に入ったからと。

エドゥアールはまったく外出せず、一日中部屋にこもったまま、悲惨な思いに浸っていた。いや、必ずしも悲惨とまでは言いきれないだろう。彼が落ちこんでいるのは、困窮のなかでただみじめに暮らすしかないからだった。人はどんなことにも慣れるというけれど、エドゥアールは決して慣れなかった。気力が残っているときは、鏡の前に立って顔を映してみた。やっぱり、何も変わっていない。あごが砕けて舌がちぎれ、むき出しになった喉に、人間らしさを見出すことはできなかった。それにこの大きな歯。焼灼《しょうしゃく》された肉はすでに固まっているけれど、ぱっくりとあいた傷口が与える衝撃はそのままだ。だからこそ、移植は役立つのだろう。醜さを和らげるのではなく、人をあきらめに導くために。悲惨についても同じことだ。エドゥアールは裕福な環境に生まれた。倹約をする必要はなかった。お金はいくらでもあるのだから。彼は無駄づかいをする子供ではなかったが、通っていた学校のクラスメートたちのなかには、贅沢好きの浪費家がたくさんいた……いくらエドゥアールが無駄づかいをしないといっても、彼をとりまくのは何不自由ない、ゆったりとした安逸な世界だった。広い部屋、深々とした腰かけ、豊富な食べ物、高価な服。ところが今いる部屋ときたら、床板はがたがたで窓は薄汚れている。石炭も満足になく、飲むのは安ワインがいいところだ……

…まったくひどい生活じゃないか。やりくりはすべて、アルベールにかかっていた。彼のことを責められやしない。モルヒネを手に入れるのだって、ひと苦労だったろう。どうやったのかはわからないが、お金もかかったに違いない。本当にいい友達だ、あいつは。あの献身ぶりには、胸が痛んだ。しかも文句ひとつ、泣き言ひとつ言わず、いつも陽気にしている。もちろん本当は、不安なんだろうけれど。二人がこれからどうなるのか、想像もつかなかった。しかしこのまま行ったら、将来は決して明るくないだろう。

エドゥアールは足手まといだったけれど、将来を悲観してはいなかった。彼の人生は賽《さい》のひとふりでいっきに崩れ落ちてしまった。崩壊とともに、すべてを失った。恐怖心さえも。耐えがたいのは悲しみだけだ。

けれどもここしばらく、調子がよくなってきた。

ルイーズと仮面作りをしていると楽しかった。器用な娘だ。アルベールと同じようにせっせと動きまわり、地方紙を集めてきてくれた。今はまだあまりに漠然とした話なので、秘密にしているけれど、いずれ暮らしむきがよくなるかどうかは、あの古新聞にかかっている。あれを読んで思いついたアイディアに。彼は毎日、体の奥底から興奮が湧きあがるのを感じていた。考えれば考えるほど、いたずらをたくらんでいたときのような少年時代の幸福感がよみがえってくる。漫画《カリカチユア》、変装、挑発。今はもう、かつてみたいにわくわくするような歓喜はないものの、お腹の底に〝何か〟が戻ってくる感じがした。彼は心のなかで、あえてその言葉を発すまいとした。しかし、わかっている。〝何か〟とは喜びだ。おもてには出すまいと慎重にこらえている、断続的な喜び。そのアイディアがまとまったとき、信じがたいことにエドゥアールは今の自分を忘れ、戦争前の自分に戻ったような気がした……

エドゥアールはようやく起きあがると、息をととのえ気持ちを落ち着けた。針を消毒して、注射器をブリキの缶にしまい、ふたをしめて棚に置く。それから椅子をつかんでうえを見あげ、ちょうどいい位置まで動かした。片脚が曲がらないせいで、椅子のうえにあがるのはひと苦労だった。天井に取りつけた揚げ戸に腕を伸ばしてそっと押すと、天井裏に手が届いた。立てないほどの低い天井裏で、蜘蛛の巣や煤でいっぱいだが、彼は宝物の入ったバッグをそこからそっとおろした。それはルイーズが物々交換で手に入れてきたという、大きなデッサン帳だった。いったい何と交換したのかは謎だったけれど。

彼は長椅子《オットマン》に腰かけると、鉛筆を削った。削りかすはバッグのなかに突っこんであった紙袋に入れ、あたりに散らないようにした。今はまだ、秘密にしておかないと。いつものように、まずは描き終えたページをぺらぺらとめくった。彼は出来栄えに満足し、自信が湧いてきた。すでに十二枚の絵があった。兵士たち、女が数人、子供ひとり。兵士はさまざまだった。傷ついた者、勝利した者、死にかけている者、ひざまずいている者や横たわっている者。この兵士は、腕を伸ばしている。われながらとてもうまく描けたぞ、この伸びた腕は。できれば会心の笑みを浮かべたいところだが……

エドゥアールは仕事にかかった。

今度は女だ。立って、胸を露わにしている女。胸を出す必要があるだろうか？　いや、ないな。彼は下絵に手を入れ、乳房を覆った。彼はまた鉛筆を削った。本当ならもっと先の尖った鉛筆と、きめの細かな紙が要るのだが。テーブルは高さが合わないので、膝のうえで描かねばならなかった。板が傾く製図台が欲しいところだ。けれども、いらいらするのはいいめた。仕事に意欲を燃やしている証だから。彼は顔をあげ、少し離れて出来をたしかめた。大丈夫、立っている女の感じがよく出ている。襞《ドレープ》も悪くないぞ。いちばん難しいところだ。そこにすべての意味合いが、こめられているのだから。襞《ドレープ》と視線に。それがこつなんだ。この瞬間、かつてのエドゥアールが戻っていた。

おれの計画どおりなら、大金持ちになれる。しかも、年が暮れる前に。アルベールのやつ、びっくりするぞ。

いや、驚くのはあいつだけじゃない。

17

「冗談じゃない、廃兵院《アンヴァリッド》でつまらない式典が行われるだけなんて」

「でも、フォッシュ元帥が参列するんでしょ……」

するとプラデルは、むっとしたようにふり返った。

「フォッシュ？　それがどうしたっていうんだ？」

彼はブリーフ姿で、ネクタイを締めているところだった。マドレーヌは笑い出した。いくら憤慨しても、ブリーフをはいただけのかっこうでは……たしかに、引きしまったきれいな脚をしているけれど。彼はネクタイを締め終えようと、鏡の前にむかった。ブリーフの下で、丸く力強いお尻の輪郭が露わになった。夫は急いでいるのだろうか、とマドレーヌは思った。でも、そんなことどうでもいいわ。時間なら、わたしはいくらでもあるのだから。二人のための時間もある。我慢強く待ってもいいし、執拗にねばってもいい。彼女はどちらも得意だった。あとは愛人たちと、好きなだけ楽しみなさい……彼女は夫のうしろにまわった。プラデルは彼女の気配を感じなかった。はっとしたとたん、まだ冷たい手がブリーフのなかにするりと潜りこんできた。手は目ざす場所にすばやく達すると、おもねるような、悶えるような動きを続けた。マドレーヌは夫の背中に顔を寄せ、甘ったるい、蓮《はす》っ葉《ぱ》そうな口調でささやいた。

「あら、言いすぎよ。フォッシュ元帥だって……」

プラデルは考える時間稼ぎに、ネクタイを締め終えた。そう、よく考えれば、タイミングが悪い。すでに昨晩……そして今朝もなんて……必要な余力は残っていた。だから問題はそこではない。今みたいなときでも妻が欲望を燃えあがらせれば、こっちはいつも相手をしなければならない。それで夫婦円満ならけっこうだし、お勤めの代わりにほかで別の楽しみが待っている。もくろみどおりだが、楽じゃなかった。彼は妻のあそこの臭いに、どうしても慣れることができなかった。口に出せる問題ではないが、妻だってわかってくれてもよさそうなものを。けれども、彼女はときに皇后のようにふるまい、彼のほうは立場をわきまえた使用人のようにふるまった。まあいい。実を言えば、さほど不快なことではなかったが……あてる時間は自分で決めたかった。ところが、マドレーヌが相手だと立場が逆転し、いつも彼女が主導権《イニシアティブ》を握ることになる。マドレーヌは「フォッシュ元帥」と繰り返した。夫にその気がないのはわかっていたが、彼女はやめなかった。手が温まってくる。怠けものだが力強い蛇のように、大きくなるのがわかった。彼は決して拒絶しない。その日も拒絶しなかった。しかも強烈だった。彼はふり返り、彼女を立たせてベッドの端に寝かせた。ネクタイも外さず室内履きも脱がなかった。彼女は夫にしがみつき、さらに数秒とどめておいた。彼はじっと体をあずけ、それから起きあがった。こうしてことはすんだ。

「でも七月十四日の革命記念日には、盛大に祝ったわ」

プラデルは鏡の前に戻った。さあ、ネクタイを締めなおさねば。彼は続けた。

「七月十四日に大戦の勝利を祝うっていうのか！　とんでもない。それじゃあ、あんまりだ……そして休戦記念日の十一月十一日は、廃兵院《アンヴァリッド》でお通夜ってわけか。内輪だけが集まって！」

彼はこの言いまわしが気に入った。彼はぴったりの表現を見つけると、ワインの風味を試すようにその言葉を舌のうえで転がした。内輪だけの記念祭か。こいつはいい。彼はさっそく使ってみようとばかりにふり返ると、腹立たしげな口調で言った。

「大戦の終結を祝うのに、内輪だけの記念祭だなんて！」

悪くないぞ。マドレーヌはようやく起きると、またネグリジェを着た。着がえは夫が出かけたあとにしよう。何も急ぐ用事はない。それまで、服の片づけでもしていればいい。

彼女はミュールをつっかけた。夫がこう続ける。

「今じゃ祝賀会は過激派《ボルシェヴィキ》の手に握られているんだ。そうだろ」

「やめてちょうだい、アンリ」とマドレーヌは、戸棚をあけながらうわの空で答えた。「そんな話、うんざりだわ」

「賭けに加わろうとしている傷痍軍人たちもいる。おれに言わせれば、英雄に敬意を表するための日は、十一月十一日の休戦記念日しかない。さらに言うなら……」

マドレーヌは苛立たしげにさえぎった。

「アンリ、もうそこまでにして。七月十四日でも十一月一日でも、あるいはクリスマスだって、あなたにはどうでもいいんだわ」

プラデルは妻をふり返って、じろりとねめつけた。あいかわらずブリーフ姿だが、今度はマドレーヌも笑う気にはならなかった。彼女は夫をじっと見つめた。

「わかってるわよ」と彼女は続けた。「観客の前で演じる前に、リハーサルをしたいんでしょ。退役軍人会だか、通っているクラブだか知らないけど……でもわたしは、あなたのコーチじゃないわ。怒ったり憤ったりしてみせるのは、興味のある人たちの前でやってちょうだい。わたしをうるさがらせないで」

マドレーヌはまた片づけを始めた。手も声も震えていない。彼女はよくこんなふうにそっけなく、話を終わらせてしまうことがあった。父親と同じように。この二人は本当に似たもの親子だ。プラデルは別に、腹が立ちもしなかった。彼はズボンをはいた。よくよく考えたら、妻の言うとおりかもしれない。十一月一日だろうが、十一月十一日だろうが……しかし、七月十四日は大違いだ。プラデルはこの国民的な記念日が大嫌いだった。なにが啓蒙思想だ革命だと毒づいてはばからない。深く考えてのことではなく、貴族たる者にふさわしい、当然のふるまいと思っていたからだった。

プラデルが今住んでいるのが、新興の富裕層であるペリクール家の屋敷だからということもある。義父はド・マルジ家の娘と結婚したが、それだってもとをただせば毛糸仲買人の末裔ではないか。貴族を示す〝ド〟という小辞は、金で買ったものだ。さいわいその名を受け継ぐのは男だけだから、ペリクールはいつまでたってもペリクールのままで、ドルネー＝プラデルと肩を並べるにはあと五世紀はかかるだろう。いや、もっとかもしれない。そもそも五世紀もしたら、ペリクール家の財産なんてとっくになくなっている。このおれが中興の祖となるドルネー＝プラデル家は、サルヴィエールの屋敷で広々としたサロンにお客を迎えていることだろうが。それには、ぐずぐずしていられない。もう九時じゃないか。夕方までには現場へ行き、明日は午前中いっぱい職人に指示を出したり、作業の確認をしなくてはならないからな。彼らのうしろについて見積もりをたしかめ、価格をさげさせねば。屋根組と七百平方メートルにわたるスレートぶきが終わったところで、それだけでも大変な金額だった。今はぼろぼろになった西翼にかかっているが、いちからすべて始め、列車も川船もないようなところへ、はるばる石材を求めて行くことになる。そのための費用をまかなうのに、英雄たちを墓から掘り出すのだ。

プラデルが出かける前のキスをしに行くと（彼はいつも額にキスをした。妻の唇には、あまり口をつけたくなかったから）、マドレーヌはほんの形だけネクタイの結び目をなおした。彼女は少しうしろにさがって、夫に見とれた。たしかに、あの売女たちの言うとおりだわ。夫は本当にハンサムだ。さぞかしかわいい子供を授けてくれるだろう。

18

　アルベールはペリクール家に招待されたことが、ずっと頭から離れなかった。エドゥアールの身元をすり替えた件でも、これまで心休まるときがなかった。警察に見つかって逮捕され、監獄に入れられる夢をよく見たものだ。牢屋に閉じこめられて悲しかったのは、エドゥアールの面倒を見る者が誰もいなくなることだった。けれども同時に、ほっとする気持ちもあった。エドゥアールはときどきアルベールに対して、漠然とした恨みを感じることがあったが、アルベールのほうもこんながんじがらめの生活を送らねばならないのは、エドゥアールのせいだと思っていた。どうしても病院を出たいと友は言い張り、傷痍軍人の年金がもらえないという悲惨な事実が明らかになった。ようやくショックが治まると、アルベールはいつもの日常生活が戻ったような気がしていた。そこにマドレーヌ・ペリクールがやって来て、家に招待したいと告げたのだ。せっかく落ち着いていたアルベールの心は千々に乱れ、昼も夜も不安が続いた。エドゥアールの父親の前で夕食を食べ、息子の死についてひと芝居打つのだから。やさしそうな姉の視線にも耐えねばならない。配達人にチップを渡すみたいに、手にお札を握らせたりさえしなければ、いいお姉さんだ。

招待を受けた結果、どんなことになるか、アルベールは延々と思案した。エドゥアールは生きていますとペリクール家の人々に告白したら（ほかにどうしろっていうんだ？）、彼を家族のもとに連れ帰らねばならないのでは？　本人はもう二度と足を踏み入れたくないと思っているのに。それはエドゥアールに対する裏切りだ。でも、どうして彼は家に帰りたがらないのだろう？　あんなお金持ちの家に。くそ！　ぼくだったら大喜びなんだが。マドレーヌみたいな姉だって欲しいくらいだ。去年、軍隊病院で、エドゥアールの話を聞いたのが間違いだった。彼は絶望のあまりあんなことを言ったけれど、受け入れるべきではなかったんだ……今さら、どうしようもないけれど。

それに真実を告白したら、あの名もない兵士の遺体はどうなる？　きっと今ごろ、ペリクール家の墓に眠っているのだろうけれど、そんな邪魔者をいつまでも置いといてくれやしない。じゃあ、どうすればいいんだ？

司法当局に訴えられたら、すべてはぼくの責任にされる。ペリクール家の墓から、もう一度哀れな兵士の遺体を回収するはめになるかも。でも、そのあとは？　軍隊の帳簿を偽造したことまで、調べられるのでは？

そもそもエドゥアールに内緒のままペリクール家に行って、お父さんやお姉さんに会うのは、不誠実ではないか？　もしエドゥアールが知ったら、どんな反応をするだろう？

でも話せば話したで、それも裏切り行為では？　もう自分の家族ではないと思っている人たちと（会いたくないっていうのは、そういうことだ）、ぼくが夜をすごしているのを知りながら、ひとりここで待っていなければならないのは、さぞかしつらいだろう。

　急な用事ができたと言って、断りの手紙を書こうか？　それなら別の日にと、言われるだけだ。どうしても行けないわけをでっちあげても、また誰かが迎えに来て、エドゥアールを見つけたら……

　アルベールはもう、どうしたらいいのかわからなかった。頭のなかがぐちゃぐちゃになり、いつまでも終わらない悪夢のなかにいるようだった。真夜中、ほとんど眠らないエドゥアールは片肘をついて体を起こし、心配そうに友の肩をつかんでそっと揺すった。アルベールが目を覚ますと、彼は問いかけるような顔で筆談用のノートを差し出した。アルベールは何でもないという身ぶりをしたが、悪夢は繰り返し訪れた。エドゥアールとは反対に、彼には眠りが必要だった。

　アルベールは散々考えた末、ペリクール家には行くけれど（さもないと、ここまで追いまわされるだろう）、真実は伏せておくことにした。それがいちばん無難な解決策だ。彼らの望みどおりにしてやろう。エドゥアールがどのように死んだかを聞かせてやる。そうすれば、もう二度と会わなくていい。

　ところが手紙にどう書いたのか、アルベールはよく覚えていなかった。どんな作り話をしたのか、思い出さなくては。胸を一発撃ち抜かれた、小説さながらの英雄的な死。でも、どんな状況で？　それにマドレーヌは、プラデルのやつを介してぼくのところまでやって来た。あいつが彼女に何を話したか、わかったものじゃないぞ。どうせ自分の得になるような、はったりを利かせたに違いない。ぼくの話とプラデルの話が違っていたら、みんなどちらを信用するだろう？　ぼくが嘘つきにされかねない。

考えれば考えるほど、記憶は混乱した。幽霊が食器棚の皿をかたかたと鳴らすように、再び悪夢が一晩中、アルベールの眠りを妨げた。

それに服装という、難しい問題もある。普段のかっこうでは、ペリクール家を訪れるのにふさわしくないだろう。いちばんいい服でも、三十歩先から臭うくらいだから。

クールセル大通りを訪問すると決めたら、しかるべき服装のことも考えねばならない。思いつくのは、シャンゼリゼ大通りの下でサンドイッチマンをしている同僚から借りることくらいだった。アルベールよりもほんの少し小柄だが、何とかなるだろう。でもズボンはできるだけ下にさげておかないと、道化師みたいになってしまう。シャツはエドゥアールが二枚持っている。それを借りようかと思ったが、やめておいた。家族に気づかれるかもしれないから。同僚に借りたシャツはやはり小さすぎて、ボタンホールが少しひらいてしまった。あともうひとつ、靴をどうするかも思案のしどころだった。誰かに借りようにも、彼のサイズに合う靴は見つからなかった。自前でなんとかするしかないが、踵の減ったドタ靴は擦り切れるほど磨いても、ペリクール家に履いていけるほどきれいによみがえることはなかった。

彼はこの問題をあらゆる方向から検討した結果、新品の靴を一足買うことにした。モルヒネにあてるお金が浮いて、少し余裕があったからだ。すばらしい靴だった。バタの店で三十二フランした。包みを抱えて店を出てきたとき、彼は思った。そういえば復員してからずっと、新しい靴が欲しかったんだ。趣味の善し悪しはおしゃれな靴で決まると、彼はつねづね考えていた。スーツや外套が古びているのは、まあしかたない。しかし、男は靴で判断される。そこに妥協の余地はない。明るい茶色の革靴。それを履くことができるのが、今回の出来事でたったひとつの喜びだった。

アルベールが衝立の裏から出てくると、エドゥアールとルイーズは顔をあげた。二人は新しい仮面を作り終えたところだった。アイボリー色の仮面で、ちょっと尊大そうに尖らせた、ピンク色のきれいな口が描かれている。頬のところに貼りつけた二枚の黄色い落ち葉は、まるで涙のようだ。全体的に見れば、悲しげな感じはまったくない。世俗を離れた隠遁者というところだ。

しかし本当の見物《みもの》はこの仮面ではなく、衝立の裏からあらわれたアルベールの出で立ちだった。結婚式に出かける肉屋の小僧じゃあるまいに。

はは あ、女の子とデートだな、とエドゥアールは思って嬉しくなった。

色恋沙汰の話題は、彼らの冗談の種だった。当然だろう、若い男二人なんだから……しかし二人とも女っ気なしときては、話すだけつらくなる。アルベールは時計屋のモネスティエ夫人と、ときどきこっそり関係を持っていた時期もあったけれど、楽しさよりも苦しさのほうがだんだん強くなってきた。誰もぼくを愛してくれないと、かえってひしひし感じたから。アルベールは関係を絶つことにした。モネスティエ夫人は少しねばったけれど、やがてあきらめた。若くてきれいな女の子はあちこちで見かけた。店のなか、バスのなか。たいていは恋人がいなかった。たくさんの男が、戦争で死んでしまったから。彼女たちはいい男がいないかと、いつも物色していた。けれどもアルベールみたいな男では、魅力ある結婚相手と言えるわけない。何しろ染めの剝げた軍用コートを着て、雌猫さながらびくびくとうしろをふり返ってばかりいるのだから。これでよく戦争に勝てたものだ。

貧乏生活も厭わない女の子が見つかったとしても、どんな将来を約束してあげられるだろう？　〝ぼくと暮らそうよ。今、下あごのない傷痍軍人の戦友がいっしょだけどね。部屋にこもりっきりで、モルヒネを打ってる男さ。カーニヴァルの仮面をかぶってね。でも心配いらない。一日三フランの生活費があるし、破れた衝立できみのプライバシーも守れるから〟なんて言えるだろうか？

おまけにアルベールは内気ときているから、たとえ状況が彼にとってよかったとしても……

そんなわけで彼は、もう一度モネスティエ夫人に会いに行ったけれど、彼女にだってプライドがあった。夫を裏切っているからといって、誇りまで捨てねばならないことはない。もっともそれは、いささかご都合主義のプライドだった。というのは実際のところ、もうアルベールがいらなかったのは、新しい店員とよろしくやっていたからだ。奇妙なことにその男は、アルベールが覚えている限り、サマリテーヌ百貨店のエレベータでセシルといっしょにいた若者とよく似ていた。数日分の給料をふいにして、出なおしを決めた日のことだ……

ある晩、彼はそんないきさつをすべてエドゥアールに打ち明けた。ぼくも女の子と普通につき合えそうもないなと言って、エドゥアールを愉快がらせようとしたのだ。しかし、ことはそう単純ではなかった。アルベールはやりなおせるが、エドゥアールには無理だ。アルベールはまだ若い女の子と出会うチャンスがある。何なら、若い未亡人だっていい。何しろ今は、山ほどいるから。あんまりしまり屋ではない女を、探しまわらねばならないけれど。でも、エドゥアールを選ぶ女がいるだろうか？　たとえ彼が女を愛するとしても。結局この話題では、二人とも気まずくなってしまった。

そのアルベールが、突然めかしこんであらわれたのだ。

ルイーズは賞賛するようにひゅうっと口を鳴らし、近寄ってアルベールが身をかがめるのを待ち、ネクタイの結び目をなおしてあげた。アルベールをからかってやろうと、盛りあがっている。エドゥアールは自分の太腿をたたき、すごいぞとばかりに親指を立てて、喉の奥から鋭い唸り声をあげた。ルイーズも負けずに、口に手をあてて笑いながらこう言った。

「アルベール、そのかっこう、本当に似合ってるわ……」まるで一人前の女みたいな口をきく。でも、何歳なんだろう、この少女は？　二人があんまりほめるものだから、アルベールはかえって少し傷ついた。とりわけこんな場合、悪意のないからかいでも嫌なものだ。

もう出かけることにしよう。もう少し考えてみなければならないからな、とアルベールは思った。思案を終えたらあとはあれこれ悩まずに、ペリクール家に行くか行かないか、きっぱり決断すればいい。

彼は地下鉄に乗り、最後は徒歩で屋敷にむかった。近づけば近づくほど、お腹のあたりが重くなってきた。ロシア人やポーランド人がひしめく区を出ると、堂々たるお屋敷や、普通の三倍もありそうな広い大通りが見えてきた。モンソー公園の正面まで来ると、ペリクール家の大邸宅はすぐそこだった。たしかに、これなら間違えようもない。前にとまった立派な車を、ぱりっとした制服制帽姿の運転手が、競走馬にブラシをかけるみたいにせっせと磨いていた。アルベールは動揺のあまり心臓が高鳴った。彼は急いでいるふりをして家の前をすぎた。あたりの通りを大まわりし、公園を抜けて引き返すと、屋敷の正面が斜めに見えるベンチに腰かける。心底、圧倒されていた。エドゥアールがあそこで生まれ育ったなんて、うまく想像できなかった。まるで別世界だ。そしてこのぼく、アルベールは、想像しうるもっとも大きな嘘を抱えて、今日この屋敷にやって来た。ぼくは悪人だ。

大通りでは、女たちがやけに忙しげなそぶりで馬車をおりた。そのあとから、荷物を抱えた召使いも戻ってくる。配達の車が勝手口の前にとまり、運転手が召使いと話し始めた。取りすました召使いは主人の代理だといわんばかりに、野菜の木箱やパンのかごを厳しい目つきで点検していた。少し先の歩道を、マッチ棒のようにひょろりとした若い上品そうな女が二人、腕を組んで笑いながら、庭の鉄柵に沿って歩いていった。大通りの角で、新聞を小脇にはさみシルクハットを手に持った男が二人、挨拶を交わしている。これはどうも、またそのうちに。外見からして、判事かなにかだろう。男のひとりがさっと一歩退いて、道をあけた。セーラー服を着た男の子が、輪まわしをしながらそこを走り抜けた。男の子を呼びながら大急ぎでついてきた乳母が、二人の男にあやまった。花屋の車がやって来て、結婚式ができるくらいの花束をおろした。もちろん、結婚式ではないけれど。部屋がたくさんあるので、毎週これくらい届けさせているのだ。招待客がいるときは、前もって準備しておかねばならない。たしかにお金はかかるけれど、こんなにたくさんお花を買うなんて楽しいわ、とにこにこ笑って言うのだろう。わたしたち、お客様をお迎えするのが大好きなんですと。アルベールはこうした人々を、もの珍しそうに眺めた。水槽のガラス越しに、魚とは思えないようなエキゾチックな魚を見たときのように。

あとまだ二時間近く、暇をつぶさねばならない。

ベンチに腰かけたままでいようか、もう一度地下鉄に乗ろうか。でも、どこへ行けばいいんだ？　以前はパリの大通《グラン・ブールヴァール》りが好きだったが、広告板を前後にさげて歩きまわるようになってからは、もううんざりだった。彼は公園をぶらついた。まだ早かったけれど、時がすぎるのを待った。

気がつくと、不安がどんどん高まり始めた。午後七時十五分、彼は汗びっしょりになって遠ざかり、地面を見つめながら方向を変えた。七時二十分、まだ決心はついていない。七時三十分ごろ、屋敷前の歩道を通りすぎ、もう家に帰ろうと決心した。そうしたら、きっと迎えが来るだろう。やって来た運転手は、女主人みたいにお上品じゃないぞ。絶えず考えていた山ほどの言いわけが、またしても頭のなかで渦巻き始めた。自分でも何がどうしたのかわからないうちに、六段もある玄関前の石段をのぼりきって呼び鈴を鳴らしていた。両方の靴をふくらはぎにそっとこすりつけて埃を拭ったとき、ドアがあいた。心臓が胸のなかで、狂ったように飛び跳ねる。そして気がつくと、大聖堂のように天井が高い玄関ホールに入っていた。いたるところ鏡だらけで、何もかもが美しい。メイドも美人だった。褐色の短い髪をした、光り輝くような娘だ。ああ、その目、その唇、金持ちの家では何もかもが美しいんだ、とアルベールは思った。そう、貧しい者たちまでもが。

　白と黒の大きなタイルを市松模様に張った、広い玄関ホールの両側には、五つの電球がついた二台のスタンドライトが置かれ、石造りの堂々たる階段へ続く通路を照らしていた。白い大理石でできた二本の手すりは、シンメトリックな渦巻状のカーブを描いて上階へむかっていく。アール・デコ調のどっしりとしたシャンデリアは、まるで天上から降り注ぐかのような黄色い光を放っていた。きれいなメイドはアルベールをじろじろと眺め、名前をたずねた。アルベール・マイヤールです。彼はあたりを見まわした。これでよかったんだ。いくら努力をしたところで、オーダーメイドの三つ揃いと高価な靴、有名ブランドのシルクハット、それにタキシードか燕尾服でも身につけていなければ、何を着たってどうせただの田舎者に見えてしまうんだから。これはもう、桁違いの別世界だ。何日も不安にさいなまれ、いらいらしながらずっと待ってきたけれど……アルベールはただ、笑うしかなかった。そう、自分を笑っている、自分のために笑っている。口に手をあて、心の底からおかしそうに。その笑いがあまりに自然だったので、きれいなメイドもつられて笑い出した。ああ、その歯、その笑い。先の尖ったピンク色の舌まですばらしい。ここに入ってきたとき、彼女の目を見ただろうか？　それともあの黒く輝く目に、今ようやく気づいたのだろうか？　二人とも、自分でも何を笑っているのかわからなかった。メイドはあいかわらず笑いながら、顔を赤らめ横をむいたけれど、職務は果たさなければと、左のドアをあけた。そこは広い控えの間だった。グランドピアノ、中国の大きな壺、古い本が詰まったサクラ材の書架、革の肘掛け椅子。メイドはお好きなところにどうぞというように、部屋を指さした。そしてなんとかひと言、「すみません」と言った。どうしても笑いがとまらなかったから。アルベールは両手をあげた。いえいえ、いいんです。笑っていてください。

そして今、彼は部屋にひとり残された。ドアは閉まった。マイヤール様がいらしたと、伝えてまいります。馬鹿笑いが収まると、あたりは静まりかえった。部屋の堂々たる豪華さが、それでも重々しくのしかかってくる。彼は観葉植物の葉に触れ、メイドのことを考えた。もし、思いきって……本の背表紙に目をやり、寄木細工を人さし指で撫で、グランドピアノのキーをひとつ押してみようかためらった。彼女が仕事を終えるまで、待ってもいいのでは？ いや、わからないぞ。もう恋人がいるかもしれない。彼は肘掛け椅子にすわってみた。深々と体を沈めてからまた立ちあがり、今度はソファを試した。すべすべした、きれいな革製だ。ローテーブルにのっている英語の新聞を眺め、うわの空で動かした。あのかわいいメイドに、どうアタックしたらいいだろう？ 帰りぎわに、耳もとでひと言ささやく？ それとも忘れ物をしたふりをしてもう一度呼び鈴を押し、紙切れを手渡そうか？ でも、何て書いておこう。自分の住所とか？ だいいち、何を忘れたことにするんだ？ 傘は持っていないし。彼は立ったまま、《ハーパーズ・バザー》や《ガゼット・デ・ボザール》、《ロフィシアル・

ド・ラ・モード》といった雑誌のページをぱらぱらとめくり、それからソファにすわった。やっぱり、仕事が終わって出てくるところを待ち伏せしたほうがいいかもしれない。さっきみたいに笑わせられるぞ。ローテーブルの隅に、きれいな革装のアルバムがある。彼女を夕食に誘ったら、いくらかかるだろう？　そもそも、どこへ行けばいいのか？　またしてもジレンマだった。彼はアルバムを手に取り、表紙をめくった。いつも行く安食堂ならぼくはいいけど、若い女の子をあそこへ誘うわけにはいかない。特に彼女みたいな、大きなお屋敷に勤めている子を。料理だって、銀のナイフとフォークで食べているはずだし。突然、お腹がきゅっと痛んだ。たちまち手のひらが汗で濡れ、べとべとになった。吐かないように唾を飲みこむと、胆汁の味が口のなかに広がった。目の前に結婚写真があった。マドレーヌ・ペリクールとドルネー＝プラデル大尉が並んで写った写真が。

やつだ、間違いない。アルベールは確信した。

それでも、いちおうたしかめてみなければ。彼はアルバムのページを次々にめくった。ほとんどすべての写真に、プラデルが写っている。雑誌くらい大きな写真もあって、花束を持ったくさんの人々と、控え目に微笑むプラデルがいた。大袈裟に騒ぎ立てないでくれと言いながら、皆の賞賛にまんざらでない宝くじ当選者のようだ。彼の腕に抱かれたマドレーヌは、喜びに顔を輝かせている。現実の生活では決して誰も着ない、この日一日のためだけに買ったドレスだ。タキシードや燕尾服、背中を露わにしたすばらしい衣装、ブローチや首飾り、クリーム色の手袋。新郎新婦は手をつなぎ合っている。やっぱりやつだ、プラデルだ。豪華なご馳走が並んだ立食テーブル。花嫁の隣にいるのは、父親のペリクール氏だろう。微笑んではいるけれど、気難しそうな表情だった。いたるところ、エナメルの靴と胸あてつきのシャツがひしめいている。奥に見えるのは更衣室だろうか、銅のレールにシルクハットがずらりと並んでかけてあった。手前には、シャンパングラスのピラミッド。お仕着せ姿のウェイター、白い手袋、ワルツを奏でるオーケストラ。祝福の言葉をかける人々に囲まれた新郎新婦……アルベールは熱に浮かされたようにページをめくった。

《ゴーロワ》紙から切り抜いた記事が貼ってあった。

壮麗な結婚式

大いに期待の集まる、いかにもパリらしい出来事だった。さもありなん。この日、優雅と勇気がひとつになったのだから。大方の読者諸氏は、先刻ご存じのことだろう。まだ知らない方々のためにひと言説明するならば、それは著名な実業家マルセル・ペリクール氏のひとり娘マドレーヌ・ペリクール嬢と、英雄的な愛国者アンリ・ドルネー＝プラデル氏との結婚式にほかならない。

オートゥーユ教会での挙式は、内輪だけのとても簡素なものだった。コワンデ猊下のすばらしい演説を聞く機会を得た参列者は、数十名の家族、近親者のみ。しかし披露宴はブーローニュの森のはずれ、ベルエポック建築の優美さと近代的な設備をあわせ持つアルムノンヴィルの旧狩猟小屋で行われた。その日一日、テラスや庭、サロンは優美で華やかな人々で常にあふれかえった。そして六百人を超える招待客たちが、美しい新婦の姿を賞賛したのだった。ウエディングドレス（チュールと厚地のサテン製）は、一家の友人であるジャンヌ・ランヴァンから贈られたものである。花婿として選ばれた幸福なアンリ・ドルネー＝プラデル氏は、古い家系に遡る一族の出で、〝プラデル大尉〟として知られる人物にほかならない。休戦直前、ドイツ軍から百十三高地を奪還した勇者である。彼は大戦中に打ちたてた数多くの戦功により、四度にわたる受勲に輝いている。

ペリクール氏の親しい友人である共和国大統領レイモン・ポワンカレその人もお忍びで、そっとこの席に姿を見せた。それはほかの名だたる招待客たちが――ほんの一例を挙げるなら、ミルラン氏、ドーデ氏といった大政治家や、ジャン・ダニャン＝ブヴレ、ジョルジュ・ロシュグロスといった大芸術家――必ずや後世に語り継がれるだろうこの類まれなる祝いの宴を堪能できるようにという気づかいだった。

アルベールはアルバムを閉じた。

プラデルに対する憎しみは、自己嫌悪にまでなっていた。いまだあいつを恐れている自分が情けなかった。プラデルという名前を聞いただけで、動悸がしてくる。こんなパニックが、いつまで続くのだろう？　この一年間、思い返すことなどなかったが、頭の片隅ではいつもあいつのことを考えていた。忘れられるわけないだろう。あたりを少しでも見まわせば、アルベールの暮らしのいたるところに、あいつの痕跡が残っているのだから。いや、彼の暮らしだけではない。エドゥアールの顔も、朝から晩まで部屋に閉じこもってすごす毎日も、もとはといえばすべてあの瞬間から来ているのだ。この世の終わりかと思う戦場のなかを、男がひとり走ってくる。凶暴な目で、まっすぐ前をにらみながら。他人が死のうが生きようが、彼にとってはどうでもいい。途方に暮れているアルベールに、男は全力で体当たりする。やがて奇跡的な救出劇があった。そのあとのことは、すでに知ってのとおりだ。真ん中がえぐれたあの顔。まるで戦争だけでは足りないかのように、不幸な人々にはいつまでも苦しみが続く。

アルベールはぼんやりと前を見た。つまりはこれが結末ってわけか。この結婚が。ぼくの人生は何なんだ？　哲学者という柄ではないが、そんなことも考えた。それにエドゥアールのことも。姉のマドレーヌはぼくら二人を殺した男と、何も知らずに結婚してしまった。

アルベールは夜の墓地を思い出した。その前の晩、白貂《アーミン》のマフをはめた若い女があらわれたときのことも。輝かしいプラデル大尉が、救世主然として脇に立っていた。墓地にむかうとき、アルベールは汗臭い運転手の隣に腰かけた。運転手はくわえたシケモクを、舌で左右に動かしていたっけ。マドレーヌ・ペリクールとプラデルは、二人っきりでリムジンに乗っていた。あのとき、怪しむべきだったんだ。〝でもアルベールは、何も気づきやしないのよ。年中びっくりしてばかりで。いつかちゃんと大人になれるのか、心配なくらいだわ。戦争からも、何ひとつ学ばないんだから。絶望的ね〟とマイヤール夫人なら言うだろう。さっきこの結婚のことを知ったとき、心臓は目もくらむようなリズムを刻んだ。けれども今、胸のなかから溶けてなくなろうとしている。

喉の奥から胆汁の味がこみあげ……アルベールはまたしても吐き気に襲われた。彼は必死にこらえながら、立って部屋を出ていこうとした。

ようやく気づいたのだ。プラデル大尉がここにいると。

マドレーヌといっしょに住んでいる。

これはやつの罠だ。いっしょに食事をしようと誘ったのは。

やつの前で夕食を取りながら、あの鋭い視線を受けとめねばならない。モリウー将軍の部屋で、銃殺に怯えていたときのように。無理だ、そんなこと。この戦争は、決して終わらないのだろうか？

今すぐ、立ち去らなくては。降伏するんだ。さもないと死んでしまう。もう一度、殺されてしまう。だから、逃げなくては。

アルベールはさっと飛びあがると、走って部屋を横切り、ドアの前まで行った。そのとたん、ドアがあいた。

目の前でマドレーヌが微笑んでいる。

「ここにいらしたんですか」と彼女は言った。

マドレーヌはなんだか感心しているみたいだった。でも、どうして？　アルベールが気力を奮い起こし、ここまでやって来たからだろう、きっと。

彼女は頭のてっぺんから爪先まで、しげしげとアルベールを眺めずにはおれなかった。今度はアルベールがうつむいた。擦り切れたつんつるてんのスーツに、真新しいピカピカの靴なんて、もう最悪じゃないか。彼は今、はっきりとそう自覚した。あんなに欲しかった靴、とても自慢だった靴なのに……それは貧しさをいっそう際立たせていた。

ぼくの滑稽な姿が、ここに集約されている。こんな靴、大嫌いだ。自分も大嫌いだ。

「さあ、こちらに」とマドレーヌは言った。

そして親しげに、彼の腕を取った。

「父もすぐにおりてきます。あなたにお会いするのを、楽しみにしていたんですよ……」

19

「これは、ようこそ」

ペリクール氏はアルベールが想像していたよりも小柄だった。権勢家は体も大きいと、誰しも思いがちだ。彼らが普通の人と変わらないのを見て、みんなびっくりする。実のところ、やはり並の人間とは違うのだが。アルベールにはそれがよくわかった。ペリクール氏は、射るような目で相手を見つめる術《すべ》を心得ていた。ほんの少し握手の時間を長びかせたりとか、微笑んでみせたりという術も……誰でもできることではない。鋼のような意志の持ち主なのだろう。度はずれた自信だ。この世界を代表するのは、彼らのような人々なのだ。そして戦争がもたらされるのも、彼らによってだった。アルベールは恐ろしくなった。こんな人物を前に、どうやって嘘をつきとおしたらいいんだ？　彼はサロンのドアを眺めた。いつなんどきプラデル大尉があらわれるのではないかと、びくびくしながら……

ペリクール氏はとても慇懃《いんぎん》な物腰で肘掛け椅子を指さし、三人は腰をおろした。瞬きひとつですべて用がたりるとでもいうように、たちまち使用人があらわれて、移動式のバーキャビネットと軽食を運んできた。使用人たちのなかには、あのきれいなメイドもいた。アルベールは彼女を見ないようにした。そのようすを、ペリクール氏は興味深そうに眺めた。

エドゥアールはどうしてここに帰りたくないのだろう。アルベールにはそのわけが、まだよくわからなかった。きっとなにか、やむにやまれぬ事情があるに違いない。けれどもペリクール氏を見て、漠然とながら思った。こんな男の前からは、逃れたくなるものかもしれないと。まるで特殊な合金でできたような、厳《いかめ》しげな男だった。何か期待するのも無理だろう。手榴弾や砲弾、爆弾のように、破片ひとつであっというまに人を殺すことができる。アルベールの脚が彼の気持ちを、雄弁に物語っていた。脚は立ちあがりたくて、うずうずしている。

「マイヤールさん、お飲み物は何をさしあげましょうか？」とマドレーヌは、にっこり笑ってたずねた。

アルベールは呆然としていた。何を飲むかって？　そんなことわからない。懐具合に余裕があれば、ここぞというときにカルヴァドスを奮発することもあるけれど、あれは庶民の酒だ。金持ちの家でたのむものじゃない。こんな場合にどうしたらいいかとなると、皆目見当がつかなかった。

「シャンパンでは？」マドレーヌが助け舟を出した。

「ああ、はい……」とアルベールは答えた。本当は発泡酒が大嫌いだったけれど。

合図のあと、長い静寂が続いた。やがて執事がアイスペールを持ってやって来ると、ものものしい栓抜きの儀式が始まった。ペリクール氏は待ちきれなくなり、さあさあ、早く注いでと身ぶりで示した。こんなことをしていたら、一晩中かかってしまうぞ。

「それであなたは息子のことを、よくご存じだったのですよね？」ペリクール氏はアルベールのほうに身を乗りだし、ようやく本題に入った。

アルベールはこの瞬間、はっと気づいた。ああ、今夜はその話が目的だったんだ。ペリクール氏は娘のいる前で、息子の死についてたずねることにした。プラデルはこのショーに参加しない。家族だけの問題だから。アルベールはほっとした。テーブルに目をやると、シャンパングラスのなかで泡がはじけていた。どこから始めようか？　何を話したらいいんだ？　前もって考えてはあったものの、最初の言葉が見つからなかった。

ペリクール氏は不安になったのか、こうつけ加えた。

「息子の……エドゥアールの……」

ペリクール氏はふと疑問に思った。この男は本当に、息子のことを知っていたのだろうか？　たしかに手紙を書いたのは彼だが、戦場でどんなことが行われていたのか、わかったものではない。戦死した仲間の家族に手紙を書く役を、適当に割り振っていたかもしれない。みんなで毎日当番を決め、ほとんど同じ文句を繰り返していたのかも。ところがアルベールの答えには、真情があふれていた。

「ええ、ぼくは息子さんととても仲がよかったんです」

息子の死について知りたかったことは、もうどうでもよくなった。元兵士の若者が何を語ってくれるのか、そのほうが重要だ。彼は生前のエドゥアールについて、話そうとしているのだから。泥にまみれたエドゥアール。食事のとき、煙草の配給を受けるときのエドゥアール。兵士たちがトランプに興じてすごす晩、少し離れたものかげに腰かけ、デッサン帳にむかって鉛筆を走らせるエドゥアール……しかしアルベールが語ったのは、想像のなかのエドゥアールだった。実際には塹壕のなかですれ違うことはあっても、さほど親しかったわけではない。

ペリクール氏にとってそれは、思っていたほどつらくはなかった。そんな息子のようすを聞くことは、楽しい気さえした。思わず微笑みもこぼれた。マドレーヌは、父親がこんなふうに心から笑うのをひさしぶりに見た。

「実を言うと、息子さんはふざけるのが大好きでした……」

アルベールは大胆になって語り始めた。そうそう、あんなことも、こんなことももと……別段、なにも難しくない。いろいろな戦友たちの思い出を、悪口にならないよう注意して、エドゥアールにあてはめていけばいいのだから。

ペリクール氏にとっては、初めて知る息子の姿だった。びっくりするようなことばかりだ（あの子が本当に、そう言ったんですか？　ええ、お話ししたとおりですよ）。しかし、意外だとは思わなかった。結局、わたしは息子のことを何も知らなかったのだから、どんな話でも受け入れるしかない。食堂、シェービングクリーム、たわいもない冗談、滑稽な兵士。どれも馬鹿馬鹿しい話ばかりだ。けれどもアルベールはようやく活路を見出し、きっぱりとそこに狙いを定めた。喜びすら感じていた。彼はエドゥアールに関するそうした逸話の数々で、何度もうまく笑いを取った。ペリクール氏は目を拭った。アルベールはシャンパンの勢いで、話が脱線しているのも気づかずにしゃべりまくった。話は脱線に脱線を繰り返した。猥談のことから凍傷にかかった足のことへ、トランプのことから兎みたいに大きなネズミのこと、看護兵が回収に行けなかった死体の悪臭のことへと。アルベールが戦争について語ったのは、これが初めてだった。

「いえね、ある日エドゥアール君は、こんなことも言ってましたよ……」

アルベールはつい調子に乗って、余計な口まで滑らしそうになった。寄せ集めで作ったエドゥアールの横顔を、台なしにしかねないことまでも。さいわいペリクール氏を前にしていたので、はめをはずさずにすんだ。いくらにこにこ笑っていても、彼の野獣のような灰色の目には、冷やりとさせられるものがあった。

「それで、息子はどんなふうに死んだのですか？」

質問は、ギロチンの刃が落ちる音のように響いた。アルベールは唇の動きをとめたまま、しばらく黙っていた。マドレーヌが何でもないように、愛想よく彼をふり返った。

「銃弾にやられたんです。百十三高地の突撃で……」

アルベールはそこで言葉を切った。〝百十三高地〟と言えば充分だろうと感じて。彼らはこの言葉に、三人三様の感慨を抱いた。マドレーヌは、弟の死を告げる手紙を手に、復員センターでプラデルと初めて会ったとき、彼から聞いた説明を思い出した。ペリクール氏は、百十三高地のせいで息子は死に、未来の娘婿は戦功十字章を授かったのだと、あらためて思わずにはおれなかった。アルベールにとってそれは砲弾の穴、全速力で突進してくるプラデル中尉の姿と続く一連の光景だった……

「一発の銃弾です」とアルベールは、できるだけ自信たっぷりに続けた。「ぼくたちは百十三高地の突撃にかかったところでした。息子さんはもっとも勇猛果敢なひとりとして……」

ペリクール氏は思わず身を乗りだした。どうしたのかしら、うまい言葉が見つからないなら助け舟を出しましょうかとでもいうように。今までアルベールは、ペリクール氏の顔をまともに見ていなかった。このとき初めて、驚くほどはっきりとわかったのだ。エドゥアールと父親は目もとがそっくりだと。

アルベールはしばらくこらえていたが、いきなり声をあげて泣き始めた。

彼は両手で顔を覆い、すみませんと口ごもるように繰り返しながら泣き続けた。苦しくてたまらなかった。セシルと別れたときだって、これほど悲嘆に暮れなかったのに。戦争の終わりと孤独の重みがすべて、この苦しみのなかでひとつになっていた。

マドレーヌがハンカチを差し出した。アルベールは謝りながら泣き続けた。話は途切れたまま、みんなそれぞれの悲しみに沈んだ。

アルベールは音を立てて洟をかんだ。

「すみませんでした……」

まだ始まったばかりの夜は、真情に満ちたこの一瞬とともに終わった。ただ一度会って、夕食を共にするだけなのだから、これ以上何を望めるだろう？　あとはどんな話が続こうが、いちばん大事なことはアルベールの口から、皆の名のもとに語られた。ペリクール氏は、こんなふうに話が途切れたのが少し心残りだった。ロもとまで出かけていた質問をまだしてなかったから。エドゥアールは家族の話をしていただろうか？　まあ、いい。答えはわかっているのだから。

彼は疲れきりながらも、堂々とした態度で立ちあがった。

「さあ、きみ」彼はアルベールに手を差し出し、ソファから立たせた。「食事にしよう。いつまでもめそめそしてはいられん」

ペリクール氏は、アルベールが貪るように食べるのを眺めた。青白い顔、素朴そうな目……こんな連中で、よくもまあ戦争に勝てたものだ。エドゥアールに関する話のうち、どれが真実だろう？　選ぶのは自分だ。マイヤール君が語ったのはエドゥアール自身の人生というより、息子が戦争のあいだずっとどんな環境のなかで暮らしていたかだ。大事なのはそこじゃないか。死と隣り合わせの日々を送り、夜は足を凍らせ、冗談を言っている若者たち。

アルベールはゆっくり、がつがつと食べ続けた。ようやく食事にありついたぞ。次々に運ばれてくるのは、名前もわからない料理ばかりだった。できればお品書きでも、目の前に置いておきたいところだ。エビのムースはあんな名前、煮こごりはこんな名前というふうに。これはスフレらしいぞ。あんまり貧乏ったらしい真似をして、笑いものにならないよう注意しなければ。ぼくがエドゥアールの立場だったら、たとえ顔の真ん中がえぐれていたって、一瞬のためらいもなくこの家に戻って、おいしい料理やすばらしい装飾、豪奢な雰囲気を満喫するのに。黒い目をしたかわいいメイドもいることだし。もっともひとつ、どうしても気になって、食事を心底楽しめないことがあった。召使いが出入りするドアが背後にあるせいで、あくたびにびくっとしてつい振り返ってしまうのだ。そんな挙動のせいでなおのこと、料理の到着が気になってしかたない、いやしい男のように見えてしまった。

今、聞いた話のうちどこまでが真実なのか、もうわからないだろう、とペリクール氏は思った。息子の死について、ほんの少し触れたところについてもだ。しかし、それはさして重要ではない。そんなふうにあきらめることから、服喪は始まるのだから。妻の死を悼んだときはどうだったろう？　ペリクール氏は食事のあいだ、思い返してみた。けれどもそれは、遠い昔のことだった。

アルベールが話を終え、食事も終わりに近づくと、やがて静寂が訪れた。広い食堂に、かちかちと食器の鳴る音だけが鈴の音《ね》のように響いている。なんだかせっかくの機会を生かし損ねたような気がして、皆が皆自分を咎める気まずいひとときだ。ペリクール氏はもの思いにふけっている。マドレーヌが話の接ぎ穂にとたずねた。

「ところでマイヤールさん、よろしければおうかがいしたいわ……どんなお仕事をなさっているんですか？」

アルベールは口に入れた若鶏の肉を飲みこむと、ボルドーワインのグラスを取って、これはすばらしいとかなんとか、時間稼ぎにつぶやいた。

「広告です」と彼はようやく答えた。「広告業界にいます」

「それは面白そうね」とマドレーヌは言った。「それで……具体的にはどんなことを？」

アルベールはグラスを置くと、咳ばらいをした。

「厳密に言うと、広告の仕事をしているわけではないんです。勤めているのは広告会社ですが、ぼくは経理係なので」

ちょっとまずかったかな。また話題が途切れてしまう。アルベールは二人の顔を見てそう思った。あんまり今風じゃない、地味な仕事だ。

「でも、すぐ近くから見てますから」アルベールは相手のがっかりしたようすに気づき、そう言い添えた。「とても……興味深い分野ですよね」

アルベールに言えるのはそれだけだった。彼は賢明にも、デザートやコーヒー、食後酒はあきらめた。ペリクール氏は頭をほんの少しかしげ、じっとアルベールを見つめている。マドレーヌは面白くもない会話を、ごく自然に途切れなく続けた。なるほど、こんな状況に慣れっこなのだろう。

アルベールは玄関ホールに立った。あの若いメイドが、コートを持ってやって来るかもしれない。

「わざわざいらしていただき、本当にありがとうございました」とマドレーヌが言った。

あらわれたのは、きれいなメイドではなかった。同じくらい若いけれど、もっと醜くて田舎臭い。きれいなほうの子は、もう勤務時間が終わったのだろう。

ペリクール氏はさっき見た靴のことを思い出し、アルベールが染めなおしたコートを着ているあいだにそっと床に目を落とした。マドレーヌは見ないようにしていたが、靴のことはすでに気づいていた。ぴかぴかに光った新品だが、安物だった。ペリクール氏は考えこんでいた。

「マイヤールさん、さっきおっしゃっていましたよね。経理係をしていると……」

「はい」

この男を、もっとよく観察しておくべきだったな。本当のことを言っているときは、それが顔にあらわれる……残念ながら、もう遅すぎた。

「実は」とペリクール氏は続けた。「経理に明るい人間がひとり、必要でね。知ってのとおり、金融業界は大発展を遂げています。国も力を入れにゃならん。今は好機にあふれているんです」

アルベールとしては、これが数カ月前、彼をお払い箱にしたパリ共同銀行の支店長のせりふであってくれればと思うしかなかった。

「現在の報酬がいかほどかはわからないが」とペリクール氏は続けた。「その点は心配いりません。もしわれわれのところに来ていただけるなら、最高の待遇をしましょう。わたしが直々に話をつけます」

アルベールは口を結んだ。思ってもいない申し出に唖然として、息が詰まりそうなほどだった。ペリクール氏は笑顔で彼を見つめている。その傍らでマドレーヌも、砂場で遊んでいるわが子を見つめる母親のように、やさしく微笑んでいた。

「つまり……」とアルベールは口ごもった。

「われわれは、有能で意欲に満ちた若者を必要としているんです」

その表現にアルベールは恐れをなした。ペリクール氏の口ぶりときたら、まるでぼくがパリ高等商科学校出のエリートみたいじゃないか。それではいくらなんでも買いかぶりすぎだ。それにペリクール邸から生きて無事に帰れるだけでも、奇跡だと思わなければ。プラデル大尉の影が廊下をうろちょろするペリクール家には、たとえ仕事のうえでも、もう近づかないほうがいい……

「ありがとうございます」とアルベールは答えた。「でも、今の仕事で満足していますから」

ペリクール氏は両手を挙げた。ああ、そうだろう、気にしないでいい。ドアが閉まると、彼はしばらくじっともの思いにふけった。

「じゃあ、お休み」とようやく彼は言った。

「お休みなさい、パパ」

ペリクール氏は娘の額にキスをした。男たちは皆彼女に対し、そんなふうにする。

20

アルベールが落胆しているのは、エドゥアールにもすぐにわかった。彼はむっつりした顔で外出から戻ってきた。デートは思いどおりに行かなかったんだな。せっかく新品のきれいな靴をはいていったのに。いや、むしろあの靴のせいかもしれない、とエドゥアールは思った。本当のおしゃれはどういうものか、彼はよく心得ていたから。だからアルベールの足もとを見たときには、ぜひともうまくいって欲しいと願ったのだった。

アルベールは部屋に入ると、内気そうに目をそらした。こんなこと、めったにない。それどころかいつもなら、元気だったかとばかりにエドゥアールを見つめた。今晩みたいに仮面をつけてなくとも、彼を正面から平気で見られるというように、わざとらしいほどじろじろとした目で。ところが今日はそそくさと、靴を箱にしまっている。まるで宝物を隠すみたいだが、まるで元気がなかった。つまらない宝物だった。靴を買おうという誘惑に負けてしまったことを、彼は後悔していた。大変な出費だった。あり金すべてはたいてしまった。ペリクール家にめかしこんで行くために。かわいいメイドまで、大笑いしたじゃないか。彼はじっと動かなかった。エドゥアールには、打ちのめされたように立ちつくすその背中しか見えなかった。

だからこそエドゥアールは、よし、やろうと思ったのだった。計画がすべて完了するまで、何も言わないつもりだった。それには、まだまだほど遠い状況だ。すでにできあがったものにも、満足がいっていたわけではない。こんな危ない橋を渡れるほど、アルベールの精神は図太くないし……打ち明けるのはなるべくあとにしようという、当初の心づもりに従うべき理由はいくらでもあった。

しかし今、ここで言ってしまおうと決めたのは、友人があまりに悲しそうだったからだ。いや、実のところそれは、胸の底にあった本当の理由を隠すための方便にすぎない。エドゥアールは待ちきれなかったのだ。子供の横顔を描き終えたあの午後からずっと、彼は言いたくてうずうずしていた。

そうしよう。れっきとした理由があるんだから、しかたないさ。

「夕食はすませてきた」とアルベールはすわったまま言った。

そして湊をかんだ。ふり返りたくない。見世物になるのはいやだ。

エドゥアールは胸が高鳴るような、勝利のひとときを味わった。アルベールに対する勝利ではない。人生に挫折して以来初めて、力が湧いてくるのを感じた。未来が自分の手にかかっていると、勝てると思うことができた。

アルベールは目を伏せて立ちあがり、石炭を取ってくると言った。エドゥアールは彼を抱きしめてあげたかった。唇があれば、キスもしていただろう。

アルベールはいつも下におりるとき、タータンチェックの大きなスリッパをはいた。すぐ戻るから、と彼はつけ加えた。そう言っておかねばならないかのように。まるで老夫婦だ。いちいちどんな意味かなんて考えずに、ただ習慣で言葉をかけ合っている。

アルベールが階段をおり始めると、すぐさまエドゥアールは椅子にあがり、天井の揚げ戸をあけてバッグをおろした。椅子をもとに戻し、さっと埃を払って長椅子《オットマン》に腰かける。ソファの下から取り出した新しい仮面をかぶり、デッサン帳を膝に置いて、彼は友の帰りを待った。

準備はたちまち終わったので、とても長い時間に感じられた。耳を澄ませていると、やがてアルベールが階段をあがる足音が聞こえた。石炭を詰めたバケツのせいで、ずっしりとした足音だった。大きなバケツなので、とても重くなるのだ。ようやくアルベールがドアをあけた。彼は目をあげ、驚愕した。バケツが手からすべり落ち、大きな金属音をたてる。あわててバケツをつかもうとするものの、手は宙を切るばかりだった。気が遠くなるのをこらえようと、必死に大きく口をあけた。脚ががくがくして、もう立っていられない。彼はふらふらと床にひざまずいた。

エドゥアールがかぶっていたのは、ほとんど実物大の馬の首だった。

紙粘土を固めて作った首は、完璧な出来栄えだった。茶色の色合い、黒い斑点。毛並は、やわらかな栗色のパイル地で再現されている。頬は痩せこけ、たれさがっていた。角張った鼻梁が長く伸びた先には、鼻孔がぽっかりとあいていた……産毛の生えた上下の大きな唇ときたら、本物と見まがうほどだ。

エドゥアールが目をつぶると、まるで馬が本当に目をつぶったかのようだった。アルベールは今まで、エドゥアールと馬が似ているなんて思ったこともなかった。

彼は感動のあまり涙を浮かべた。幼馴染《おさななじみ》か兄弟に再会したかのよう。

「驚いたな」

アルベールは泣き笑いをしながら、「驚いたな」と繰り返した。ひざまずいたまま馬を眺め、「驚いたな」と……馬鹿みたいだと自分でもわかっていたけれど、すべすべした大きな口にキスをしたくなった。けれども近づいて人さし指を伸ばし、さっと唇に触れるだけにした。エドゥアールは、前にルイーズも同じようにしたのを思い出し、感動で胸がいっぱいになった。ほかに言葉が見つからない。二人の男はただ黙ったまま、それぞれの世界に浸った。

アルベールは馬の首を撫で、エドゥアールはその愛撫を受けた。

「この馬の名前は、もうずっとわからないだろうな……」とアルベールは言った。

どんなに大きな喜びにも、わずかな悔いが残る。人生はいつも、なにかもの足りずにすぎていく。

アルベールはそのとき初めて、エドゥアールの膝にあるデッサン帳に気づいた。まるでそれが今、忽然とあらわれたかのように。

「じゃあ、また始めたのか？」

心からのひと言だった。

「わからないだろうな、ぼくがどんなに嬉しいか」

アルベールはひとりで笑い続けた。努力がようやく報われたのを見て、大喜びしているみたいに。彼は仮面を指さした。

「それに、これも。いやまったく、すばらしい晩だよ」

おいしいものには目がないんだとでもいうように、アルベールはデッサン帳を示した。

「ちょっと……見てもいいかな？」

彼が隣に腰かけると、エドゥアールは荘重な儀式さながら、ゆっくりとデッサン帳をひらいた。

最初の何枚かを見ただけで、アルベールはがっかりした。失望はとても隠しきれなかった。ああ……いいじゃないか……とてもいいよ……とりあえず、口ごもるようにそう言ったものの、嘘っぽく聞こえないようにどう誉めたらいいのかわからなかった。だって何なんだ、これは？　大きな紙に、兵士がひとり描かれている。しかしとても醜かった。アルベールはデッサン帳を閉じ、表紙を指さした。

「おいおい」と彼は驚き顔で言った。「こいつをどこで見つけたんだ？」

話題を変えても、その場しのぎだった。ルイーズさ。そりゃそうだな。デッサン帳を手に入れるくらい、あの少女にはお茶の子さいさいだ。

そのあとは、またデッサンを見なければならなかった。何て言おうか？　アルベールはうなずくだけにしておいた。

彼は二枚目の絵に目をとめた。石柱のうえの彫像を描いた、細密な鉛筆画だった。ページの左側には正面の図、右側には側面の図がある。ヘルメットをかぶって銃を肩から斜めに下げ、前進する兵士の像だ。ちょうど出発するところだろう。うえを見あげた目は、遠く彼方へむいている。ぴんと伸ばした指先は、女の手を引いていた。上っ張りを着た女は兵士のうしろで、子供を抱いて泣いていた。兵士も女も若かった。絵の下にタイトルがある。〈出征〉。

「よく描けてるよ」

アルベールに言えるのはそれだけだった。

エドゥアールは気分を害したようすもなかった。うしろにさがって仮面をはずし、それを目の前の床に置いた。馬が床から首を出して、毛むくじゃらの大きな口をアルベールのほうに突き出しているかのようだった。

エドゥアールはそっと次のページをめくり、見てくれと身ぶりで示した。〈攻撃始め!〉というタイトルだった。三人の兵士がタイトルどおり、攻撃に出る場面だ。彼らはひとかたまりになって、敵陣にむかっていた。ひとりは長い銃剣を宙にかざし、もうひとりはその脇で、手榴弾を投げようと腕をふりあげている。あとのひとりは少しうしろで、銃弾か砲弾の破片にあたったところらしく、膝をたわめて体を弓なりに反らし、今にもひっくり返りそうだった。

アルベールはさらに次々とページをめくった。〈立て、死者たちよ〉、〈国旗を守って死にゆく兵士たち〉、〈戦友〉……

「どれも記念像じゃないか……」

ためらいがちの質問だった。というのもアルベールはあらゆることを予想していたが、これだけは思いつかなかったから。

エドゥアールはうなずいて、目を絵にむけた。そう、たしかに記念像さ。満足げな表情だった。いや、まったく、たしかに記念像そのものだ。アルベールはそんな顔をして、あとは胸の奥にしまった。

前にエドゥアールの荷物のなかから見つけたデッサン帳のことは、とてもよく覚えている。すばやくとらえた場面が青鉛筆で見事に描かれていた。あの手帳は彼の戦死を知らせる手紙といっしょに、家族のもとへ送ったのだった。戦場の兵士たちという点では、たった今見た絵と同じだけれど、かつてのデッサンには真実味がこもっていた。あれは本物だ……

アルベールは芸術のことなど何も知らない。感動する作品と、そうではない作品があるだけだ。今、目の前にある絵はとてもよく描けているし、丹念な仕事ぶりだけれど……言うなれば、それは……彼は言葉を探した……それは硬直していた。ああ、わかった。つまりこの絵には、本当らしさが欠けているんだ。ここに描かれているものは、アルベールもよく知っている。彼自身、こうした兵士のひとりだった。だから彼にはよくわかった。これらの絵は、戦場に行ったことのない者が頭のなかで勝手にこしらえたイメージだと。そう、これはわかりやすい絵、人を感動させようとして描かれた絵だ。でも、少し感情をおもてに出しすぎている。アルベールは慎み深い人間だった。ところがこの絵の表情は、つねに大袈裟だった。何というか、形容詞で描かれたような絵だった。彼はさらにページをめくった。〈英雄に涙するフランス〉は、泣きぬれた娘が死んだ兵士を抱く絵だった。その次は〈犠牲に思いをはせる孤児〉。少年がすわって、手のひらに頰をあずけている。その傍らには、少年の夢なのか想像なのだろう、死にかけた兵士が横たわっている。兵士は、片手を下にいる少年のほうに伸ばしている……何も知らない者でも、ずいぶん単純だと思うだろう。まったく醜悪な絵だった。実際に見てみないと、わかってもらえないだろう。〈ドイツ兵のヘルメットを押しつぶす雄鶏〉は、嘴を空にむけ、翼を広げて襲いかかろうとしている……

アルベールには、まったくいいとは思えなかった。がっかりするあまり、声も出ないほどだった。彼はそっとエドゥアールのようすをうかがった。エドゥアールは大事そうにデッサンを眺めている。不細工なわが子でもかわいくてたまらず、自慢に思っている親のように。エドゥアールは戦争で、才能まで失ってしまったのだろうか？　アルベールはそう思うと悲しかった。たとえそのときは、自分の気持ちをはっきりと理解していたわけではないとしても。

「でも……」と彼は言い始めた。

ともかく、何か話さなくては。

「でも、どうして記念像なんだ？」

エドゥアールはデッサン帳の最後をめくって、はさんであった新聞の切り抜きを取り出し、なかの一枚を見せた。太芯の鉛筆で文章が囲んである。〝……ここでもまた町や村、学校、そして駅までも、誰もがみな追悼記念碑を作りたいと思っている……〟

切り抜きは、《レスト・レピュブリカン》紙の記事だった。ほかにもまだ、たくさんある。アルベールは切り抜きを集めたファイルをひらいてみたことがあるが、それが何を意味するのかはわからなかった。ある村、ある同業組合の戦死者リスト。ここでは追悼式が行われ、あそこでは軍隊のパレードや、寄付の募集が行われている。すべては追悼記念碑を作ろうというアイディアに、結びついていたのか。

「なるほどね」とアルベールは答えたものの、実際のところどういうことなのか、よくわからなかった。

するとエドゥアールは、ページの端に書いた計算式を指さした。

〝記念碑三万個×一万フラン＝三億フラン〟

今度はアルベールにも、少し話が見えてきた。たしかに大変な金額だ。いやもう、ひと財産と言っていい。

これほどの大金があったら何が買えるのか、想像もつかないほどだ。蜂がガラスにぶつかってはね返るように、アルベールの想像力は数字の持つ意味をとらえかねていた。

エドゥアールはアルベールの手からデッサン帳を取って、最後のページを示した。

愛国の記念

われらが英雄たちと

フランスの勝利を讃えた
石柱、記念碑、記念像
カタログ

「戦没者の追悼記念碑を売ろうってことなのか？」

そういうことだった。エドゥアールはこの思いつきが自慢らしく、太腿をたたきながら喉を鳴らした。どこから、どうやって出てくるのかわからないが、なんとも例えようのない、耳ざわりな音だった。

そんなにみんな、記念碑を作りたがっているのだろうか？　アルベールにはそこのところがよくわからなかったけれど、三億フランという数字は彼の想像力にぐいぐいと入りこんできた。例えばそれはペリクール邸のような〝屋敷〟だったり、〝リムジン〟や〝豪華ホテル〟だったりした……アルベールは思わず赤面した。〝女〟のことも頭をかすめたから。魅力的な笑みをしたメイドが、一瞬目に浮かんだ。お金があれば、女の子とつき合いたくなるのは本能だ。

先を見ると、本物の活字そっくりの細かな文字でこう書かれていた。〝…そしてあなたの町、あなたの村の若者たちが、敵の侵略に対しわが身を挺《てい》して戦ったことを、悲しみのなかでいつまでも記憶にとどめておかねばならないと思っておられることでしょう〟

「すばらしいじゃないか」とアルベールは言った。「とてもいい考えだろうけど……」

つまらない絵だと感じたわけが、よくわかった。これは感性を表現するためではなく、大衆の気持ちを代弁するために描かれたものだからだ。興奮とヒロイズムを求める人々を喜ばせるために。

広告文はさらに続いた。〝あなたの仲間たち、後世に模範として示すべき英雄たちにふさわしい記念碑をお選びいただけるよう、以下のような各種タイプがご用意してあります。材質は大理石、花崗岩、ブロンズ、ガルヴァノ＝ブロンズ……〟

「でも、そう簡単にはいかないぞ、きみの計画は……」とアルベールは続けた。「絵を描くだけじゃ記念碑は売れないからな。売れたら、作らなくちゃならない。それにはお金も、人手も要る。工場があって、原材料を集めて……」

鋳造所を建てるとなると、大仕事じゃないか。アルベールはそこまで思って唖然とした。

「……記念碑ができたら運んで、現地に設置しなくては……これだって大変な費用だ」

結局いつも、そこに返るのだ。お金の問題に。いくら商売の才覚があろうと、熱意だけではやっていけない。アルベールはやさしく微笑んで、友の膝をぽんとたたいた。

「なあ、よく考えなくちゃ。きみが仕事を始めようっていうのは、とてもいい考えだと思うけどね。でも、これはきみがむかうべき方向じゃないだろう。記念碑を作るなんて、そう簡単にできやしない。でも、それはかまわないさ。大事なのは、きみが意欲を取り戻したってことなんだ。そうだろ？」

いや、違う。エドゥアールは拳を握って、靴を磨くみたいに何度も宙に突き立てた。言わんとすることは明らかだ。違う、急ぐんだ！

「いやまあ、急ぐと言われてもな……」アルベールは答えた。「どうかしてるぞ」

デッサン帳の別のページに、エドゥアールはすばやく数字を書いた。記念碑三百個。それから三百を斜線で消して、四百と書きなおした。なんたる熱狂ぶりだ！　彼はさらに〝四百×七千フラン＝三百万〟と続けた。

間違いない、彼は完全に頭がおかしくなってしまったんだ。できもしない計画を立ててるだけではまだ足りず、今すぐそれを実行に移そうだなんて。三百万か。もちろんアルベールだって、それ自体には文句はない。むしろ、もろ手をあげたいくらいだ。けれどもエドゥアールは、明らかに地に足がついていない。たった三枚のデッサンを描いただけで、もう大量生産に入った気でいるのだ。アルベールは跳躍する前のように、ぐっと息を詰めた。穏やかに話さなくては。

「よく聞いてくれよ。こんな計画、現実的じゃないと思うけど。四百個の記念碑を作るだなんて、きみは本気でそれが……」

ウッウゥッウッ！　エドゥアールがこんな音を立てるのは、大事な話があるときだ。二人が知り合ってから、まだ一、二回きりだろう。それは命令だった。怒っているわけではないが、話を聞いて欲しいのだ。エドゥアールは鉛筆を取った。

「記念碑は作らない」と彼は書いた。「売るだけだ」

「何だって」アルベールは思わず大声になった。「おかしいじゃないか。売るんだったら、作らなきゃならないだろ」

エドゥアールはぐっと顔を近づけ、両手でアルベールの顔を押さえた。まるで唇にキスをしようとしているかのように。彼は首を横にふった。目が笑っている。

「売るだけだ……」エドゥアールは鉛筆を取って、そう書いた。

ずっと待ち望んでいた瞬間は、しばしば思いがけない機会に訪れるものだ。それが今、アルベールの身に起ころうとしていた。アルベールが最初の日からずっと頭を悩ませていた疑問に、大喜びしたエドゥアールが突然答えたのだ。彼は笑い始めた。そう、初めて笑った。それは普通の笑いと、ほとんど変わらなかった。喉から響く、甲高い女性的な笑い。小刻みに震えるような、本物の笑いだった。

アルベールは口を半開きにして息を呑んだ。

そしてデッサン帳のページに目を落とした。エドゥアールが最後に書いた言葉に。

「売るだけだ。作らない。お金をもらったら、それでおしまいだ」

「つまり……」とアルベールはたずねた。

エドゥアールが答えようとしないので、彼は苛立った。

「それから？」アルベールはもう一度たずねた。「どうするんだ？」

「それから？」

またしてもエドゥアールの笑い声が響いた。さっきよりももっと大きく。

「お金を持って、とんずらさ」

21

まだ朝の七時前で、凍てつくような寒さだった。一月の終わりからは、気温が氷点下に下がることはなかったけれど――せめてもの、さいわいだ。さもなければ、つるはしを持ち出すことになりかねない。でもそれは、規則で厳しく禁じられている――湿った冷たい風が絶えず吹きすさんでいた。戦争が終わったというのに、こんな冬を送らねばならないなんて、ご苦労なことだ。

アンリ・ドルネー＝プラデルは、立ったまま待ちたくはなかった。車のなかにいたほうがいい。もっともこの車では、外より快適とは言いがたい。暖められるのは上か下のどちらかで、両方いっぺんとはいかなかった。どのみちこのところ、いらいらさせられることばかりだ。何ひとつ、順調に進んでいかない。こんなに仕事に打ちこんでいるのだから、少しはほっとできてもよさそうなものを。そうだろ？　でも、まあしかたない。いつだって障害や不測の事態はつきものだ。ひとりであちこち、かけずりまわるしかない。自分ですべて片づけるのが簡単だ。デュプレにすっかりまかせられないなら……

もちろん、そんな言い方は正しくない。プラデルもそれは認めていた。デュプレは一生懸命やっている。勤勉で仕事熱心だ。あいつの働きぶりは、考慮してやらんといけないな。そうすれば、おれの気分も落ち着くだろう。けれども彼は今、誰のことも腹立たしくてしかたなかった。

疲れているせいもあるだろう。真夜中のうちに、発たねばならなかったし、あのかわいいユダヤ女に、精力を吸いつくされてしまった……プラデルがユダヤ人嫌いなのは言うまでもないが――ドルネー＝プラデル家は、中世以来の反ドレフュス派なのだ――やつらの娘っこはいざとなると、とんでもなく淫らな売女になる！

彼は苛立たしげにコートの前を合わせなおすと、デュプレが県庁のドアを叩くのを眺めた。守衛は着がえを終えたところだった。デュプレが車を指さしながら説明すると、守衛は身を乗りだし、日が照っているかのように手を目のうえにかざした。話はとおっているはずだ。戦没者追悼墓地から県庁まで知らせが届くのに、一時間とかからない。部屋の明かりが次々に灯り、再びドアがあいた。プラデルはようやくイスパノからおりると、すばやくポーチを抜け、道案内をしようとする守衛を追い越して、きっぱりと腕をふりあげた。わかってる、わかってる、わが家みたいなものさ、ここは。

県知事のガストン・プレルゼックは人の意見に耳を貸さない、頑固な男だった。いや、わたしはブルターニュの出じゃないと、四十年間みんなに言っている。彼は一晩中、眠れなかった。何時間ものあいだ、頭のなかで、奇怪な光景が続いた。兵士たちの死体が中国人と混ざり合い、棺桶が勝手に動き出していく。なかには、これ見よがしにせせら笑いを浮かべる棺桶まであった。彼は知事という重職にふさわしい尊大そうなポーズで、客を迎えることにした。暖炉の前に立って片腕をマントルピースに置き、もう片方の手は上着の内ポケットに入れて、あごをぐっとうえにむける。知事たる者、重要なのだ、このあごが。

しかしプラデルは、知事もあごも暖炉もまったく気にしていなかった。彼は知事のポーズには目もくれず、挨拶すらしないで、来客用の肘掛け椅子にすわりこむと、いきなりこう切り出した。

「どういうことですか、これは？」

知事はこの言葉にひるんだ。

二人はすでに、二度会っていた。政府の計画が始まるに際し、実務的な会合がひらかれたときと、墓地の建設工事開始の式で、市長の挨拶やら黙禱やらが行われたときだ……プラデルの仕事は、はかどっていなかった。まさに遅々として進まずといったところだ。ドルネー＝プラデルがマルセル・ペリクールの娘婿だということは、知事だって知っているはずだ（そもそも、知らない者などいるだろうか？）。それにペリクール氏が内務大臣の同期生にして友人であり、娘の結婚式には共和国大統領その人までもがやって来たことも。プレルゼックは今回の件を取り巻く複雑な交友関係、人物関係は、あえて想像しないことにした。そんなこんなで、彼は眠れなくなってしまったのだった。このトラブルの裏にはたくさんの重要人物がいて、彼らが示す圧力がある。知事というプレルゼックの立場も、いまや風前の灯《ともしび》だった。建設中のダンピエール戦没者追悼墓地にむけて、近辺各地から次々に棺桶が集まり始めたのは、まだ数週間前のことだ。しかし埋葬が行われているようすを見ると、プレルゼック知事はたちまち不安になった。いくつか問題が出始めたところで、彼は本能的に保身を図ることにした。けれども今、何かが耳もとで囁いている。恐慌をきたすあまり、つい先走りすぎたのではないかと。


一行は黙って車を走らせた。

プラデルも内心、少しがっつきすぎただろうかと思っていた。うんざりだな。

知事は咳きこんだ。車ががたがた道を行くと、今度は頭をぶつけたけれど、誰も気づかいの言葉をかける者はいなかった。後部座席に腰かけたデュプレも、今までさんざん頭をぶつけてきたので、どう身構えたらいいのかもうわかっていた。広げた膝を手でぐっと押さえておくのだ。

県庁の守衛から電話で連絡を受けた市長は、ダンピエール戦没者追悼墓地の鉄柵の前で、帳簿を抱えて待っていた。さほど大きな墓地にはならないだろう。墓の数は九百ほどだ。役所がどのように用地を決めたのかはわからないけれど。

プラデルは遠くから市長を眺めた。引退した公証人か教師のような感じだ。つまり、最悪ってことだ。あいつら、自分の職務や特権を大事にするからな。気難しい連中だ。どちらかというと公証人のほうかな、とプラデルは思った。教師はもっと痩せている。

彼は車をとめて、外に出た。知事も隣にいる。皆、黙って握手をした。重苦しいひとときだ。

　仮の鉄柵扉を押しあけると、目の前には石ころだらけでむき出しの平地が広がっていた。そこにまっすぐな線が何本も、きっちり直角に交わるように引かれているところは、いかにも軍隊らしい。工事が終わっているのは、通路のいちばん端だけだ。シーツをめくるように、墓地は少しずつ墓石や十字架に覆われていく。入口の近くに、仮設の管理小屋《うわや》がたっていた。何十本もの白い十字架が、荷台のうえに積み重ねてある。その先の上屋には、防水シートに包まれた棺桶が山積みされていた。百個くらいはあるだろう。普通なら、棺桶は埋葬のテンポに合わせて到着する。棺桶が溜まっているということは、埋葬が遅れているのだ。プラデルは背後のデュプレをちらりと見た。たしかに、順調に進んではいませんね、とデュプレは認めた。スピードをあげねばならない理由が、もうひとつ増えたな、とプラデルは思った。

彼は思わず早足になった。

ほどなく日がのぼるだろう。周囲、数キロ内には木が一本も生えてない。墓地は戦場を思わせた。一行は市長のあとについて歩いた。「E十三、ええとE十三は……」と市長はつぶやいた。このいまいましいE十三番の墓がどこにあるのか、本当はよく知っている。昨日、一時間近くもこの墓地ですごしたのだから。しかし捜しもせずにまっすぐそこへむかうのは、良心に背くような気がした。

　ようやく一行は、大きな穴のあいた墓の前で立ちどまった。薄く土がかかった下に、棺桶が見えた。棺桶の下部は土を払い、少しうえに持ちあげて、記載内容が読めるようになっていた。〝エルネスト・ブラシェ――第百三十三歩兵連隊伍長――一九一七年九月四日、祖国のために戦死〟

「それで？」とプラデルはたずねた。

市長がまるで魔術書か聖書のように帳簿をひらいて、知事の前に差し出した。知事はそれを指さし、もったいぶったようすで読み始めた。

「E十三区画、シモン・ペルラット――二等兵――第六部隊――一九一七年六月十六日、祖国のために戦死」

知事はぱたんと音を立てて帳簿を閉じた。プラデルは眉をひそめた。それで？ ともう一度繰り返したかったが、結局彼は黙っていた。そんな話、好きに解釈すればいい。そこで知事は先を続けた。市と県に管轄がまたがることでもあり、ここは知事としてはっきり言っておかねば。

「おたくの作業班は、棺桶と墓の区画をきちんと照合していないようですね」

プラデルは問いかけるように、知事をふり返った。

「作業はあなたが雇った中国人が行いました」と知事はつけ加えた。「ところが彼らは、正しい場所を捜さず……目についた穴にはしから棺桶を放りこんでいるんです」

するると今度はデュプレのほうに、プラデルは目をやった。

「どうしてそんなことをしているんだ、中国人作業員は？」

答えたのは知事だった。

「字が読めないからですよ、ドルネー＝プラデルさん……この仕事をさせるのに、あなたは字が読めない連中を雇ってしまったんです」

プラデルは一瞬、たじろいだが、すぐに勢いよく言い返した。

「そんなこと、どうでもいいじゃないですか。息子の墓参りに来た親が、いちいち墓を掘り返したりしますか？　なかにいるのがわが子かどうか、たしかめるために」

知事も市長も唖然としたが、デュプレだけは驚かなかった。プラデルの性格は心得ている。仕事を始めて四ヵ月、彼がその場しのぎで切り抜けるのを目にしてきた。なかにはずいぶん大問題もあった。この仕事には、特殊なケースが数多い。例えば間違いなくことを進めるには、人手がもっと必要なのに、ボスは雇おうとしなかった。いや、これでいい、と彼は言った。人手はもう充分ある。それに、きみがいるじゃないか、デュプレ、そうだろ？　きみにまかせて大丈夫だな？　そんなわけだ、遺体を入れ違えたからって、今さらびっくりするようなことじゃない。

いっぽう知事と市長のほうは、大いに憤慨していた。

「いや、ちょっと待った……」

そう言ったのは市長だった。

「わたしたちには責任があります。これは神聖な職務なんですから」

さっそくこんな大言壮語か。誰を相手にしているのか、わからせてやる。

「ええ、もちろん」とプラデルは、相手をなだめるように言った。「神聖な職務、まさしくそのとおりです。でも、ご存じのように、これは……」

「ええ、たしかに存じておりますとも。これは、戦場で亡くなった人々に対する冒瀆だって

ね。だからわたしは、作業を中止させようとしているのです」

国の担当部署に電報で連絡しておいてよかった、と知事は思った。これで、わたしの立場は守られる。やれやれだ。

プラデルは長いこと考えこんでいた。

「わかりました」ようやく彼は口をひらいた。

市長はため息をついた。こんなに容易に勝利が得られるとは、想像していなかった。

「すべての墓を掘り返し、確認しましょう」と知事は、断固たる強い口調で続けた。

「承知しました」とプラデルは言った。

プレルゼック知事はあとを市長にまかせた。ドルネー＝プラデルがこんなに協力的だと、

かえってとまどってしまう。前に二回会ったときには、自分勝手に仕事を進める男だという

印象だったのに。今日みたいなものわかりのよさは、まったく感じなかった。

「わかりました」とプラデルは繰り返し、コートの前を合わせなおした。

わたしは逆境にはくじけないし、市長の立場も理解していますとも。

「それでは、墓を掘り返してください」

彼はうしろへさがって立ち去りかけると、最後にもうひとつ確認しておかねば、というよ

うにつけ加えた。

「もちろん、作業が再開できるようになりしだい、連絡していただけますね？　おい、デュプレ、中国人はシャジエール＝マルモンにまわしたまえ。むこうも遅れているのでね。結局のところ、今回の件はむしろよかったのかもしれん」

「ちょっと待ってください」と市長が叫んだ。「墓を掘り返すのは、おたくの作業員にやってもらわねば」

「いや、だめですよ」とプラデルは答えた。「中国人の仕事は埋葬です。そのために、賃金が払われているんです。墓を掘り返す仕事も、彼らにやらせられればいいのですが。でも政府には、一回の作業工程ごとに請求書を送っていますからね。そうなると、請求書を三枚書かねばなりません。一枚目は埋葬作業、二枚目は掘り返し作業。そしてあなたがたが正しい場所と棺桶の仕分けを終えたら、三枚目はもう一度埋葬しなおす作業にです」

「そんなわけにはいかん」と知事は叫んだ。

この件で、全責任を負っているのは知事だった。調書にサインするのも、支出の報告をするのも、国から割りあてられた予算を管理するのも、予算オーバーのときに叱責されるのも、すべて彼だ。そもそもここに都落ちしてきたのも、管理を怠ったからだった。やたらに偉ぶる某大臣の愛人と、まずいことになったのだ。問題はこじれてモラルが問われ、一週間後にダンピエール赴任となった。今度はそんなはめに、なりたくないからな。植民地でキャリアを終えるなんて、願い下げだ。おれは喘息もちなんだ。

「三枚も請求書を書くなど、とんでもない！」

「そこはお二人で、何とかしてください」とプラデルは言った。「わたしは中国人作業員の処遇を考えねばなりません。ここで仕事を続けさせるか、ほかに送るかです」

市長は顔を歪めた。

「そうなると」

彼は大きく腕を動かして、朝日がのぼりかけた墓地を指さした。陰鬱な光景だった。草木も生えていない広大な土地が、寒々とした乳白色の空の下にどこまでも続いている。雨で固められた小山が点々とし、シャベルや手押し車があちこちに打ち捨てられていた……とても悲しげな景色だ。

市長は再び帳簿をひらいた。

「そうなると……」と彼は繰り返した。「すでに百十五人の兵士が埋葬されていますが……」

彼は数字を確認し、うんざりしたように顔をあげた。

「誰が誰なのか、すべてまったくわからないということになります」

市長は泣き出すんじゃないか、と知事は思った。まるでここは、涙を流すべきときだとでもいうように。

「これらの若者たちは、フランスのために命を捧げたのです」と市長は続けた。「彼らに敬意を払わねばなりません」

「ほう、そうですか?」とプラデルはたずねた。「あなたは敬意を払っていると?」

「もちろんです。それに……」

「だったら、説明していただきましょう。どうしてこの二カ月間、あなたの市にある墓地で、文盲の作業員がでたらめに埋葬するのを放置しておいたのですか？」

「でたらめな埋葬をさせたのは、わたしではない。彼らはあなたの中国人……作業員ですよ」

「でもあなたは軍当局から委任を受け、帳簿を預かっているじゃないですか」

「市の職員が一日二回、巡回に来てましたよ。でもここで、一日中すごすわけにはいきませんからね」

市長は、救助を待つ遭難者のような目を知事にむけた。

沈黙が続く。

みんな、責任のなすり合いだ。市長、知事、軍当局、身分登録簿管理者、戦没者追悼墓地を管轄する年金省。この件には、たくさんの人間があいだに入っているので……

責任の所在を明らかにしようとすれば、全員がそれぞれ応分に負うことになる。中国人は別にして。彼らは字が読めないのだからしかたない。

「では、どうでしょう」とプラデルが提案した。「今後はよく気をつけるということで。そうだな、デュプレ？」

デュプレはうなずいた。市長は肩を落としている。目をつぶらねばならないのか。間違った名前が墓碑に刻まれるのを、黙って放置したまま、ひとりでこの秘密を抱えこまねばならないなんて。この墓地は彼にとって悪夢になりそうだ。プラデルは市長と知事を順番に見つめた。

「この一件については、内密にしておきましょう……」と彼は、ひそひそ話でもするような口調で言った。

知事は唾を飲んだ。電報はもう、国の役所に着いたところだろう。あれは植民地への異動願いになってしまうのか。

プラデルは手を伸ばし、途方に暮れている市長の肩にかけた。

「家族にとって大事なのは」と彼は続けた。「自分たちだけの場所を持つということなんです。そうでしょう？　いずれにせよ、彼らの息子はこの墓地にいるんです。そこですよ、いちばん重要なのは」

これで一件落着だ。プラデルは車に戻ると、腹立たしげにドアを閉めた。しかしいつものように、怒り出しはしなかった。車を出すときは、かなり落ち着いていた。

プラデルとデュプレは黙ったまま、景色が通りすぎるのをただいつまでも眺めていた。

今回も、なんとか切り抜けた。しかし二人は彼らなりに、疑問を抱いていた。あっちでもこっちでも、トラブルだらけじゃないか。

プラデルはようやく口をひらいた。

「引き締めねばいけない。そうだろ、デュプレ。頼りにしてるからな」

本書は、二〇一五年十月に単行本版と同時に
文庫二分冊で刊行されました。

訳者略歴　1955年生，早稲田大学文学部卒，中央大学大学院修士課程修了，フランス文学翻訳家，中央大学講師　訳書『殺す手紙』アルテ，『ルパン、最後の恋』ルブラン，『オマル』ジュヌフォール（以上早川書房刊）他多数

HM=Hayakawa Mystery
SF=Science Fiction
JA=Japanese Author
NV=Novel
NF=Nonfiction
FT=Fantasy

天国《てんごく》でまた会《あ》おう

〔上〕

〈HM㊷-1〉

二〇一五年十月　十　日　印刷
二〇一五年十月十五日　発行

（定価はカバーに表示してあります）

著者　ピエール・ルメートル
訳者　平《ひら》岡《おか》敦《あつし》
発行者　早川浩
発行所　株式会社　早川書房

郵便番号　一〇一 - 〇〇四六
東京都千代田区神田多町二ノ二
電話　〇三 - 三二五二 - 三一一一（大代表）
振替　〇〇一六〇 - 三 - 四七七九九
http://www.hayakawa-online.co.jp

乱丁・落丁本は小社制作部宛お送り下さい。送料小社負担にてお取りかえいたします。

印刷・三松堂株式会社　製本・株式会社フォーネット社
Printed and bound in Japan
ISBN978-4-15-181451-8 C0197

本書は活字が大きく読みやすい〈トールサイズ〉です。